우리를 뭐라고 불러야 할까

우리를 뭐라고 불러야 할까

오타니 아키라 지음

김수지 옮김

위즈덤하우스

추천의 말

·
·

23개의 단편, 100퍼센트 여성의 이야기. 이걸 셀링 포인트로 삼기엔 요즘 소설이 많이들 그렇지 않나 하는 의문이 잠시 들었지만 페이지를 넘기다 깨달았다. 이 작가, 여자에 정말로 진심이구나.

각 챕터는 배경, 장르, 심지어는 형식을 넘나들면서도, 예외 없이 매력적인 여성 캐릭터로 들어차 있다. 그리고 이들은 서로 혹은 자신을 탐색하고, 사랑하고, 증오하고 또 구원한다. '여성'의 이야기인 동시에 너무나도 확실하게 여성의 '이야기'들로 묶인 이 책을 읽으며 즐거웠다.

개인적으로 좋았던 작품은 합리주의자 주인공과 비합리주의자 구두 장인의 로맨스를 다룬 「당신을 생각하면 쓸데없어진다」. 제목만 봐도 뻔한데요?라는 마음이 든다면 한번 생각해보자. 뻔한 여성 간의 사랑 이야기가 얼마나 귀중한지. 나는 이런 얘기를 좋아하지 않는 법을 모른다.

『언니, 나랑 결혼할래요?』 김규진

이 책을 읽는 내내 네가 기다려왔던 '그것'이 마침내 나타났다고 친구들에게 단체 문자를 보내고 싶었다. 이 작가가 누구인지 몰라도 상관없다. 읽어보면 알 것이다. 이런 이야기가 있으면 좋겠다고 어렴풋이 생각했던 모든 것이 이 책 한 권에 전부 들어 있다는 걸.

오타니 아키라는 자신을 속박하는 단단한 결박을 풀고 진짜 자기 자신이 되는 여자들에 대한 이야기를 끝없이 만들어낼 수 있을 것 같다. 결박을 푸는 것은 자기 자신이지만 때로 다른 여성이 조력자가 되기도 한다. 결박에서 풀려난 여성들은 비로소 거대한 톱니바퀴가 자신에게 빈틈없이 딱 들어맞아 끼움을 내며 움직이기 시작하는 소리를 듣는다. 퀴어, 레즈비언, 진짜 여자들의 우정과 사랑 그리고 변신까지. 당신이 누구든 당신이 가진 마지막 편견 한 조각까지 깨트려버릴 책.

여기 '우리를 뭐라고 불러야 할까?'라고 묻는 여자들이 있다. 거울에 비친 자신이 세상이 한 번도 보여준 적 없는 생경하고 낯선 모습이기에. 신기하게도 독자는 이 낯선 여자들의 모습에서 자기 자신을 발견하게 될 것이다. 세상이 말하는 좋은 여성이 아니라 진짜 자기 자신이라고 느끼는 그 모습을.

『커스터머』 이종산

이 책에 담긴 이야기들은 모두 기이하다. 타인의 시선에는 이상하게만 비춰질 선택을 한 여자들이 자기 자신을 바라보며 묘하게 웃고 있다. 언어와 행동에서부터 감정과 욕망에 이르기까지, 무수한 규범들이 만들어내고 정형화된 삶의 모양에 의문을 품기 시작한 이들은 어느 날 낯선 방향으로 몸을 틀었다. 그리고 천 번도 넘게 그래왔던 것만 같은, 그러나 분명 난생처음 느끼는 감각에 두려움과 희열을 동시에 느낀다.

그런 그들의 곁에는 다른 여자가 있다. 서로를 사랑하고, 배신하고, 이용하고, 욕망하고, 비난하고, 잊지 못하는 여자들. 속이 시커멓고, 끈적거리고, 쓸데없이, 헤픈 여자들. 서로가 서로를 움직이는 톱니바퀴였다는 사실을 인정한 여자들은 기꺼이 운전석과 조수석에 나눠 앉아 함께 떠난다. 이들의 기행을 뭐라고 불러야 할까. 모든 것을 잃는 것이 완전한 자유를 뜻할 수도 있다는 사실을 깨달은 여자들에게 새로운 이름은 필요하지 않을 것이다.

『내 여자친구와 여자 친구들』 조우리

처음 드리는 인사이니 먼저 간단히 제 소개를 하겠습니다. 저는 1981년 일본 도쿄에서 태어났습니다. 태어나자마자 도치기현이라는 산골짜기 시골로 이사 갔고 그곳에서 열여덟 살까지 지내다가 다시 도쿄로 와서 지금까지 살고 있습니다. 열두 살 무렵에 제가 동성애자라는 것을 자각해 가족에게 커밍아웃 했죠.

10년쯤 전부터는 직장에서도 레즈비언이라는 사실을 공개하고 생활 중입니다. 은둔형 외톨이로 지내기도 했고 우울증 병력과 자살 미수 경험이 있어 한 직장에서 1년 이상 일한 적이 없고 정규직이 된 적도 한 번도 없습니다. 페미니스트이자 BL('Boys Love'의 약자로, 서브컬처 장르 중 하나─옮긴이) 애호가이며 인터넷에 중독되었고 1년에 10회 이상 금연과 금주와 다이어트에 실패합니다. 항상 지갑이 비어 있고 고양이를 좋아하고 고졸에다 운동에 소질이 없고 외동이고 요리를 좋아하고 어깨 결림과 허리 통증에 시달리고 있습니다. 즉 어디에서든 볼 수 있는 흔하디흔한 인간입니다.

문학은 동서양을 막론하고 어디에나 있는 인물을 주인공으로 다양한 이야기를 엮어왔습니다. 하지만 이렇게 도처에 있는, 평범한, 교실이나 동네에 한 명쯤은 있던, 버스 정거장에서 옆에 서 있을 법한 '여자'를 주인공으로 한 이야기는 너무나 적다는 느낌을 줄곧 받아왔습니다. 이야기 속의 '여자'들은 대부분 젊거나 아름답거나 귀엽거나 섹시하거나 아이를 낳았거나 아니면 이 모든 요소를 다 갖추고 있었고, 그것은 확실히 현실 속 여자의 한 측면을 강조해 그리기는 했지만 어디까지나 누군가의 환상이자 바람이자 욕망의 반사판인 존재였습니다. 엉덩이의 부스럼을 방치하고, 회계사 자격증을 준비하고, 연애에 관심이 없고, 열차를 좋아하고, 사람도 아이도 싫어하고, 뱃살 때문에 발톱 깎기가 힘들어진, 현실 곳곳에 있는 그런 여자들을 픽션 안에서 찾아보기는 어렵습니다. 적어도 일본에서는 그렇지요. 그렇다면 내가 직접 쓰자고 생각하게 됐습니다. 환상을 좇아 꿈꾸는 것도 좋아하지만 지금 이 세상에서 살아가는 여자들의 이야기를 쓰고 싶다. 바로 옆에 있음에도 마치 유령처럼 없는 사람 취급을 받는 여자들의 이야기를 쓰고 싶다. 그런 마음으로 이 책을 만들었습니다.

픽션과 현실은 별개가 아니라 한 연못 위에 떠 있는 작은 배라고 생각합니다. 어느 배 하나에서 젓기 시작하면 그 물결이 다른 배를 흔들죠. 그러니 소설을 쓴다는 것은 두려운 행위이기도 합니다. 어딘가에 있는 누군가의 배를 흔들 힘을 갖고 있으니까요. 이일을 한 지도 벌써 10년이 넘었지만 저는 항상 그 힘이 무섭습니다. 하지만 배를 만들어놓고 띄우지 않을 수는 없지요.

　이 책은 제 저서 중에서 번역서로 출간되는 첫 작품입니다. 처음으로 바다를 건너는 배입니다. 그 기념비적인 한 권이 한국에서 출판되는 것을 진심으로 기쁘고 영광스럽게 생각합니다. 부디 당신의 연못에 이 배를 잠시간 띄워주세요.

2021년 5월

오타니 아키라

목차

·

·

조용한 · 시그널 · 실루엣

술과 사랑은 닮았다. 흠뻑 젖을 만큼 마시고 난리 법석을 떤 후에 내장이 뒤집힐 기세로 토하며 "다시는 술을 거들떠도 보지 않겠습니다" 하고 믿지도 않는 신에게 맹세한 아침이 몇 번은 있었을 것이다. 사랑도 그러하다. 짝사랑이든 운 좋게 사귄 경우든, 거기에 있는 것은 행복♡이나 설렘♡이 아니라 저급한 흥분과 혼란과 만취. 세상이 빙빙 돌아 아무것도 보이지 않게 되고, 무슨 말을 하는지도 모르게 되고, 정신 차리고 보면 비틀비틀. 그리고 술에서 깨면 토악질과 함께 후회가 엄습한다.

"분명 사와노 씨가 좋아할 줄 알았어요."
미카코 씨가 크라프트지로 된 작은 봉투에 손수건을 넣으며 후

훗 웃었다. 웃을 때 윗입술을 V자 모양으로 하는 이유는 돌출된 큰 앞니가 부끄러워서 그런 거겠지, 생각한다. 내 첫사랑은 나카지마 도모코(1981년 후지TV 드라마 『북쪽 나라에서』의 '호타루' 역으로 나오는)였으니 그런 치아도 엄청 좋아하는데. 하지만 미카코 씨에게는 콤플렉스라는 뜻일 테다.

"어우, 말도 마세요, 보자마자 깜짝 놀랐어요. 이건 내가 사야 돼! 했다니까요."

웃으며 봉투를 받아 가방에 넣는다.

아사가야(阿佐谷)의 주택지에 섞여 들듯 자리 잡은 아담한 잡화점 '엔'. 나는 그곳의 손님, 미카코 씨는 주인. 이 가게를 발견하고 드나들기 시작한 지도 반년이 되어간다.

"의외로 박쥐 굿즈는 있을 것 같으면서도 없잖아요."

"제 말이 그 말이에요~ 귀엽기만 하거나 오타쿠 같은 건 취향에 안 맞고. 찾아줘서 고마워요. 역시 미카코 씨야."

후후후, 미카코 씨가 다시 멋쩍게 웃으며 거스름돈을 건넨다. 그 살짝 닿은 손끝만이 지금 내 인생을 흔드는 기분이다. 전기충격과도 같은 설렘이랄까. 그렇다. 하고 있다. 사랑을. 질리지도 않고. 이성애자를.

"요즘은 해외 크라프트 사이트를 보다가도 박쥐 굿즈가 있으면 저절로 사와노 씨 생각이 난다니까요."

어쩜 저리도 기분 좋은 말을 해주는지. 그 미소가 영업 미소라

해도 상관없다. 그래도 조금 더, 조금만 더 발을 들여놓고 싶다.

"아, 그러고 보니까."

미카코 씨가 계산대 옆에 놓인 A5 크기의 전단지를 손에 들었다.

"사와노 씨는 공연 같은 데 가세요? 이거, 제 친구가 하는 공연이에요."

흑백으로 된 그 전단지에는 민속적인 느낌의 판화풍 일러스트로 기타를 들거나 하모니카를 부는 사람들이 그려져 있고, 손으로 쓴 듯한 '페카즈 LIVE at 맥줏집 보사노바와 크래프트 맥주의 밤'이라는 글씨가 있었다.

"이 '맥줏집'이라는 곳도 지인이 하는 레스토랑이에요. 한 달에 한 번 라이브를 하는데, 그게 다음 주 토요일이거든요."

"그렇구나~"

보사노바라. 게다가 크래프트 맥주라면, 묘하게 맛이 진하고 탄산은 약하고 알코올 도수가 높은 그 맥주 맞지? 둘 다 별로 관심 없다. 나는 평소에 음악은 잘 듣지도 않고, 맥주는 얼얼하리만치 차가운 슈퍼 드라이가 제일 맛있는데.

"저도 가요."

"아, 그러세요? 그럼 나도 가볼까……. 크래프트 맥주, 안 그래도 궁금했거든요. 요즘 유행이기도 하고!"

"와, 정말요? 너무 좋다, 그럼 같이 가실래요? 여기에서 별로 안 멀어요."

"같, 이, 요?"

"네…… 안 되려나?"

"안 되긴요! 전혀요!"

'엔'을 나와서, 한동안 앞만 보고 걷다가 샛길로 들어간 뒤 그제야 작게 주먹을 흔들며 남몰래 환호했다.

"데이트!"

가 아닌데. 알고 있는데. 알지만 그냥 좋아하게 해줘.

지금은 서점 앞에서 '패션잡지들 영 못쓰겠네' 하며 못마땅해하는 중이다. '액티브한 스포츠맨 동료', '취미는 디제잉과 페스티벌 참가인 직장 훈남 선배', '예술과 카페를 사랑하는, 요즘 자꾸 눈에 들어오는 그'를 공략하는 복장과 메이크업은 잔뜩 있는데 '추오센(中央線) 라인, 하지만 기치조지(吉祥寺)나 고엔지(高円寺)가 아니라 어째서인지 아사가야에서 직구&핸드메이드 잡화를 파는 가게 주인 여성'을 공략하는 복장이 뭔지는 모르겠는데요.

토요일이 오기 전까지, 평소에는 전혀 볼일이 없는 신주쿠 백화점에 가서 옷이며 구두를 이것저것 보다가 결국 아무것도 못 사고 1층에서 빵만 사 오거나, 그럼 빈티지? 하고 시모키타자와(下北沢)까지 갔다가 젊은 기운에 기가 눌려 수프 카레만 먹고 돌아오거나, 이렇게 된 이상 인터넷 쇼핑이다! 하며 쇼핑 사이트에 들어갔다가

물때와 곰팡이를 순식간에 없애준다는 독일제 바이오 세제를 사는 등 속수무책으로 시간을 보냈다.

결국 토요일에는 퇴근길에 마트에서 산 이너용 티셔츠, 그리고 무의미하게, 정말 무의미하지만, 아~무 의미도 없지만, 위아래 한 쌍으로 산 새 속옷을 입고, 늘 입는 청바지와, 갖고 있는 상의 중 제일 '내추럴'한 캐러멜색 니트 카디건을 걸치고 영업 종료 직전의 '엔'으로 향했다.

"아, 사와노 씨. 조금만 더 있으면 마감 시간이니까 괜찮으시면 앉아서 기다려주세요."

라는 말을 듣고 계산대 옆, 엉덩이가 닿는 부분에 모자이크 타일이 깔린 의자에 착석하자 뭔가 '특별'해진 느낌이 들어 기분이 째진다. 이제부터 같이, 둘이서, 함께, 근사한(아마도?) 레스토랑에 라이브를 보러 간다구. 좋겠지? 하며 온 세상에 자랑하고 싶다.

하지만 그 둥실둥실 딱 좋았던 기분은 딸그랑 울린 도어 벨 소리가 끊어버렸다.

"아, 치하루 씨 왔다!"

미카코 씨가 생글거리며 인사한다. 가게에 들어온 사람은 20대 중반 정도의, 새까만 단발머리에 커다란 귀걸이, 짙은 립스틱, 위에는 가오리 핏의 괴상한 블라우스와 무늬가 있는 숄을 두르고 아래에는 와이드 팬츠(지금은 치마바지라고 부른댔나)를 입고 큼지막한 가죽 토트백을 든, 추오센 라인의 느낌이 물씬 풍기는 여자였다.

치하루 씨라고 불린 그 여자는 순간, 흠칫할 만큼 날카로운 눈으로 나를 재빨리 훑었다.

"사와노 씨, 이쪽은 치하루 씨예요. 우리 가게 단골손님."

"……안녕하세요, 미야카와입니다."

'치하루'가 고개를 까딱거리며 인사했다. 그 말은 성이 아닌 이름으로 불린다는 뜻인가. 그것만으로도 대번에 기분이 나빠졌다.

"치하루 씨한테도 오늘 라이브에 같이 가자고 했거든요."

"그……렇군요오."

얼굴로는 빙긋 웃으며 "안녕하세요, 사와노입니다"라고 인사한다.

이러면 데이트가 아니다. 애당초 데이트가 아니었지만 기분 정도는 낼 수 있게 해줘도 되잖아.

레스토랑은 '엔'에서 도보로 10분도 걸리지 않는 곳에 있었다. 오래된 개인주택을 리모델링한 그다지 넓지 않은 가게. 안에 들어서니 손님은 여덟 명 정도. 셋이서 테이블 자리에 앉자 미카코 씨는 잠깐 실례한다고 말하고는 곧장 부엌 카운터로 가서 점주로 보이는, 수염을 기르고 안경을 쓴 남자에게 인사하러 갔다.

"사와노? 씨는 보사노바 좋아하세요?"

치하루가 희미하게 미소 지으며 말을 걸어온다.

"네, 뭐, 음, 꽤 좋아하는 편?"

"그렇군요, 저도 좋아해요. 오늘 페카즈가 그거인 것 같죠? 카에타누 벨로주의 〈Pecado〉에서 땄을 거예요, 아마도."

"아~ 그렇죠~"

"카에타누 하면 리우 올림픽 대단했잖아요. 그 사람이 그런 이벤트로 연주를 하다니."

"음~ 음~"

그때 구원의 여신처럼 미카코 씨가 돌아왔다.

"죄송해요. 지인한테 잠깐 인사하고 왔어요. 뭐 드실지 정하셨어요?"

직접 그린 일러스트와 손 글씨로 된, 솔직히 알아보기 어려운 메뉴판을 펼쳐주자 나는 뭐라도 아는 척 적당한 크래프트 맥주를 주문했다. 또다시 리우 올림픽 얘기를 하면 어쩌나 싶어 등줄기에 식은땀이 흘렀지만, 이내 라이브가 시작되어 말을 하지 않아도 시간을 때울 수 있는 분위기가 되었다.

별반 잘하지도 않는 연주인 데다가 중간중간 남자 보컬의 멘트가 은근하게 짜증을 유발하는("네, 다음은 토요일 밤에 어울리는 사랑 노래를요, 하려고 하는데요, 라틴은 말이죠, 사랑, 중요하니까. 여러분도 사랑하고 있습니까? 막 이래. 저는요~ 하하하, 비밀입니다. 그럼 원, 투……" 따위의) 그 라이브를, 미카코 씨와 치하루는 맞장구를 치며 끄덕이거나 손으로 박자를 맞추거나 리듬에 맞춰 몸을 흔들며 보고 있다. 나도 눈동냥으로 보고 흔들거리는 흉내를 냈지만 흥이라고는 눈곱만큼도 안 났다는 걸 스스로도 너무 잘 안다. 음악은 '미', 체육은 '양'이었거든. 보사노바도 스타벅스나 무인양품 매장에서 자주 들리는 장르라는 인식밖에 없다.

그래도 연주 중에는 조명이 어두워지니까 그동안 곁눈질로 미카코 씨를 훔쳐볼 수 있다는 건 좋았다. 가벼운 취기에 살짝 들뜬 기분으로 몰래 쳐다보는 짝사랑 상대의 옆얼굴은 너무나도 매력적이거든. 저 가느다란 턱을 만지고 싶다. 만져도 된다고 말해줬으면 좋겠다. 나도 성 말고 이름으로 불러줬으면 좋겠다.

그런데. 커다란 음악 소리에 망상과 욕망을 얼버무린 채 넋 놓고 바라보던 미카코 씨의 얼굴 너머로, 난데없이 치하루와 시선이 마주쳐버렸다.

깜짝 놀랐다.

어쩌면, 혹시, 치하루, 너 이 자식, 당신도 노리는 건가.

엉망이었다.

라이브가 끝난 후 미카코 씨와 치하루는 보사노바 이야기에 꽃을 피웠고, 나는 그 조비조바(일본의 6인조 콩트 유닛-옮긴이)인지 피쿈군(다이킨 공업의 가정용 에어컨 마스코트-옮긴이)인지 하는 아티스트의 이야기를 시종일관 맞장구로만 흘려보내고, 아니, 흘려보내지도 못했다고 생각하지만 별수 없으니 맥주나 진탕 들이켜다가 뭔 맛인지 도무지 알 수가 없는 지경이 되고, 마지막으로 지갑에서 1만

엔을 꺼내 억지로 건네고 왔다는 것까지는 기억하는데, 지금 우리 집 계단을 도저히 올라갈 수가 없어서 가다 말고 노숙을 할 판입니다요.

망했다.

이건 뭐, 그냥 폭망이다. 치하루, 85퍼센트 정도의 확률로 미카코 씨를 노리고 있다. 젊고 감각 있고 '엔'에서 팔 법한 잡화와 액세서리가 잘 어울리는 분위기에 취미도 미카코 씨랑 맞는 것 같고. 상대가 이성애자라는 것만으로도 성공률은 거의 제로인 마당에 라이벌까지 등장하다니, 너무한 거 아니냐고. 머릿속으로 너무하다는 말을 반복하며, 나는 그 자리에 웅크려 앉아 토했다. 아아, 집주인이 화내겠네.

속이 뒤집어질 것 같은 숙취로 일요일을 홀라당 날려버린 뒤 간신히 인간으로 돌아온 시각은 저녁 8시가 되기 전이었다. 가방 안에 던져놓고 방치했던 스마트폰은 전원이 나가 있었고, 충전을 하니 메신저 알림이 주르륵 떴다.

〔무사히 들어갔어요?〕

〔괜찮을까?〕

미카코 씨였다.

나는 떨리는 손(내보내기만 하고 아무것도 안 먹어서)으로 **주뼛주뼛**

〔괜찮아요. 폐를 끼쳐서 죄송해요.〕

하고 재미도 뭣도 없는 답장을 보냈다. 그러자 3분도 지나지 않아 (OK!)라고 말하는 고양이 캐릭터 이모티콘이 돌아왔다. 그러고는 뒤이어

(엄청 즐거웠어요. 그렇게 많이 웃은 거 오랜만~ 사와노 씨 진짜 웃겨. 치하루 씨도 재미있어했어요. 또 같이 마셔요!)라고 이어지는 멘트.

엇, 그래도 되나. 아니, 나 도대체 뭐 한 거야. 기억이 거의 안 나는데.

그래도, 또 만나러 가도 괜찮은 걸까. 괜찮을 것 같아. 가자. 가버리자고. 그도 그럴 게, 포기가 안 되는걸. 이 메시지만으로도 이렇게 두근거리잖아.

불굴의 사랑의 전사인 나는 그 뒤로도 '엔'을 계속 드나들었다. 그때마다 박쥐 무늬 티슈 케이스, 펜던트, 있지도 않은 친구네 아이의 생일 선물을 사는 등 용을 썼다.

다만 못마땅하게도, '맥줏집' 사건 이후로 가게에서 이따금 치하루와 마주치게 되었다. 나의 감은 이미 확신에 가까운 상태였다. 눈만 마주쳤다 하면 불꽃 튀는 접전의 분위기가 조성됐다. 하지만 얄미운 치하루는 매번 미카코 씨와 기요스미시라카와(清澄白河)에 있는 카페나 미술관 이야기를 신나게 나누기도 하고, 내가 방송이나 인터넷에서 봐 온 재미있는 고양이 동영상 이야기를 획 낚아채

기도 했다. 치하루 네깟 거, 보나 마나 실명으로 하는 페이스북이나 인스타그램 계정에는 '엔'에서 산 멋진 잡화를 의미도 없는 해시태그 잔뜩 붙여서 업로드하고, 익명 트위터 계정에는 프로필에 'L(GBT)/음악/작은 것/단것/예쁜 것/지저분한 것/사랑을 꿈꾸지 않아' 같은 뭔 말 같지도 않은 소리를 나불거리는 타입이겠지. 프로필 사진은 자기 뒤통수나 술잔 들고 있는 손 같은 걸로 하고. 나는 그런 거 훤히 꿰뚫어 본다고 이 사람아. 제발 부탁이니까, 젊은 사람은 젊은 사람답게 신주쿠 2초메(동성애자들의 성지라 불리는 도쿄 시내 거리-옮긴이)나 어플로 사람 만나줘. 나는, 진심으로, 미카코 씨를, 좋아한단 말이야!

치하루와 물밑 공방을 계속하던 가운데, 나는 주말에 잔뜩 들떠서 또다시 '엔'으로 향했다. 오늘은 서브컬처를 좋아하는 남자 후배 직원이 알려준 대만 영화를 이야깃거리로 준비했다. 이거라면 치하루의 멋들어진 토크에 밀리지 않겠지.

가게에 들어서자 미카코 씨는 계산대 안쪽에 있었다. 안녕하세요, 하고 인사하려던 순간 성대가 얼어붙었다. 그 바로 뒤에 낯익은 안경 수염 남자가 서 있었기 때문이다. '맥줏집'의 주인장.

"아, 사와노 씨 오셨네요!"

밝게, 꽃이 활짝 피어나듯 미소 짓는 미카코 씨는 윗입술을 V자 모양으로 하는 것도 잊을 만큼 기분이 좋은지, 그 팔락거리는 왼손

약지에는 지난주까지만 해도 보이지 않았던 얇은 금색 반지가 끼워져 있었다.

그 후의 일은 기억이 잘 안 나는데, 정신이 들고 보니 박쥐 형상의 3만 엔짜리 플로어 스탠드를 끌어안고 아사가야역 앞을 서성이고 있었다. 그리고 뭔가에 이끌리듯 상점가 안의 선술집에 비트적거리며 들어갔다가

"아."

하고 소리를 냈다. 카운터에 찰싹 달라붙어 맥주잔을 시원하게 비우는 단발머리. 치하루가 거기에 있었다.

치하루는 탕 소리 나게 카운터에 잔을 놓더니 곁눈으로 나를 노려보았다. 나는 말없이 서서 소맥 칵테일과 감자튀김과 가라아게를 주문했다.

"······그거, 봤어?"

첫 잔을 비우고 소주를 추가 주문 한 뒤 나는 조심스레 물었다.

"뭐를 말이고."

"엥? 뭐야, 갑자기 그 말투. 엇, 혹시 간사이?"

치하루는 세련이라고는 티끌만큼도 찾아볼 수 없게 혀를 차더니 우롱하이를 주문했다.

"당연히 도쿄 사람인 줄 알았는데······ 어디 출신?"

"뭔 상관이고. 신경 *끄라*."

"난 군마 출신이야."

"됐다."

"있지, 군마는 곤약이랑 이탈리안 요리가 맛있어. 기억해둬."

"기가 차서……."

나의 소주 칵테일과 치하루의 우롱하이가 동시에 나왔다. 동시에 잔을 쥐고, 그리고 둘 다 두 번 정도 숨을 내쉰 후 조용히 내용물을 비웠다.

"……고베다."

"하~ 효고현. 고베 사람은 효고라고 절대 말 안 하더라. 그거랑 마찬가지인가, 요코하마 사람이 가나가와현이라고 말 안 하는 거."

감자튀김과 가라아게가 나왔다. 나는 그 안주들을 먹으며 연신 맥주와 소주를 주문해 들이켰고, 치하루는 우롱하이를 끝도 없이 마셨다. 그러다 한 가지, 중대한 사실을 깨달았다.

"그러고 보니까, 나, 다른 사람이랑 사랑의 라이벌이 된 건 처음이야."

"사랑의 라이벌이 뭐꼬. 7080도 아이고."

"그렇잖아. 이성애자를 좋아하게 되면, 그 사람을 좋아하는 다른 남자가 있어도, 나는…… 여자는, 라이벌 취급조차 못 받는다궁."

"말투 뭔데. 재수 없다."

"까칠하네."

"라이벌은 또 무슨 라이벌."

"난 네가 거슬렸단 말이야."

그렇게 말하자 치하루는 내 쪽으로 고개를 돌리더니 차분해진 시선으로 나를 보고 헷 코웃음을 쳤다.

해 질 녘이 되자 눈앞의 길을 걷는 사람 수가 점점 늘어난다. 어디에선가 나타나 어디론가 사라져가는 여자들. 이 중에도 어쩌면 내가 좋아할 수 있는, 날 좋아해줄 수 있는 누군가가 있지 않을까. 그 로맨스의 그림자를, 조용한 시그널을 발견할 수 있는 날이 언젠가 오기는 할까?

이봐, 넌 어떻게 생각해, 하고 마음속으로 고베 여자에게 말을 건네며, 일단 오늘 밤은 내 마음을 술과 기름으로 채울 수밖에 없겠다고 생각했다.

늪지 괴물이 된 친구

삿쭁의 모습이 이상해진 건 장마가 시작되기 얼마 전이었다.

"꿈을, 꿨어······."

쇼핑몰 안에 있는 식당에서 돈코츠 라멘을 물끄러미 쳐다보며, 삿쭁이 불쑥 말했다.

"찝찝한 꿈이었어. 한 2주 정도, 계속 꿔."

"야한 꿈?"

"장난칠 기분 아니야."

삿쭁은 혀를 차며 젓가락으로 라멘을 휘저었다. 나는 이미 이 시점에서 너무나 이상하다고 생각했다. 삼시 세끼 라멘도 오케이, 오히려 쌍수 들고 환영하는 삿쭁이 국물도 입에 대지 않고 멍하게 쳐다만 보다니.

우리는 중학교 때부터 친구로 지내며 계속 같은 동네에서 살았다. 나는 재작년에 시내에 있는 부동산에 취직했고 삿쫑은 얼마 전부터 공업단지의 감자칩 공장에서 아르바이트를 시작한 참이었다.

"다리, 없어질 것 같아."

여전히 국물을 휘젓기만 하던 삿쫑이 말한다.

"다리가 말야, 뭔가 흐물거리면서 녹는 기분이야. 게다가 손이랑 얼굴 같은 데도 미끌미끌해서, 깜짝 놀라서 일어나면 땀으로 흠뻑 젖어 있어."

"역시 야한 꿈이군."

"아니라니까."

삿쫑의 샛노란 금발(아르바이트 담당 상사가 마주칠 때마다 갈색 머리카락을 물고 늘어지는 통에 열 받아서 아예 탈색을 해버렸단다)에 식당 조명이 반짝거리며 반사된다. 비쩍 마른 등을 둥그렇게 구부린 모습이 어딘가 피곤해 보였다.

"매일 꿔. 기분 나빠."

"어떤 저주 같은 건가?"

"그게 뭔데. 아무렇게나 내뱉지 마."

나는 입을 다물었다. 날카로워진 삿쫑은 무섭다. 중학교 때 껌 좀 씹기도 했었고. 그래서 그 이상은 입도 벙긋하지 않고 척추뼈가 튀어나온 삿쫑의 등을 힐끗거리며 돼지갈비 볶음밥을 우걱우걱 먹었다.

그날로부터 닷새 정도가 지났을 때 샷쭝이 다시 연락을 해왔다. 마침 퇴근길이었던 터라 차 안에서 엄마와 메시지를 주고받던 참이었는데, 샷쭝이 보낸 메시지가 화면 위에 떴다.

〔물〕

그게 전부였다. 평소에는 이모티콘을 보내는데. 나는 〔뭐?〕라고 보냈다. 읽었다는 표시가 바로 떴지만 답장은 없었다.

왠지 불길한 예감이 들었다. 샷쭝의 집은 조금 그렇다. 아빠는 조폭, 오빠는 일할 의지가 없는 백수, 엄마는 실종 상태. 그 집에 딱 한 번 가봤지만 창문이며 문이며 죄다 처참하게 깨지거나 망가져 있어서 식겁했었다. 샷쭝은 어릴 적 오빠에게 흠씬 얻어맞아 병원에 실려 간 적이 있다고도 했으니 뭔가 사달이 났을지도 모른다.

나는 한 번 더 샷쭝에게 메시지를 보냈다.

〔괜찮아?〕

읽었다는 표시가 뜰 생각을 안 한다.

어쩌지 싶었다. 여기에서 차로 냅다 달리면 20분 정도 걸리는 거리다. 한 번 더 〔야〕라고 보냈다.

감감무소식이다.

나는 차에 시동을 걸었다.

샷쭝네 집 앞에 차를 세우고 내리는 순간 경악을 했다. 공기가 엄청나게 습하다. 아까는 이렇지 않았는데. 비가 오려나.

집은 어두컴컴했다. 마당에 승용차와 샷쫑의 경차가 있는데도 집 안에는 아무도 없는 것 같다. 키우는 개가 있었는데 짖는 소리도 들리지 않는다.

"샷쫑?"

현관의 미닫이가 살짝 열려 있다. 야단났네, 무조건 그냥 돌아가야 할 것 같은데 이거. 그렇게 생각했지만 왠지 그곳을 떠날 수가 없어서 나는 조심스레 문을 열었다.

구역질 나는 비린내와 습기가 와락 쏟아졌다. 오랫동안 청소하지 않은 수영장 냄새. 안쪽 방에도 불이 꺼져 있어서 스마트폰의 손전등을 켜고 보니 현관 바닥에는 빈 캔, 화장지, 라면 묶음 등 온갖 것이 널브러져 있었다.

"샷—쫑……."

고요했다.

냄새가 정말로 역겨워서 이미 반은 게워냈지만, 왠지 지금 도망가면 샷쫑을 다시는 못 만날 것 같은 기분에 나는 계속 앞으로 향했다.

그러자 어딘가에서 또록…… 하고, 수도꼭지에서 물이 떨어지는 듯한 소리가 들렸다.

아 맞다, 하며 전화를 걸었다. 그러자 금방 벨 소리가 요란하게 울렸고, 소리를 따라가니 욕실에서 들려오는 듯했다.

벽을 더듬어 욕실 전등의 스위치를 눌렀다.

"마히로……."

좁디좁은 욕실, 네모반듯한 욕조 안에 삿쬬이 무릎을 양팔로 감싼 채 앉아 있었다. 온몸이 흠뻑 젖어서는, 상체는 맨몸인데 어째서인지 아래엔 괴상한 청록색 스커트를 입은 상태로.

바닥의 타일이 미끄덩거렸고 걸쭉한 적갈색, 꼭 생리혈 같은 것이 배수구 주변에 고여 있었다.

"우웩."

미치겠다, 진짜 토할 것 같아.

"삿쬬, 뭐 하는 거야. 다른 가족들은?"

"물……."

머리카락이 흠뻑 젖었는데 입술은 바싹 말랐다. 맨얼굴에 컬러 렌즈를 낀 것도 아닌데 눈만큼은 반짝거린다.

"삿쬬, 혹시, 뭔가 나쁜 짓이라도 한 거야?"

마약을 할 녀석은 아니다. 하지만 아무리 봐도 삿쬬은 정상이 아니었다.

"물……. 마히로, 물, 모자라."

삿쬬이 욕조 가장자리를 짚으며 자리에서 일어섰다. 아니, 이걸 섰다고 해야 할지…….

"뭐야, 그거, 코스프레……?"

삿쬬은 배꼽 아래로 물고기의 형상이었다. 몹시 사실적인 청록색 비늘이 하나하나 붙어 있고, 물에 젖어 반짝반짝 빛난다.

"바다에 가고 싶어…… 물, 이걸론 부족해……."

삿쫑이 내게 손을 내밀었다. 새빨간 손톱은 매니큐어를 바른 게 아니라 피 때문이었다.

"마히로, 부탁해. 나, 이제 이 집 필요 없어……."

삿쫑은 눈물방울을 뚝뚝 떨어뜨렸다. 친구로 지낸 이래 처음 보는 눈물이었다.

"바다라면 어떤 바다? 제일 가까운 데는 아마 이바라키(茨城)일 텐데."

뒷좌석에 타올을 깔고 삿쫑을 태운 뒤 나는 차를 몰았다.

"물……."

어느덧 삿쫑은 그 말밖에 하지 않았고 이따금씩 커다란 꼬리지느러미로 창문을 흐느적거리며 만질 뿐이었다.

"삿쫑 그거, 인어야? 인어인데 오아라이(大洗) 바다도 괜찮아? 오키나와나 하와이가 아니어도 괜찮은 거야?"

나는 완전히 패닉 상태가 된 채 바보 같은 소리를 해대며 스마트폰의 내비게이션으로 곧장 오아라이 해안을 검색했다.

그런데 10분쯤 달렸을 때 삿쫑이 느닷없이 소리를 지르기 시작했다.

"아악! 아파! 죽을 것 같아!"

"자, 잠깐, 괜찮아?! 병원, 역시 병원으로 가야겠어!"

"물! 물에 들어가고 싶어!"

나는 초조해졌다. 내비게이션을 보니 조금만 더 가면 연못 같은 곳이 있다. 죽이 되든 밥이 되든 일단 가보자는 생각으로 핸들을 꺾어 농로를 파고들었다.

그곳은 사용하지 않는 논 구석에 있는, 농업 용수를 저장해두는 저수지였다. 고만조만 넓긴 하지만 헤드라이트로 비춰보니 물이 끈적하고 더럽다는 사실을 알 수 있었다. 이런 곳에 삿쫑을 넣고 싶지는 않다. 그러나 삿쫑은 차 안에서 끊임없이 절규했다.

"삿쫑, 조금만 참아. 여기 물은 더러우니까, 내가 편의점 같은 데 가서 깨끗한 물 사올게!"

차에서 타올째로 삿쫑을 끌어내 저수지 옆까지 데리고 간다.

"물⋯⋯!"

아뿔싸, 그 순간, 삿쫑은 내 손을 뿌리치며 데굴데굴 구르더니 저수지 안으로 빠져버렸다.

"삿쫑?! 안 돼! 안 돼애! 삿쫑!"

나는 소리쳤다. 삿쫑이 죽어버렸다. 슬퍼서 눈물을 쏟으며 찔찔 울었다.

"삿쫑, 삿쫑 어디 있어?"

저수지 수면에 보글보글 거품이 일었다.

시궁창 색깔의 물 밑에서 뭔가 허옇고 반짝거리는 것이 올라온다. 무섭다. 속이 뒤집힐 듯 메슥거리고 다리도 바들바들 떨리기 시작했다.

끈적끈적한 기름 같은 물 아래에서 삿쫑의 상반신이 쑤욱 나왔다. 살아 있다! 다행이야!

"마히로······."

기다란 금발이 젖어 브라처럼 가슴을 가린 모습이 진짜 인어공주라도 된 듯.

삿쫑은 너무너무 예뻤다.

"마히로······ 고마워."

삿쫑의 목소리는 뭔가 묘하게 웅웅대는 것처럼 들렸다. 마치 수영을 하다가 귀에 물이 찼을 때처럼.

"삿쫑, 괜찮아? 차로 가자, 응? 올 수 있겠어?"

손을 뻗자 삿쫑은 고개를 부르르 떨듯 흔들었다.

"마히로, 이제 됐어. 나, 여기에 살래."

"엇, 바다는?"

"됐어, 여기에서······."

삿쫑은 잠에서 막 깬 듯 멍한 얼굴로, 뭔가 의욕이 없어 보이는, 쓸쓸한 듯한 표정으로 말했다. 이런 모습은 삿쫑답지 않다. 나는 갑자기 화가 났다.

"왜? 바다 가자. 금방 갈 수 있어. 오아라이 가까워!"

"괜찮아. 나, 아마도, 민물고기일 거야······."

삿쫑은 샴푸 광고처럼 양손으로 머리카락을 쓸어 올렸다. 적나라하게 드러난 유방 아래까지 비늘이 돋은 것이 보였다.

"도치기(栃木)에는 바다도 없고…… 여기서 나고 자랐고. 이것 봐, 이 하반신은 붕어 아니면 블랙배스 같잖아. 그러니까 나는 민물고기 인어야. 여기면 됐어, 마히로. 나, 이곳의 주인이 될래."

"멍청아, 이런, 이런 구중중한 저수지는 안 된다고. 농약 같은 것도 들었을 거야!"

"됐어. 괜찮다니까. 고마워. 그리고 있지, 이제, 여기에 오지 마. 왠지, 나, 이제 마히로를 기억 못 할 것 같아. 머릿속까지 물고기가 될 것 같아. 그런 느낌이 들어……."

"싫어. 삿쫑, 그런 거 싫어, 싫어."

나는 울었다. 엉엉 울었다.

"마히로, 안녕. 고마워……."

삿쫑은 물속에서 빙글, 빙글, 몇 차례 공중제비를 돌았다. 꼬리 지느러미가 더러운 물을 튀기자 물방울이 헤드라이트에 반사되더니 제비처럼 빛나며 저수지로 흩어졌다.

"삿쫑! 기다려! 삿쫑!"

그러고는 조용히, 조용히, 삿쫑은 물속 깊은 곳으로 가라앉았다.

삿쫑네가 일가족 실종 사건으로 화제를 모으면서 동네는 한동안 그 이야기로 엄청나게 소란스러웠다. 삿쫑의 아빠와 오빠도 물거품이라도 된 듯 어딘가로 사라져버렸다. 방송국 취재진이 이웃 주민들과 인터뷰했고 나도 경찰에게 진술을 했다.

하지만 난 아무 말도 하지 않았다. 이것은 나와 삿쯩만의 비밀.

삿쯩의 말을 무시하고 나는 가끔씩 그 저수지에 놀러 간다. 가장자리에 서서 라멘 면을 풍덩, 물속에 던져 넣는다. 날 잊어버린다 해도 삿쯩이라면 분명 라멘 면은 좋아할 테니까.

"삿쯩, 맛있냐?"

저수지는 유리 바닥인 양 고요해서 움직임이 없다. 그 뒤로 삿쯩은 한 번도 모습을 보이지 않았다. 하지만 삿쯩은 여기에 있다. 더러운 저수지의 아리따운 주인이 되었다. 머릿속까지 물고기가 되어 분명 행복하게 살고 있을 것이다. 나는 믿는다. 그렇게, 또 라멘 면을 던졌다.

양산 할망구

아아, 더워라. 어이없게 더워.

난감하네. 여기 대체 뭐여. 난 철석같이 대합실 같은 곳인 줄 알았어.

오빠도 마중? 그래, 나도야. 그거 말고 무슨 볼일이 있겠어, 이런 곳에.

날씨 한번 고약하구먼. 지금 진짜 9월 맞아? 오빠, 너 그런 데 있으면 열사병 걸려. 이쪽으로 와. 일행 올 때까지 양산 씌워줄게. 뭐야, 사양 안 해도 돼. 아니면 이런 지저분한 할망구랑 같이 양산 쓰기는 싫은 겐가?

앗핫핫.

그래그래, 잠깐이니까. 솔직한 게 제일이지.

오늘은 가족이 오는감? 아니면 여자 친구나 애인?

부인. 그렇구나. 잘했네. 여간 기특한 게 아니구먼. 겉보기와 달리 자상하잖아? 당신 좋은 남자야. 남자다움이라는 건 그런 데서 나오는 법이거덩.

나? 나는…… 글쎄. 가족은 아녀. 친구도 절대 아니고.

그런 여자랑 친구라니, 오싹하다야.

알고 지낸 지 오래되기는 했어. 같은 해 같은 달에 태어났지.

그런데 그 여자는 백악의 저택 출생. 나는 개집 출생.

오빠, 하려라고 혹시 알랑가. 부잣집에서 허드렛일을 하는 머슴 같은 여자를 가리키는 말이여. 메이드? 뭐, 요즘에는 그렇게 말하는가 보구먼.

나는 있지, 태어났을 때부터 하녀가 될 운명이었어.

야마노테(山の手)에 대궐 같은 큰 집이 있었지. 그야말로 저택이었어. 그 저택의 뒷마당 구석에 작은 오두막이 있었거덩. 거기가 우리 집. 외관은 꽤 봐줄 만했어. 지붕 타일도 제대로 깔렸고, 창틀도 새시라서 꼭 맞았지.

허지만 나한테는 세상에서 제일 비참하고 초라한 개집이었어.

우리 아부지는 저택 사람들의 운전기사였고 어무니는 하녀. 그러면 태어난 나도 당연히 하녀 신세여. 가축의 번식 같은 게지. 아하하하.

저택의 주인 나리는 아주 높은 분이었어. 오빠도 학교에서 배웠을지도 모르겠다. 아부지는 주인 나리를 신처럼 떠받들었어. 언제 부르실지 모른다면서 술은 죽을 때까지 한 방울도 입에 안 댔고 수염은 하루에 두 번씩 밀었다니께. 사모님도 우아하고 어여쁜 분이었지. 사람을 대하는 행실도 나쁘지 않았어. 어째서 그런 좋은 사람들 사이에서 그 여자처럼 심보가 뒤틀린 게 태어났는지 도무지 알 수가 읎어.

에엥? 그야, 물론 나도 갓난쟁이 때부터 하녀였던 건 아녀. 뭐, 그래도 비슷하긴 했어. 어릴 때 나는 그 여자의 놀이 상대를 해줘야 했으니께.

너무 싫었지. 그 여자랑 놀아야 할 때는 어무니가 나한테 일부러 한 벌뿐인 좋은 옷을 입힌단 말이여. 지금도 기억나. 파란 머슬린에 노란 개양귀비 아플리케가 달린 스커트. 거기에 하얗고 둥근 깃의 블라우스. 머리도 곱게 빗겨서 놀이방에 데려가는 거여. 나랑 아부지 어무니가 사는 오두막보다 몇 배는 더 넓은 방에.

항상 역할 놀이 같은 걸 하고 놀았어. 공주님이랑 하인 놀이. 내가 하인인 줄 알았지? 아녀. 그 여자가 하인이여. 자기가 하고 싶어 했어. 불쾌하지? 금이야 옥이야 키워진 여자가 일부러 굽신거리는 하인 역할을 한다니께.

놀이방에 둘만 있으면, 나는 그 여자헌테 항상 말이 되라고 명령했어. 우스울 정도로 고분고분했지. 나보다 몇십 배나 고급스러운 옷을 입고 바닥에 엎드리면 이랴 이랴 하믄서 방 안을 돌아다녔어. 조금이라도 실수를 하면 호되게 꾸짖었고. 그럴 때면 그 여자는 항상 목각 인형처럼 입을 다물고 실실 웃었어. 어찌나 불쾌했는지, 말도 마.

가만 보자…… 어떻게 하는 거였더라. 핸드폰 매장 직원이 해줬었는데…… 아아, 이거다. 이거 봐 오빠, 이 사진 봐봐. 미인이라고? 그랴? 그렇겠지. 이건 말이여, 숨겨서 뭐 하겠나, 나여. 앗하하. 시간이라는 게 참 야속해. 암만 미인이어도 나이 들면 죄다 이렇게 추한 할매가 되잖어.

그 여자는 못생겼었어. 이팔청춘 꽃다운 나이라는 말이 있지만, 열여덟이었던 그 여자는 곰보 같은 얼굴에 스모 선수 같은 체격이라 옷도 죄다 주문 제작 해서 입었거덩. 게다가 머리도 나빴지. 말은 거의 안 하고 무슨 말을 해도 멍하게 있었어. 명문여고에 다녔지만 집에 친구를 데려온 적은 한 번도 없었고.

나는 그때가 제일 예쁠 때였어. 하지만 매일 똑같은 작업복을 입고 죽어라 일만 했지. 사모님이 정을 베풀어주셔서 가까운 고등학교에 다닐 수는 있었는데, 아무리 좋은 성적을 받아도 결국에는 어무니처럼 하녀의 일생을 살 거라 생각하면 기분이 우울했어.

그러던 어느 날, 여름방학에 미술 숙제가 나온 거여. 주변에 있는 꽃을 그려 오라는 숙제. 나는 그림만큼은 진짜 젬병이었어. 고양이를 그리면 돼지가 되고, 꽃도 꼬맹이들 낙서 수준을 도저히 벗어

나지 못했지. 그래도 숙제를 안 하면 혼나니까 아침 일찍 몰래 저택 정원에 가서 거기에 핀 부용꽃을 열심히 그리고 있었어.

그게 뭐냐니, 부용은 부용이지. 흠, 남자는 꽃 이름 같은 건 잘 모를랑가.

어쨌든 그러고 있는데, 언제 왔는지 뒤에 그 여자가 서 있는 거여. 큰 화판이랑 연필을 들고. 우연히 걔네 학교에서도 같은 숙제가 나온 게지. 그 여자는 실실 웃으면서 말없이 나한테 자기 그림을 보여줬어.

놀라 자빠질 뻔했어. 신은 모든 사람에게 잘하는 것 하나 정도는 준다고 하던데, 그 말이 진짜구나 싶더라니께. 정말 진짜 같은 부용꽃이 도화지 위에 피었지 뭐여. 훌륭한…… 참말로 훌륭한 그림이었어.

정신을 차리고 보니까 내가 그 그림을 낚아챘더라고. 그리고, 내가 그린 낙서 같은 부용꽃 그림을 걔한테 떠안겼어. 그 여자는 멍하게 있으면서도 고분고분 따랐지. 늘 그랬던 것처럼.

방학이 끝나고 그림을 제출했더니만 아주 난리가 났어. 미술 선생님은 나한테 미대에 가라고 침을 튀기며 설득했지. 둘러대느라 땀을 뺐다니까. 원래라면 그 여자가 들었어야 할 칭찬과 공적을 가로챈 거여. 통쾌했어. 조금은 가슴이 뚫리는 기분이었어.

스무 살 때, 저택에 데릴사위가 들어왔어. 과거 귀족 신분이었다나 뭐라나 하는 어마어마한 집안의 사람인데, 이게 또 눈이 번쩍 뜨일 정도로 미남인 거여. 나는 속상하고 분해서 미치고 팔짝 뛸 노릇이었어. 그 여자보다 몇십 배는 예쁘고 머리도 좋은 나는 하루 죙일 마당이며 복도며 뒷간에 엎드려서 일하느라 남자 친구 한 명을 못 만드는데, 그 추녀는 부잣집에 태어났다는 이유만으로 왕자님 같은 남편이 생겼잖어. 세상에는 신도 부처도 없다고 생각했다니께.

피로연이 끝난 지 얼마 안 됐을 때, 주인 나리가 뇌경색으로 허무하게 세상을 떠났어. 젊은 주인 나리는 울먹이면서 "장인어른 대신 장모님과 아내를 평생 지키겠습니다"라고 인사했지. 피로연보다 좋은 장례식이었어, 암.

그런 정신없는 일들이 어느 정도 일단락됐을 무렵이었어. 나는 여느 때처럼 그 여자와 젊은 주인 나리의 침소를 청소했지. 그런데 휴지통 안에 묘한 게 있는 겨. 머리카락. 뭉텅이로 뽑힌 길고 검은 머리카락이, 그때부터 매일 휴지통에 들어 있게 됐어. 그 여자, 주인 나리가 돌아가신 뒤로 어지간히 낙심했는지 삽시간에 홀쭉해지고 머리숱도 줄더라고. 한 번에 10년 20년은 늙어버린 것 같았어.

어찌나 딱하던지. 그 여자 말고, 젊은 주인 나리. 가뜩이나 못난 새색시가 더 추해졌잖어. 아무리 집안끼리 약속한 결혼이었다지만 어지간했어야 말이지. 그래서, 나는 젊은 주인 나리한테는 최대한 생글생글, 살갑게 인사를 하기로 했어.

그런데 어느 날, 젊은 주인 나리가 서재로 부르더라.

그날 그 여자는 요양원에 입원한 사모님 병문안을 가고 없었어. 저택에는 나랑 젊은 주인 나리 둘뿐이었지. 어유, 긴장했어. 설렜다고나 할까. 하하하.

젊은 주인 나리는 다정하게 웃으면서, 평소 내가 일을 잘한다며 칭찬해줬어. 그러더니 그 집에 왔을 때부터 나한테 반했다, 어쩜 저리 예쁜가 싶었다, 네가 이 집안의 딸이었으면 좋았을 텐데…… 하고 말해줬지. 너무 좋아서 날아갈 뻔했다니께.

그러더니 젊은 주인 나리는 "그림을 잘 그린다며?"라고 하믄서 날 손짓해 부르대. 가까이 가니까 하얗고 예쁜 손이 내 어깨를 가만히 안더라. 두근거렸지. 꼭 영화 같다고 생각했어.

젊은 주인 나리는 자기도 그림을 좋아해서 모으고 있다면서 책 한 권을 펼쳐 보여주더라.

춘화였어.

그것도 여자가 밧줄에 묶여서 아귀처럼 썰려 있거나, 말(馬)한테 능욕당하거나, 벌거벗은 채로 기둥에 묶여 창에 찔려 죽은 그런 그림들뿐이었지.

나는 단번에 몸이 얼음처럼 차가워져서 바들바들 떨기 시작했어. 그러자 젊은 주인 나리가 책장을 열더군.

안에는 마치 보물처럼, 나무로 된 남자 성기가 몇 개나 늘어서 있었어. 크기가 사람 팔뚝 정도는 됐는데 고양이 혓바닥처럼 가시가 돋친 것도 있었지.

왜 그래, 오빠. 속이 안 좋아? 앗핫핫. 할망구의 음담패설 같은 건 듣고 싶지 않은가. 미안, 미안해. 몸 상태? 글쎄, 한 달 정도는 앉기도 서기도 힘들었어. 밤에 잠도 못 자고, 머리가 한 움큼씩 빠졌지. 아아, 그래서였구나 싶더라. 그 여자도 같은 짓을 당했던 거여.

도망이라니, 도망갈 곳이 어디 있겠어.

그야, 나는 태어났을 때부터 그 저택의 하녀로 사는 운명이 정해져 있었잖어. 거기에서 살아가는 것 말고는 길이 없었지.

한동안 계속됐어. 내가 마흔에 가까워지고 대머리를 숨길 의지도 잃고 주름도 눈에 띄고, 그러니 그제야 멈추더라. 그 뒤로는 오랫동안 평화로웠어.

그런데 그날.

한창 더운 여름날의 점심때였지.

나는 부엌에서 땀을 뻘뻘 흘리며 맛국물을 우리고, 국수를 삶고, 전갱이를 다지고 있었어. 그런데 젊은 주인 나리가 불쑥 들어온 거여. 대낮부터 술에 잔뜩 취해서 얼굴이 시뻘개져서는, 히쭉히쭉 웃으면서 내 엉덩이를 만졌지. "많이 처졌네"라고 하면서.

정신이 들고 보니, 손에 쥔 식칼로 젊은 주인 나리의 가슴팍을 찌르고 있었어.

맞아. 내가 찔렀어. 내가.

식칼이라는 게, 의외로 쑤욱 들어가더라. 그게 아마 날이 잘 갈
렸을 거여. 단골집의 장인한테 맡겼으니께. 요즘 사람들은 숫돌로
식칼 안 갈지?

왜 그려, 얼굴이 새파래져서. 무서워? 바보 같기는. 이제 이렇게
쭈글쭈글한 할망구야. 무서울 게 뭐 있어. 오빠가 마음만 먹으면 나
같은 건 한주먹거리도 안 되지. 무서워할 거 없어.

내가 왜 여기에 있냐고?

그야, 그 여자 심보가 뒤틀렸으니까.

나는 젊은 주인 나리가 몸부림치면서 뒹구는 걸 보고 있었어.
나리가 얼어붙어서 꼼짝도 못 했지. 그때 문이 스윽 열리더니 그
여자가 나타난 거여.

각오했지. 감옥행이구나. 주인 나리를 죽였잖어. 사형을 받을지
도 모르지.

그런데 그 여자, 소리 지르지도 울지도 않고 그대로 남편을 빤
히 쳐다봤어. 빤—히.

얼마나 놀랐는지 몰러. 그 곰보 얼굴이 그때만큼은 왜인지 부용
꽃처럼 흰하고 투명한 것이, 바보처럼 예뻐 보이더라니까. 후광이
비치듯이, 감사할 정도로 반짝거렸어.

얼마 있으니까 젊은 주인 나리는 움직임을 멈췄어.

그러자 그 여자는 마치 유령처럼 소리도 없이 다가와서 내 손에
서 식칼을 뺏더니, 미동도 없는 젊은 주인 나리를 마구잡이로 찌르

기 시작했지.

나는 경악을 해서 몸이 굳었고, 그 상태로 자초지종을 다 봤어. 삽으로 흙을 파내듯이 찌르더라고. 정신 차리고 보니 젊은 주인 나리의 목 아래는 그야말로 다진 전갱이 꼴이 돼 있었어. 덕분에 그 이후로는 전갱이를 못 먹게 됐지. 원래 엄청 좋아했는데.

그 여자는 솟구치는 피를 뒤집어써서 시뻘개졌지만 호흡은 전혀 거칠어지지 않았어. 그러다가 식칼을 바닥에 던지고 일어나더니, 나를 보고 웃더라. 어린 시절 방에서 같이 놀던 그때처럼.

그러고 그대로 제 손으로 경찰에 전화를 걸어서 하나부터 열까지 전부 다 자기 혼자 했다고 우기더만. 그래서 결국 나는 아무런 벌도 받지 않았고 그 여자는 감옥 담벼락 너머에 갇혔어. 저택은 남의 소유가 돼서 철거됐고, 지금은 겁나 큰 건물이 들어섰지.

감쌌다고? 나를? 그 여자가?

그럴 리가 있나. 그 여자는 분했던 거여. '공적'을 또 빼앗겼다는 게. 몇십 년이나 자기 손으로 죽이고 싶었던 남자를 내가 죽여버린 게 마음에 안 들었던 거라고. 더 늦기 전에 자기가 죽였어야지. 참 아둔한 아가씨야. 멍청하지.

아. 왔나 보다.

아아, 저 봐, 나왔다. 꼬질꼬질한 꼬락서니가 눈 뜨고는 못 봐주겠구먼. 어차피 여기서 버스를 어떻게 타야 되는지도 모를 거여. 진짜 바보 같은 여자라니께. 진짜로. 진짜, 바보.

오빠, 미안해. 먼저 갈게. 그늘에 들어가 있어.

하하하, 고맙다는 말을 들을 건 없는데. 자네 진짜 생긴 거랑은 다르게 빠릿빠릿허네. 응? 그렇지, 좋은 양산이지? 이거 꽤 좋은 거여. 독특한 무늬라고? 그런가. 꽃무늬야. 지천에 널린 꽃인데.

꽃 이름?

몰러.

아아, 진짜 날씨가 뭐 이래. 양산 없으면 머리통이 익겠네. 어차피 그 여자, 모자도 없거든. 손이 많이 간다니께. 못 살아 증말.

북쪽 출구의 여인

　이 동네가 어떤 곳인지 말씀드릴게요. 제가 지금 일하는 도시락 가게에서 가장 인기 많은 메뉴는 제일 저렴한 김 도시락 280엔, 두 번째 인기 메뉴가 중화풍 곱창볶음 도시락 340엔, 그걸 대낮부터 발포주나 한 컵짜리 술을 든 손님이 사 가요. 그런 동네입니다.

　비탈길에 에워싸인 게 꼭 사발 바닥 같은 지형인데 사람과 건물이 은근히 많아서 시끌시끌하고, 먹거리가 엄청 싸고, 아니 사실 먹거리만 그런 게 아니라 비싼 건 거의 안 팔리고, 하루 종일 어딘가에서 닭꼬치 같기도 소고기 덮밥 같기도 한 달콤하고 짭짤한 냄새가 흘러오는, 그런 동네입니다. 시골은 아니지만 도시라고 하기에도 뭔가 부족한, 떠들썩하면서도 느긋한 신기한 동네지요.

　저는 10개월 전에 반다이산 미야코와 함께 이 마을로 왔습니다.

반다이산 미야코는 1980년대에 여러 히트곡으로 활동했던 엔카(일본의 대중음악. 우리나라의 트로트와 유사하다-옮긴이) 가수예요. 그 후로도 콘서트 투어를 하거나 1년에 몇 번 여행 프로그램에 게스트로 출연하고 가요 채널 방송에 출연하는 등 활동을 이어왔지만 1년 전에 대마단속법 위반으로 체포. 초범인 걸 감안해 불기소처분을 받은 뒤 소속사와 계약이 해지되고, 고향인 이 마을에 돌아온 거예요. 저는 그녀의 매니저나 다름없는 사람입니다.

"엔카와 대마라니, 뭔가 좀 그렇네. 차라리 각성제 쪽이 더 있어 보이지 않아?"

반다이산 미야코의 언니인 사다 미에코 씨는 그런 터무니없는 소리를 시원하게도 하지만, 본인이 운영하는 '도시락·반찬 미에짱'의 2층 다용도실에 방값도 받지 않고 살게 해준 속정 깊은 사람이에요. 하지만 이전까지 가게 앞에 붙여뒀던 반다이산 미야코의 포스터는 그녀가 체포되자마자 떼어냈다고 합니다.

반다이산 미야코…… 선생님은 이곳에 온 뒤로 2층 방의 이불 속에 틀어박힌 채 닌텐도 3DS로 '몬스터 헌터 크로스'만 주야장천 하고 있어요. 한 번씩은 바깥 공기를 쐬는 게 좋겠다 싶어서, 어차피 게임을 할 거라면 '포켓몬 GO(증강현실을 이용해 현실에서 가상의 캐릭터를 포획하거나 대결하는 모바일 게임-옮긴이)'를 하라고 권유하기도 했지만 아예 손도 안 댄 것 같더라고요. 요전에 몰래 설치했는데 아직 튜토리얼도 안 끝난 상태였어요.

이 동네에 오기 전, 선생님은 제게 '네가 살고 싶은 데서 살아'라고 했어요. 하지만 저는 선생님의 매니저인걸요. 소속사 계약이 해지돼도 그건 변함없어요. 설령 공공연한 활동은 못 하게 된다 해도, 진심으로 반한 노랫소리의 소유자인 가수 반다이산 미야코를 내팽개칠 수는 없었습니다.

저는 도시락 가게 '미에짱'에 아르바이트 직원으로 고용됐고 재료 주문에서부터 조리, 청소, 판매까지 어지간한 업무는 미에코 씨에게 배웠습니다. 예전부터 매니저로서 요리와 가사도 했기 때문에 일을 금방 익혔어요. 무엇보다도 도시락을 팔며 동네 사람들을 대할 수 있다는 게 꽤나 재밌습니다.

"언니, 후리카케 특별한 걸로 줘. 기분 좋아지는 녀석으로. 캬하하하하."

라든가,

"있잖아, 여기 반다이산 미야코네 가게 맞지? 안에 있어? 있지? 잠깐만 불러와봐. 있잖아, 내가 엄청 팬이거든."

등등 여러 손님이 와요. 한 반년 전까지는 잡지나 방송국 기자분도 자주 왔지만 이제 세상은 선생님을 거의 잊었나 봅니다. 도시락도 안 살 거면서 이상한 소리를 해대는 사람도 많이 줄었어요.

그리하여 오늘도 김 도시락과 중화풍 곱창볶음 도시락을 잔뜩 만들고, 포장하고, 팔다가, 점심시간이 막 끝났을 무렵. 길 건너편에서 '한 박자 씨'가 오는 모습이 보였습니다.

한 박자 씨란 제가 마음대로 붙인 별명이에요. 거의 매일 도시락을 사러 오는 단골손님입니다. 20대 중반 정도의 젊은 여성으로, 근처에 있는 '드러그 스토어 시바타' 앞치마를 두르고 있어요. 단골손님은 많지만 한 박자 씨가 인상적인 이유는 주문 방식 때문입니다. 고개를 살짝 숙인 채 카운터에 다가와서

"김 도시락 하나……."

하고 기어드는 목소리로 말하고는

"……."

한 박자 쉬고

"주세요……."

라고 말하는 거예요.

그 신기한 템포가 묘하게 귀에 박히자 저도 모르게 한 박자 씨가 가게에 오는 걸 매일 신경 쓰게 됐지요.

짐작건대 한 박자 씨는 주 6일 근무하고 휴무일은 그때그때 다른 것 같아요. 복장은 항상 청바지에 녹색 스니커즈. 상의는 어두운 플란넬 셔츠 또는 짙은 남색에 분홍 꽃무늬가 들어간 트레이닝복 또는 짙은 갈색 튜닉 블라우스. 아주 살짝 새치가 섞인 검은 머리칼을 검은 곱창 밴드로 묶었어요. 비가 와도 바람이 불어도 추워도 따뜻해도 다음 날도 그다음 날도 김 도시락. 여기에서 일하는 저도 주로 김 도시락을 먹지만 일주일에 두 번 정도는 마파두부 도시락이나 햄버그 도시락을 선택해요. 하지만 한 박자 씨는 곧 죽어

도 김 도시락. 솔직히, 특별히 맛있는 것도 아니에요. 약간 굳은 밥에 김과 가다랑어포, 대용량 냉동 생선가스, 얇게 썬 어묵, 진분홍색 무피클. 이게 끝이거든요. 영양 균형도 치우쳐 있지, 생선가스는 기름지지, 어묵은 아무 맛이 안 나요. 그래도 한 박자 씨의 점심 메뉴는 꾸준히 김 도시락.

"감사합니다."

김 도시락을 받아 들면 또다시 구부정한 자세로 왔던 길을 되돌아가는 한 박자 씨의 뒷모습을, 저는 무의식중에 눈으로 좇게 됐어요.

"아키, 미안한데 오늘 밤에 후미야한테 심부름 좀 다녀와. 아르바이트생이 자전거를 타다가 넘어져서 뼈에 금이 갔다지 뭐야."

마감 할인으로 내놓은 반찬 판매도 거의 다 마무리했을 때쯤 미에코 씨가 말했습니다. 후미야는 미에코 씨의 시동생인데 이 동네에서 작은 노래방인 '낭만비행'을 운영하고 있어요. 예전에 한 번 도와주러 간 적이 있기도 해서 저는 기꺼이 그러기로 했지요.

'미에짱' 근무를 마치고 저는 미에코 씨에게 받은 자전거를 타고 내달렸습니다. '낭만비행'까지는 5분이면 도착해요.

오늘 밤도 여느 때와 마찬가지로 어디에선가 달콤하고 짭짤한 좋은 냄새가 흘러옵니다. 오래된 빌라의 창문 너머로 반짝반짝 빛나는 텔레비전의 빛, 여기저기 움푹 파인 아스팔트 위를 빠르게 달려가는 시궁쥐, 일등성처럼 강렬하게 번쩍이는 편의점과 유흥주점의 간판들. 빛나는 창마다 사람들의 생활이 있고, 그 사이를 누비고 있노라면 저도 그 빛 안에 소속된 것만 같은 기분이 들어요. 그것은 지방과 도쿄를 오가며 하염없이 옮겨 다녔던 1년 전의 생활에서는 얻지 못한, 따분한, 하지만 왠지 마음이 놓이는 감각이었어요.

'낭만비행'은 가까운 역에서 북쪽 출구로 나오면 바로 보이는 아담한 3층 건물의 2층과 3층에서 영업을 해요. 도착하자마자 노래방 이름이 새겨진 앞치마를 맨 뒤 음료수 컵을 씻고 감자튀김을 전자레인지에 돌리고 손님이 나간 방을 청소하며 분주하게 움직입니다. 아침부터 앉지도 쉬지도 못한 상태라서 불혹에 가까운 몸으로는 조금 벅차요. 하지만 너무 한가한 것보다는 낫다고 생각합니다. 불현듯 '미에짱' 2층에 틀어박힌 선생님의 얼굴이 떠오르네요.

밤 10시. 후미야 씨가 11호실 앞 복도에 눌어붙은 껌을 떼라고 하셔서 금속 주걱을 들고 3층에 갔는데, 이내 뭔가 이상하다는 걸 알아챘어요. '낭만비행'은 방음이 썩 잘되는 편이 아니에요. 방 안에서 노래를 부를 때는 괜찮지만 복도로 나오면 방의 노랫소리가 곧잘 들립니다. 당연하게도 다들 초보예요. 어쩌다 한 번씩 꽤 잘 부르는 손님도 있는데, 여기에서 노래란 친구와 가족과 동료의 흥을 끌어 올리기 위한 도구일 뿐 노래를 노래로써 부르는 사람은 거의 없지요.

그런데 지금, 어둑어둑하고 좁은 복도에 흘러나오는 것은 틀림없는 노랫소리였어요. 〈여인의 눈물잔〉. 1985년에 발표된 반다이산 미야코…… 선생님의 히트곡이에요.

언제나 젖어 있는 이 소매를
오늘도 누군가가 수군거리네
싫어 아니야 눈물이 아니야
술을 조금 흘린 것뿐야
꽃 같은 도시에서 홀로 마시는
여인의 술이 넘친 것이라오

나는 금속 주걱을 들고, 그 자리에 발이 붙은 듯 서 있었습니다.

어릴 때부터 수백 수천 수만 번 들은 노래예요. 진짜 반다이산 미야코의 목소리로 듣고 듣고 또 들은 노래라고요. 진짜를 알아요. 죄다 기억하지요. 스며들어 있어요. 제 안에.

그 〈여인의 눈물잔〉은, 처음 듣는 노래였어요.

같은 곡, 같은 가사인데도 난생처음 듣는 노래라는 생각밖에 들지 않았습니다.

성량이 풍부하고 시원하게 뻗으면서도 톡 하고 건드리면 스러져버릴 듯 얇은 얼음 같은 투명한 목소리. 떨리는 가락이 제 뒷목을 꽉 붙들더니, 소매를 적시는 여자의 체념이, 한이, 자포자기하는 심경이, 노래방 문을 넘어 뼛속까지 한 번에 흘러들어 옵니다.

저는 눈물을 흘리고 말았어요.

처음으로, 〈여인의 눈물잔〉이 어떤 곡인지 알게 됐습니다. '진짜'는 이거였어요. 이게 어찌 된 일일까요. 반다이산 미야코의 노래가 '진짜'가 아니었다니. 굉장한 노래. 굉장한 목소리. 이런 걸 듣게 될 줄이야.

그 자리에 얼어붙은 듯 꼼짝 않고 〈여인의 눈물잔〉을 끝까지 들었습니다.

얼마 후 노랫소리가 들려왔던 맨 끝 방의 문이 쓱 열렸어요.

안에서 고개를 숙인 채 영수증을 들고 나온 사람은, 한 박자 씨였습니다.

"선생님!"

저는 '미에짱'으로 돌아가자마자 2층으로 뛰어 올라갔어요. 선생님은 역시나 잠옷 차림으로 이불 위에서 뒹굴며 게임기를 들여다보고 있었죠.

"선생님, 저, 엄청난 가수를 발견해버렸어요. 매일 도시락을 사러 오는 손님인데, 오늘 후미야 씨네 노래방에서 노래 부르는 걸 들었는데…… 하여튼 엄청나요. 그런 목소리는 처음 들었어요. 엔카예요. 아직 젊은데도, 엄청난 엔카를 불러요."

선생님은 게임기에 시선을 고정한 채 한동안 말없이 손만 움직였어요.

"선생님, 저기."

"그래서 어쩌라고."

"어쩌라뇨, 그……."

"그래서 어쩌란 거야."

저는 입을 반쯤 벌린 상태로 말을 잃었어요. 그 말이 맞아요. 이런 이야기를 선생님에게 해본들 뭘 어떻게 할 수 있겠어요. 한때는 제자 육성 차원에서 젊은 가수를 프로듀스하는 일도 했지만 지금은 은퇴한 몸이니까요.

그래도, 말하지 않고는 못 배기잖아요. 일개 매니저라고는 해도, 저도 어렸을 때부터 엔카를 계속해서 들었고 수십 년간 선생님을 모시며 업무적으로도 노래와 연이 있었고요. 그 노랫소리의 힘을 알아볼 수 있는 사람은, 이 동네에는 분명 저와 선생님밖에 없어요.

다음 날도 한 박자 씨는 점심때 김 도시락을 사러 왔습니다. 늘 그렇듯 고개를 숙이고, 늘 그렇듯 한 박자 쉬고 주문을 하고. 그 작은 목소리는 어젯밤의 시원시원한 발성과는 완전 딴판인 듯했지만 그럼에도 귀에 남는 여운은 확실히 노랫소리와 같았습니다.

그날 밤, 저는 '낭만비행' 일을 자처하고 나섰어요. 후미야 씨에게 캐물은 끝에 한 박자 씨가 단골이고 거의 매일 밤 혼자 노래방에 온다는 사실을 알아냈기 때문이죠.

기대를 저버리지 않고 그날도 한 박자 씨가 왔습니다. 말없이 회원 카드를 내밀더니 꾸벅 인사를 한 뒤 영수증이 꽂힌 플라스틱 폴더를 받아 들고 고개 숙인 채 발 빠르게 3층으로 올라갑니다.

적당한 때를 틈타, 저는 청소한다 말하고 3층으로 향했습니다.

"아아⋯⋯."

무심코 탄성이 흘러나왔어요. 방음문을 찢고 울려 퍼지는 〈여인의 눈물잔〉, 〈인생 종착역 아이즈(会津)〉, 〈미야코의 으라차차〉⋯⋯ 하나같이 반다이산 미야코의 곡이에요. 제 머릿속의 음악이 한 박자 씨의 선율을 따라 스르르 뒤바뀌는 듯한 기분이었습니다. 반다이산 미야코의 곡뿐 아니라 이 머릿속에 쌓인 모든 엔카가, 모든 음악이.

거의 무의식중에, 저는 제 핸드폰으로 녹음을 하고 있었어요.

'미에짱' 2층 문을 열자 안은 어두컴컴했고 선생님은 이미 잠든 것 같았습니다. 아니면 자는 척을 하고 있거나.

"선생님."

부푼 이불의 베갯머리에 다가가 나지막한 목소리로 말을 겁니다.

"선생님, 들어보세요. 이게 그 노래예요."

저는 녹음한 걸 재생했어요. 이런 기계와 이런 환경에서도 목소리의 위력이 쇠하지 않는다는 사실에 놀라며, 최대한 크게 틀었어요.

선생님은 옴짝달싹도 하지 않았습니다.

잠이 든 건 아닐 터였어요. 이 노래를 듣고도 아무것도 느끼지 않을 수는 없거든요. 무슨 생각을 하는지, 어떤 감정이 느껴지는지, 이불을 걷어 묻고 싶은 충동을 억누르며 묵묵히 노래를 계속 틀었죠.

말 없는 선생님의 베갯머리에서 동이 틀 때까지 반복, 또 반복하며 한 박자 씨의 노래를 재생하다 보니, 어느 틈엔가 저는 기절하듯 바닥에서 잠이 들어버렸습니다.

마디마디가 쑤시는 느낌과 추위에 눈을 뜨자 깔끔하게 접힌 이불이 눈에 들어왔어요. 바깥은 희미하게 밝아진 상태였죠.

바닥에는 방전된 제 핸드폰이 굴러다니고 있었어요.

한동안 멍하니 그 광경을 바라보다가, 정신이 번쩍 들어 창고의 장지문을 열었어요. 안에는 제가 이 동네에 올 때 가져온 여행 가방과 짐이 있어야 합니다.

그곳에는 제 개인 물건이 든 보스턴백만 덩그러니 남아 있었어요.

"선생님!"

선생님은 첫차가 들어올 차디찬 플랫폼에 서 있었습니다.

거의 1년 만에 보는 아름답게 화장한 얼굴, 짙은 보라색 레이스 정장, 진홍색 여행 가방, 보랏빛 선글라스. 선생님은 시간을 되감은 듯 한 시대를 주름잡던 가수, 반다이산 미야코로 돌아왔어요.

"선생님……."

저는 깜짝 놀랐어요. 선생님의 커다란 체구 뒤에 몸을 숨기듯 한 여자가 서 있었거든요. 한 박자 씨였어요.

선생님은 선글라스 너머로 저를 힐끔 쳐다보더니 턱을 살짝 들고 근엄하게 말했어요.

"난 이 아이와 도쿄로 돌아갈 거야. 넌 네 마음대로 살아."

이 마을에 왔을 때 했던 말과 같았어요. 저는 걸친 옷 외에는 아무것도 없는 상태로, 세수도 안 해서 꾀죄죄한 모습으로, 아름답고도 위대한 반다이산 미야코 앞에 무릎을 꿇고 바닥에 웅크리듯 앉았어요.

"왜 저는 안 데려가시는 거예요? 저 여자를 찾은 건 저예요."

한 박자 씨는 고개를 들더니 처음으로 제 얼굴을 봤어요. 놀란 듯 당황한 듯 불안해 보이는 표정. 그렇지만 뺨은 복숭아처럼 상기된 채 하얀 숨을 가늘게 내뱉으며 가만히 서 있었어요.

"너는 이 목소리를 감당할 수 없어."

선생님은 이제는 제 쪽으로 얼굴도 돌리지 않고, 한 박자 씨의 발그레한 볼을 바라보고 있었습니다.

"그래도, 매니저는. 매니저는 필요하잖아요. 선생님 뒷바라지는요? 사무 절차 같은 건 어떻게 하시려고요."

"그런 일을 할 사람은 얼마든지 있어."

"하지만 전 선생님을 위해서 여태껏……."

"난 부탁한 적 없는데."

쏴아, 차가운 회오리바람이 불었습니다.

"엔카는 귀신과 악마의 노래야. 귀신이 돼서 악마에게 영혼을 팔아야지만 엔카를 부를 수 있어. 그 동반자도 같이 지옥에 갈 각오를 해야 하는 거야. 넌 귀신도 악마도 아니야. 이런 거지 같은 동네에도 금방 적응했어. 넌 평범한 여자야. 앞으로는 평범한 삶을 살아."

선생님은 그렇게 말하더니, 자신이 두르고 있던 디올 머플러를 한 박자 씨의 목에 다정하게 둘러주었습니다.

"넌 지금부터 나와 함께 지옥에 가는 거야. 알겠지?"

한 박자 씨는 눈을 똑바로 뜨고 입술을 굳게 다문 채, 반다이산 미야코의 눈동자를 바라보며 아무 망설임 없는 표정으로 천천히, 깊숙이 끄덕였어요.

그때 첫차가 들어왔습니다.

"선생님!"

여행 가방을 끌며, 두 사람은 제 쪽으로는 눈길도 주지 않고 텅텅 빈 열차 안으로 발을 들입니다.

"선생님, 어째서!"

역무원이 바닥에 납죽 엎드린 저를 겁에 질린 표정으로 쳐다봤지만, 그냥 보고만 있어요. 여느 때처럼 안내 방송이 흘러나온 뒤 열차 문이 닫힙니다.

"엄마!"

제 외침은 열차가 출발하는 소리에 휩싸여 날아갔어요.

"기다려! 엄마!!"

두 귀신을 태우고, 열차는 아침 해를 향해 떠나버렸습니다.

저는 플랫폼에 주저앉아 한동안 멍하니 있었어요.

그리고 태양이 온전히 떠올랐을 때 비로소, 나는 모든 걸 다 잃었다는 사실과 완전히 자유가 됐다는 것을 깨달았어요.

또다시 차가운 바람이 불며 나이 마흔을 코앞에 둔, 가진 게 하나도 없는, 아무것도 아닌 나의 몸에서 체온을 앗아갑니다. 저는 앞으로 어떻게 해야 할까요. '미에짱'으로 돌아가 김 도시락을 만들거나 아니면 벽장 안의 보스턴백을 꺼내거나. 둘 중 하나겠지만 지금은 그저, 아무것도 하지 않고, 이대로 여기에서 잠들어버리고 싶다고, 그 생각만 하며 눈을 감았습니다.

도쿄에서 23시에 안나는

　그것은 기묘하게 고요한 술렁임이었다. 수십 명의 남녀가 마치 프레리도그처럼 한 방향을 향해 고개를 빼고 뭔가를 들여다보듯 어깨를 흔든다. 주변 소리에 휩쓸려 사라질 정도의 불만 섞인 신음소리, 자그맣게 혀를 차는 소리, 푸념 중이라는 걸 억양으로 알 수 있는 혼잣말. 그런 것들이 모여 시끌시끌한 소리 풍경을 자아낸다. 아무도 개찰구를 통과하려 하지 않는다. 바로 옆에 있는 스피커에서 갈라진 남성의 목소리로 무어라 안내 멘트가 나오는 것 같은데, 한동안 귀를 기울여보아도 영어는 들리지 않았다.

　여기저기 둘러본다. 어떤 사고가 나서 전차가 움직이지 않는 것이겠지. 일본에 온 지 아직 한 달밖에 안 됐지만 칼같이 정확하게 운행된다고 들었던 전차는 수시로 멈추거나 연착된다.

안나는 불안했다. 뭐가 어떻게 된 노릇인지 알 수가 없으니까. 사람들을 가둔 개찰구 앞에서 다른 사람들처럼 고개를 흔들어본다. 플랫폼으로 올라가는 계단이 보일 뿐. 천장에 매달린 전광판에는 빨간색, 주황색으로 뭔가 중요한 내용이 적힌 듯했다. 안나는 그것도 읽을 수가 없다.

노성이 들려왔다.

회색 정장을 입은 백발의 노인이 제복 차림의 역무원에게 고함을 지르며 따지고 있었다. 당장이라도 달려들 기세로 쩌렁쩌렁 욕설을 퍼붓는다. 뭐라고 하는지는 모르겠다. 고개를 숙인 채 듣고 있는 역무원은 아직 고등학생인 양 어려 보인다. 주변 사람들은 멀찍감치 떨어져서 호통치는 노인을 보고 있다. 경비원도 경찰도 오지 않는다.

사람이 점점 많아졌다. 평일 밤. 다들 이 개찰구 너머에 멈춰 선 전차를 타고 집에 가고 싶은 것이다.

하지만 한동안 상황을 살펴보니 금방 복구될 만한 상태는 아니라는 것을 알 수 있었다. 모였던 사람들이 개찰구에서 등을 돌려 뿔뿔이 어딘가로 사라진다. 명확한 목적지가 있는 사람들인 듯했고, 안나는 점점 더 불안해졌다. 누구에게든 상황을 묻고 싶은데 아무도 눈길조차 주지 않는다. 제이콥에게 전화를 걸거나 메시지를 보내볼까 생각했지만 그이는 오늘 아침부터 닷새간 후쿠오카라는 남쪽 도시로 출장 갔다는 사실이 떠올랐다.

"전부터 도쿄에 가보고 싶다고 했었잖아. 당신한테도 좋은 기회지 않을까. 3년뿐이고, 살 집은 회사에서 준비해줄 거야. 카메라랑 렌즈만 파는 거리도 있어. 나는 일하고 당신은 마음껏 사진 찍으면서 알찬 3년을 보내자. 분명 즐거울 거야."

제이콥의 제안에 반대할 대목은 한 군데도 없었다. 그가 하는 말은 언제나 그렇다. 빈틈이 없고, 공정하고, 옳고, 타당하다. 그리고 언제나 안나에게 어떤 게 더 좋을지를 생각해준다. 다정하고 믿음직스러운 사람. 하지만 지금 그런 제이콥과는 멀리 떨어져 있다. 어떤 행동을 하는 것이 최선인지 알려줄 수 없다. 안나는 혼자였다.

재차 주변을 둘러본다. 거대하고 복잡한 도쿄의 역 안은 꼬마 아이가 아무렇게나 쌓은 블록 같았다. 허옇고 쨍한 형광등 조명 아래에 있는 모두의 얼굴이, 기묘하게 밋밋한 그림처럼 보인다. 안나는 묵직하게 늘어진 가방을 고쳐 메며 어찌할 바를 몰라 했다.

그때, 자그마한 사람이 달려와 잽싸게 전광판을 올려다보더니 짧게 욕을 뱉었다. 아마 욕일 것이다. 여자아이였다. 네이비색과 푸크시아 핑크색 꽃무늬의 헐렁한 원피스에 레몬색 카디건, 니트 모자를 쓰고 짧은 부츠를 신고서 커다란 은색 배낭을 앞으로 메고 있다. 예쁘게 화장한 얼굴은 언짢아 보였지만 그래서 오히려 또렷한 이목구비가 돋보이는 듯한 아이였다.

시선을 끄는 그 모습을 무심코 빤히 쳐다보는데 여자아이가 미간

을 찌푸린 채 돌아보더니 무어라 말을 했다. 당황한 안나가 일본어
를 할 줄 모른다는 사실을 알리려 하자 여자아이는 눈을 끔벅이며

"뭐?"

라고 영어로 말했다.

"영어 할 수 있어?"

"할 수 있는데, 왜?"

"미안, 이 노선을 타고 싶은데 왜 전차가 멈췄는지 알 수 없어서
난처해하던 참이었어."

"인명 사고. 복구되기까지 시간이 꽤 걸릴 것 같아."

"그렇구나…… 고마워."

사투리가 심하고 퉁명스러운 말투지만 알아들을 수 있다. 대화
가 된다. 안나는 기분이 좋아졌다. 자연스레 미소가 지어진다.

"관광객?"

여자아이의 얼굴이 언짢은 표정에서 의아해하는 표정으로 바뀌
더니 고개를 살짝 기울이며 물었다. 검은 생머리가 어깨에서 떨어
진다.

"일 때문에…… 남편 직장 때문에 여기에 살고 있어. 하지만 아
직 한 달째라서 잘 몰라."

"뭐? 한 달이나 됐는데 전차도 못 타? 그건 좀 아닌데."

강한 어조에 흠칫 놀라 굳어버렸다. 못 타는 게 아니라고 변명
하려 했으나 사실 그 말이 맞았다. 도쿄는 관광 도시라서 어디에서

든 영어가 통할 테고 영어 표지판도 잘돼 있을 거라던 제이콥의 말만 믿고 거의 아무 준비도 없이 와버렸다. 하지만 이곳은 상상 이상으로 일본어가 넘실대는 나라였다. 안나는 한 달 내내 뭘 하든 어리둥절, 갈팡질팡했다.

"집이 어디야?"

"시키라는 역에서 가까운데……."

"아아, 시키(志木). 그럼 버스로 가면 되잖아."

뜨끔했다. 버스라는 선택지는 애초에 머릿속에 없던 상태였다. 얼굴이 빨갛게 달아오른다. 나이는 먹을 만큼 먹어놓고 어쩜 이리도 어리숙할까. 혼자서는 아무것도 못 하는 애. 엄마가 자주 했던 말을 떠올리고 만다.

"앗."

버스 정거장을 찾아보려고 가방에서 허겁지겁 스마트폰을 꺼내다가 땅에 떨어뜨려버렸다. 꼴불견이다. 창피하다. 관자놀이가 뜨거워지며 콧등이 시큰해진다. 이런 상황에서 눈물이 나려 하다니. 어린애도 아닌데.

그런데 분홍과 초록색 매니큐어를 바른 손이 안나보다 빠르게 스마트폰을 주워 들었다. 따뜻한 나라에 사는 새의 날개 색깔처럼 선명한 아이섀도가 발린, 가느다란 눈이 깜빡인다. 그러고는

"당신, 밥 먹었어?"

하고 물었다.

10분 뒤, 안나는 작은 테이블을 사이에 두고 여자아이와 마주 앉았다. 복도처럼 좁고 긴 가게 안은 사람들로 가득했고 다들 술을 마시고 있었다.

"못 먹는 거 있으면 말해."

특별히 없다고 답하자 여자아이는 종업원을 불러 빠르게 주문을 했다. 수 분도 지나지 않아 맥주 두 잔이 나왔고 곧이어 작은 접시에 담긴 다채로운 요리가 한꺼번에 테이블 위로 올라왔다.

얼핏 봐도 뭔지 알 수 있는 요리가 있는가 하면 처음 보는 요리도 있다. 안나는 조심스레 젓가락을 들고 햄과 오이가 들어간 으깬 감자를 찔러보았다.

"이름은?"

여자아이는 보기만 해도 매울 것 같은 소스에 파묻힌 버팔로 윙을 물어뜯더니 손가락을 빨며 물었다.

"안나 파커……."

"안나. 나는 산영이야. 이산영."

그 이름을 머릿속에서 되뇐다. 산영의 맥주잔은 벌써 반 이상 비었다.

"당신은 도쿄에 살아?"

"가미이타바시(上板橋)에서 룸 셰어 하고 있어. 대학생이야."

"그렇구나. 저…… 고마워."

"뭐가?"

"영어 통하는 곳이 별로 없어서 애먹었거든. 역이나 백화점 표시도 잘 모르겠고."

"여기 오래 있을 예정이야?"

"3년."

"그럼 일본어 공부해야지! 왜 오기 전에 안 했어?"

안나는 다시 움찔했다. 경직된 젓가락 끝에 산영의 시선이 쏟아진다.

"미안……."

"나한테 사과해서 뭐 하게. 이상하네. 힘든 건 본인이면서."

"응……. 맞아. 정말 그래. 더 확실히 준비해서 왔으면 좋았을 텐데. 일본어는 어렵다고 들어서 엄두도 못 냈어."

"어디에서 왔어?"

"시카고. 사실 시카고를 벗어난 것도 이번이 처음이야."

"호오. 나는 서울."

"서울? 일본인 아니야?"

"아니야. 한국인."

"일본어도 할 수 있어?"

"그럭저럭. 그냥저냥. 마트에서 일할 수 있을 정도로는."

안나는 감탄의 한숨을 내뱉었다. 애니메이션에서 튀어나온 듯 컬러풀한 산영은, 작고 어렸지만 그럼에도 안나보다 훨씬 많은 걸 할 수 있었다. 사실 이 정도 또래의 자식이 있어도 이상할 게 없을 나이인데. 그렇게 생각하자 안나는 다시금 창피하기도 서글프기도 한 감정에 휩싸여버렸다.

"우리 둘 다 외부인이네."

"그렇지. 고향에서 멀리 떠나서. 난 별로 안 멀지만."

"······서울은, 좋은 동네야?"

서울에 관해서는 도쿄보다 더 모른다. 생소한 곳이라 가볍게 던진 질문이었는데 산영은 잔을 테이블에 탁, 내려놓더니 낮은 목소리로 답했다.

"좋은 동네 같은 건 없어."

그러고는 닭꼬치를 집어 들어 덥석 물었다.

"좋은 동네 같은 건 세상 어디에도 없어. 아무리 예쁜 곳이라 해도 짜증 나는 놈한테 데면 최악인 동네. 쥐뿔도 없는 곳이라 해도 따뜻한 사람을 만나면 좋은 동네."

"······도쿄는?"

"오늘은 최악이었어. 하지만 최악은 아닐 것 같기도 해."

산영은 그렇게 말하더니 안나를 손가락으로 가리켰다.

"책임이 막대해."

안나가 억지로 웃든 말든 눈길을 돌려 오렌지색 입술로 닭꼬치를 우적우적 먹기 시작한다.

"좋아하는 배우가 있었어. 유명한 사람."

산영은 닭꼬치를 삼킨 뒤 불쑥 그런 말을 꺼냈다.

"할리우드에서 활동하는 잘생긴 사람이야. 그 사람이 어떤 인터 뷰에서 말했어. '여행은 멋지다. 모국을 떠나 세계를 돌다 보면 인종, 종교, 피부색 차이 따위는 아무것도 아니라는 걸 느끼게 된다. 어떤 사람이든 모두 다 똑같은 인간이라는 심플한 사실을 깨달았다'라고. 어릴 때 그 말에 무지 감동받았어. 그래서 나도 고향을 떠났지."

산영은 "그런데 말이야" 하더니 맥주잔을 비웠다.

"여러 나라를 돌아다니면서 깨달았어. 인종과 종교와 피부색 차이가 아무것도 아니라고 느낄 수 있었던 건 그가 부자에다 백인인 성인 남성이었으니까. 인종, 종교, 피부색 차이, 나한테는 아무것도 아닌 게 아니더라. 전부 생사가 걸린 문제였어. 무서운 일도 많이 겪었고."

"……도쿄에서도?"

"도쿄에서도. 시카고에는 안 가봤지만 시카고에서도 그러겠지. 당신은 어때?"

"도쿄에서는…… 무서운 일은 겪은 적 없어. 조금, 그, 외롭기는 하지만."

"그건 분명, 도쿄 사람들이 당신을 무서워해서 그런 거야."

"난 무서운 사람 아닌데."

"키 큰 흑인 성인 여성은 여기에서는 두려움의 대상이야."

"……너무해."

"그럼 시카고에서 키 작고 젊은 아시아 여성은 어떤 취급을 받아?"

안나는 입을 다물었다. 위 속이 조여들듯 아팠다. 따라오지 말걸 그랬다는 생각이 들었다. 마침내 대화다운 대화를 할 수 있게 됐다고 생각했는데.

"누구나 언뜻 본 겉모습으로 사람을 판단해. 나도 그렇고, 당신도 분명 그럴 거야."

"당신도, 내가 무서워?"

"처음에만. 하지만 바로 아니라는 걸 알았어."

"주뼛거리고 둔해서 그런 거지?"

"아니. 고맙다고 말했으니까. 그리고 같이 밥도 먹었으니까 완전히 알았어. 당신이 어떤 사람인지. 당신은 무서운 사람이 아니야."

산영은 희미하게 미소 지었다. 그리고 빈 잔을 들어 흔들며 더 달라고 말했다.

두 사람은 한동안 침묵했다. 주방에서 조리를 하는 소리. 주변 손님들의 이야기 소리. 어디에선가 들려오는 사이렌 소리. 도쿄의 소리가 두 사람을 감쌌다.

"나."

안나는 거품이 다 빠진 맥주를 한 모금 마시고는 입을 열었다.

"사진작가야. 돈은 별로 못 벌지만."

오오, 산영의 눈이 동그래진다.

"도쿄에 오면 분명 재미있는 사진을 많이 찍을 수 있을 것 같아서 설렜어. 그런데 한 달 동안 한 장도 못 찍었어. 셔터를 누를 수가 없어. 이유는 모르겠지만."

가방을 연다. 안에는 늘 지니고 다니는, 아끼는 카메라가 들어 있다.

카메라를 꺼내 자세를 잡는다. 파인더를 들여다본다.

렌즈 너머에서 산영은 오크라를 담배처럼 물더니 인상을 찌푸리고 양손 가운뎃손가락을 치켜세웠다. 안나는 웃다가, 너무나도 자연스럽게 셔터를 눌렀다.

"……찍었다."

오크라를 입안으로 빨아들이며 산영이 작게 박수를 친다. 그리고 잔을 기울인다. 안나는 그 모습도 찍었다. 그리고 메뉴를 적은 길고 폭이 좁은 종이가 빽빽이 붙은 벽이며, 담배 연기에 그을려 누리끼리해진 천장, 와이셔츠를 입은 남자들의 등을 찍고, 마지막으로 다시 얇게 썬 피클 같은 것을 먹는 산영을 찍었다. 얼마든지 찍을 수 있을 것 같은 기분에 안나의 심장은 둥둥, 고동쳤다.

바로 뒷자리에서 대학생처럼 보이는 사람 몇몇이 목소리를 높였다. 산영은 돌아보더니 자신의 스마트폰을 들었다.

"전철 복구됐나 봐. 나는 갈게."

산영은 지갑에서 지폐 몇 장을 꺼내 테이블 위에 두며 자리에서 일어났다.

"잠깐만."

급히 불러 세웠지만 말이 나오지 않자 안나는 재빨리 카메라를
들고 사진을 또 한 장 찍었다.

"······오늘 도쿄는 좋은 곳이었어?"

산영은 눈을 깜박거리고는 웃으며 말했다.

"응. 꽤 좋았어. 오늘 밤의 도쿄는, 좋은 곳이야."

뒤이어 은색 배낭을 나부끼듯 걸쳐 메고 손을 흔들며 가게를 나
섰다.

안나는 한동안 역으로 가지 않고 여기저기 돌아다니며 셔터를
눌렀다. 더 이상 이곳은 낯선 거리가 아니었다. 혼자 우두커니 멈
춰 설 수밖에 없는 거리가 아니라, 서울에서 온 잘 먹는 여자아이
를 만난 거리가 되었다. 안나는 걸었다. 서점을 찾아 일본어 공부를
할 수 있는 책을 사서 제이콥에게 전화해야겠다고 생각했다. 제이
콥의 후쿠오카는 어떤 곳일까? 오늘 밤 도쿄는 무척이나 좋은 곳
이었다고, 그이에게 얼른 말해주고 싶다.

자매들의 정원

은둔자를 사냥하는 데 자격 요건 같은 것은 없다. 위성 사이를 이동할 수 있는 휠, 그리고 그리 쉽게 죽지 않을 운과 체력만 있으면 누구나 헌터가 될 수 있다. 거기에 칼을 다루는 솜씨까지 좋다면 흠잡을 데가 없다. 나는 이 조건을 모두 갖췄다. 그래서 시시한 거리 생활을 청산하고 자극적인 사냥의 세계로 뛰어드는 데에 일말의 망설임도 없었다.

첫 의뢰처는 은행이었다. 빌린 돈을 갚지 않고 위성으로 도망간 패배자들을 쫓는, 신인이 맡는 전형적인 업무였다. 타깃은 돈이 없기 때문에 그렇게 멀리까지는 도망갈 수 없다. 대부분 마약이나 도박으로 신세를 망치는 나약한 인간으로, 칼을 내보이기만 해도 놀라 자빠질 족속들이다. 자원도 오락도 없는 폐허가 된 별로 도망간 시점에서 이미 막다른 길목에 들어선 셈이다.

처음에는 체념과 두려움으로 가득 찬 얼굴에 마음이 아주 조금 아팠으나 두세 번 거듭하다 보니 그런 동정심도 사라졌다.

헌터란 고독한 직업이다. 작당해서 사냥을 하는 사람도 있지만 그래서는 헌터가 된 의미가 없다. 모든 것을 혼자서 결단하고 그 누구의 도움도 받지 않는다는 점이 이 직업의 정수(精髓)니까. 생명을 얼마나 깎아낼 것인가. 운에 얼마나 패배할 것인가. 나의 앞날은 오롯이 내 지휘에 달렸다. 이것이야말로 충만한 인생이다.

헌터가 된 지 반년이 지났을 무렵. 마침내 그날이 왔다. 나는 관공서로 불려가 무표정에 하얀 옷을 입은 관리에게 어떤 은둔자를 체포해달라는 의뢰를 받았다. 보수는 6과 4분의 3. 중고였던 탓에 샀을 때부터 덜거덕거렸던 휠을 최신식으로 바꾸고 허름한 장비와 연료를 보충하고도 충분히 남는 돈이다. 하지만 더 낮은 보수였더라도 기꺼이 수락했을 것이다. 관리가 의뢰한다는 건 어엿한 헌터로서 인정받는다는 증거이기 때문이다.

나는 자물쇠로 굳게 잠긴 지령서를 받았다. 은둔자가 숨은 곳은 본토에서 가장 먼 구역인 히카리에 있는 '미도리'라는 위성이었다. 얼음으로 뒤덮인 하얀 별. 까마득한 옛날, 선조들이 자원을 찾느라 파낸 구멍이 지표면에 비뚤어진 모양을 그리고, 그 외에는 유적처럼 오래된 개척 기지가 덩그러니 남겨졌을 뿐인 척박한 위성. 후회

마저도 얼어붙을 곳이다.

그런 곳에서 살 바에야 본토와 가까운 별의 형무소에 들어가는 게 더 낫다고 생각하지만, 은둔자의 사정과 속셈을 상상하는 짓은 관둔 지 오래기에 의문은 갖지 않고 순수한 정보만을 머리에 넣었다.

표적의 이름에는 통칭이 붙어 있었다. 전(前) 헌터라는 뜻이다.

지금까지 그에게 보낸 헌터 수가 셋. 죄다 현지에서 행방불명이 된 상태다. 관리는 그렇게 말하더니 내 이마에 위성 간(間) 도항 허가증을 삽입해주었다.

선금을 담보로 새 휠을 사고 한랭지용 갑옷 슈트를 제작했다. 은 둔자를 잡아들이지 못한다면 빚만 남을 뿐이다. 그럴 경우 내가 쫓기는 신세가 된다. 하지만 성공하면 더 높은 보수의 의뢰가 들어올 것이다. 그렇게 되면 통칭이 붙는 것도 그다지 먼 미래가 아니다.

'미도리'까지 가는 동안 나는 깨어 있기를 선택했다. 냉동수면기 기는 있으나 긴 시간 내내 무의식의 밑바닥에 가라앉는 것은 아깝 다. 신형 기기는 전기신호로 근육을 움직이게 해서 육체가 퇴화하 는 것을 막아주지만, 모처럼 새로 맞춘 넓은 휠 안에서 검술 훈련 을 하는 편이 유익하리라고 판단했다.

과거, 반년 이상의 여행을 단독으로 한 사람 중에는 고독에 몸부림치다가 정신이상을 일으킨 사람이 적지 않았다고 한다. 그래서 저온수면과 냉동수면기술이 발전했지만 나는 고독을 좋아한다. 오히려 본토에 있을 때보다도 휠에서 혼자 있을 때 심신이 안정되는 것을 느낀다. 그렇지 않으면 헌터 일은 할 수 없다. 고독이야말로 나의 파트너다.

긴 여행의 끝, 휠은 마침내 '미도리'의 포트에서 발신되는 자동신호를 받았다. 날씨 기록을 확인하니 재수 없게도 바람이 불기 시작한 모양이었다. 상공에서 보면 하얀 천을 휘두르는 듯한 눈보라 물결이 별을 둘러싸고 있다. 그 좁은 틈새로 파랗게 발광하는 포트의 건물이 보였다.

누군가가 조금밖에 남지 않은 지하자원을 이용해 항구의 전원을 계속 유지하고 있다. 은둔자의 소행일 것이다. 거기에 착륙하면 내 존재를 대놓고 광고하는 꼴이 된다.

'치밀하군. 올 테면 와보시지.'

나는 내의 위에 전신을 감싸는 단열복을 껴입고 그 위로 갑옷 슈트를 입었다. 이 장비와 나의 피하지방이 추위를 막아줄 것이다. 칼날 전체에 오일 제형으로 된 약을 바른 뒤 포트에 유도 신호를 요청했다.

몇백 년도 더 된 건물이라고는 생각할 수 없을 만큼 '미도리'의 포트는 그 기능을 제대로 유지하고 있었다. 휠은 정확한 자동신호를 따라, 사납게 놀치는 바람일랑 아랑곳하지 않고 포트의 게이트로 잠입해 바람도 눈도 일절 들어오지 않는 밀폐된 건물 안에 무사히 착륙했다.

일단 휠 안에서 실내 상황을 확인한다. 그런대로 넓은 항구 안에는 휠 네 대가 세워져 있었다. 한 대는 상당히 오래된 타입이고 나머지 세 대는 비교적 신제품이다. 휠 넘버를 조회하자 역시나 타깃인 은둔자와 본토에 돌아오지 않은 헌터들의 소유물이라는 것을 알 수 있었다.

갑옷 슈트 안에서 식은땀이 배어난다. 숙련된 헌터 세 사람을 도륙했을지도 모르는 은둔자.

'여기까지 와서 겁먹을 수는 없지.'

나는 각오를 다진 뒤 볼(ball)을 지상에 내렸다. 이미 짐받이에는 세 사이클분의 식량과 물, 예비 연료와 칼 몇 자루를 실은 상태이다. 이 볼의 속도라면 은둔자가 있을 개척 기지까지 한 사이클이면 도착할 것이다.

은둔자도, 행방불명이 된 헌터도, 죄다 노인네들이다. 그렇다면 이 혹독한 환경은 내 편이 되어줄 터였다. 반드시 생포해서 본토로 돌아가리라. 반드시.

바람이 조금 잦아들기를 기다린 뒤 나는 볼에 올라타 '미도리'의 대지로 뛰쳐나갔다. 바람은 여전히 거세고 시야는 흐리다. 레이더에 의지해 나아갈 수밖에 없지만, 산도 건물도 없거니와 동물도 없는 위성이다. 구멍만 조심한다면 여차해서 날아가더라도 큰 위험은 없을 테다.

은둔자와는 기지 안에서 맞붙게 되겠지. 도면은 머릿속에 넣어뒀지만 지리적인 우세는 상대 쪽에 있다. 긴장과 함께 형언할 수 없는 흥분이 심장을 울렸다. 나는 지금, 헌터로서 진화하려는 순간을 겪고 있다. 도망칠 길을 찾아 허둥대며 저항하는 사냥감을 쫓는 헌터의 본질에 가까워지고 있다.

그러나 볼의 속도를 올린 순간 눈앞에 뭔가가 나타났다.

그것은 인간 같은 형태를 하고 있었다.

즉시 제동을 걸었다. 그러자 눈 위에서 볼은 격렬하게 미끄러졌고 핸들은 허무하게 헛돌았다. 나는 기체와 함께 나뒹굴었고, 벽처럼 몰아치는 눈에 온몸이 휩싸인 채 어디가 하늘이고 어디가 땅인지도 알 수 없는 상태로 끝없이 굴렀다. 그리고 등과 머리에 강한 충격을 받고…… 의식은 거기에서 완전히 끊겼다.

기묘한 소리가 들려왔다.

사람 목소리 같지만 말은 알아들을 수 없다. 젊은 사람…… 어린아이의 목소리.

눈을 뜨자 마치 눈꺼풀을 풀로 붙였던 것처럼 주위 피부며 근육이 옥죄듯 아파왔다. 수차례 깜박이자 희미한 시야가 서서히 또렷해진다.

부드러운 유백색 빛 속에서 누군가가 나를 빤히 쳐다보고 있다.

다급히 몸을 일으킨다. 그러자 등과 머리에서 두들겨 맞은 듯 뻐근한 통증이 느껴졌다. 신음 소리를 내자 그 인물은 높은 목소리로 무어라 말하더니 몸을 돌려 어딘가로 달려갔다.

살아 있기는 한가 싶어 눈을 비비고 몸을 확인했다. 갑옷 슈트는 벗겨졌지만 단열복은 그대로다. 등과 머리 외에 아픈 곳은 없고 골절도 없는 듯하다.

주변을 둘러본다. 바닥 벽 천장 모두 완만한 곡선으로 이어진, 그 어디에도 뾰족한 부분이 없는 하얀 방. 나는 그 한가운데 놓인 긴 타원형의 부드러운 침대 같은 곳 위에 눕혀져 있었다.

작은 발소리가 나더니 조금 전 그 사람이 돌아왔다. 역시 어린아이다. 키는 내 가슴께 정도고 검은 머리칼을 양 갈래로 묶었다. 소매가 없는 하얀 망토 같은 단출한 옷차림에, 커다란 눈으로 나를 가만히 쳐다보며 무어라 계속해서 말을 한다.

"미안한데, 못 알아듣겠어."

그렇게 말하자 아이는 입을 딱 다물더니 뭔가를 씹듯 입을 움직였다.

"이제는 알아듣겠어?"

또렷하고 막힘없는 발음이었다. 얼떨떨한 마음에 잠자코 끄덕이자 아이가 싱긋 웃더니 팔짝팔짝 뛰며 기뻐했다.

"다행이다! 나, 모모라고 해. 잘 부탁해!"

아이는 그렇게 말하더니 갑자기 내 한쪽 손을 잡았다. 흠칫 놀라 무심코 손을 빼자 아이는 눈을 동그랗게 뜬 채 입을 벌렸다.

"모모, 혼자 가면 안 된다고 했지."

한 사람이 더 들어왔다. 이쪽도 젊지만 '모모'보다는 연상이다. 어깨에 닿을 정도로 가지런히 자른 검은 머리칼에 역시나 무릎까지 오는 하얀 옷을 입었다. 놀라울 만큼 가느다란, 내의도 입지 않은 맨살의 팔다리가 소매와 옷자락 밖으로 뻗어 있다.

"아…… 깨셨군요. 아픈 곳은 없습니까? 응급처치는 했는데…… 열은?"

나이가 더 많은 인간이 느닷없이 내 이마에 손을 대려 했다. 당연히 그 손을 뿌리쳤는데 역시나 이 사람도 놀란 듯한 반응을 보인다.

"여기는 어디지? 당신들은 누구야. 은둔자인가?"

상대가 어린애라면 난투를 벌이지 않더라도 문제없이 제압할 수 있을 것이다. 나는 목소리를 낮게 깔고 위협적으로 말했다.

"저, 저는 사쿠라라고 해요. 밖에서 쓰러진 당신을 언니가 발견하고 데려왔어요."

"언니?"

"나중에 데려올게요. 언니는 지금 일하는 중이라……."

'사쿠라'는 겁에 질린 듯한 눈으로 나를 보더니 가슴 앞에서 양

손의 깍지를 꼈다. 얼굴에도 몸에도, 눈길이 닿는 곳에는 상처나 그을음 같은 것이 보이지 않았다.

눈을 꽉 감았다가 떴다. 악몽처럼 현실감이 없는 상황이다. 폐허가 된 얼음 위성에 젊은 사람이 둘이나—언니라는 자를 포함하면 셋이나—있다. 심지어 아무리 보아도 은둔자는 아니고 본토에서도 본 적이 없는 분위기의 기묘한 인간이다.

"내 짐은 어디 있지? 볼은?"

침대에서 내려가려는데 '사쿠라'가 나의 몸을 되밀었다.

"누워 계세요. 아직 일어나면 안 돼요."

"손 치워. 짐은 어디에 뒀어?"

"부탁이에요, 여기 있어주세요. 그런 몸으로 움직이는 건 무모한 짓이에요. 제발⋯⋯."

그렇게 말하자마자 '사쿠라'의 눈에서 갑자기 눈물방울이 떨어졌다.

"물과 식사도 가져올게요. 필요한 거라면 뭐든 준비할 테니 지금은 천천히 쉬세요. 네⋯⋯?"

눈물이 그렁그렁한 눈으로, '사쿠라'는 침대 아래에 무릎을 꿇고 나를 올려다보았다.

섬뜩한 느낌에 몸을 뒤로 빼자 '사쿠라'는 어째서인지 무척 수줍은 듯한 미소를 지으며 방을 나갔다.

"당신 이름은 뭐예요?"

'모모'가 다시 다가와 큰 목소리로 물었다.

"사냥감이 아니면 밝히지 않아. 나는 헌터다."

"헌터, 씨? 이름 특이하다!"

뭐가 그리 재미있는지 '모모'는 큰 소리로 웃으면서 깡충거리며 침대 주변을 뱅뱅 돌았다.

이건 악몽이다. 언어는 확실히 통하는데, 이 인간들이 무슨 목적으로 행동하는지를 도통 알 수가 없다.

나는 퍼뜩 황당한 가설을 떠올렸다. 여기는 다른 위성처럼 아주 오래전에 개척민이 포기한 별이지만, 본토에 가기를 거부하고 기지에 남은 인간들이 있다면……. 이 기묘한 아이들은 그들의 자손일지도 모른다.

'모모'는 침대 옆을 떠나지 않고 내 얼굴을 빤히 쳐다보았다. 감시 담당이라기에는 힘이 너무 약해 보이지만 경계를 늦추지 않는 게 좋다. 일단 지금 정보를 캐낼 수 있는 상대는 이 인간뿐이다. 나는 최대한 인자하게 들리게끔 신경 쓰며 '모모'에게 물었다.

"여기는 어디니? 성인은 없어?"

"여기는 모두의 집이야. 성인이 뭐야?"

"어른. 다 큰 사람."

"유리 언니는 어른이야! 그리고 또, 아저씨가 있어."

"아저씨……?"

"모모, 쓸데없는 소리는 하는 거 아냐."

또 새로운 인간이 들어왔다. 이번에는 내 또래로 보이는, 긴 곱슬머리에 체격이 좋은 인물이다. 풍만한 가슴 앞에 쟁반을 받쳐 들고는 양쪽 겨드랑이가 파인 긴 옷을 살랑살랑, 허리를 느릿느릿 좌우로 흔들면서 다가온다.

"동생을 용서하셔요. 시끄러우면 야단치셔도 된답니다."

"당신은 누구야?"

"맞다, 인사드려야지. 저는 유리. 상처가 어떨지 걱정했는데…….괜찮아 보이네요. 그래도 방심은 금물. 타박상이 얼마나 무서운데."

'유리'도 말을 하면서 내 뺨을 만지려 했다. 손길을 피하자 실눈을 뜨고 미소 짓는다.

"후후. 부끄러움을 많이 타는구나…….귀여워라."

'유리'는 기묘하게 빨간 입술을 혀로 핥으며 내게서 떨어졌다.

"일단은 먹고, 푹 쉬어요. 몸이 좋아지면…… 후후후. 더 즐거운 걸 할 수 있답니다."

물과 음식 같아 보이는 것을 담은 쟁반을 떠안기니 별수 없이 받아 든다.

"여기는 미도리 개척 기지인가?"

"우리 자매들의 집이야."

"당신들은 정체가 뭐야. 왜 나를 여기로 데려왔지?"

"질문만 하면 재미없잖아. 여자를 알고 싶으면 그렇게 초조해하면 안 돼."

대화가 통하지 않는다. 무슨 말을 하려는 것인지 종잡을 수가 없다. 나는 점점 초조해졌다. 헌터로서의 육감이, 여기에 있으면 위험하다고 말한다.

"우리는 서로를 보살피며 이 집에서 조용히 살아. 하지만 손님은 대환영이지. 특히 잘생긴 사람은……."

'유리'는 주걱으로 쟁반 위의 음식을 떠서 내 입으로 들이밀었다. 먹으라는 건가. 당연히 입을 다물고 거부한다.

"제대로 먹어줘요. 편식하면 나을 것도 안 낫는다니까. 아니면, 내가 주니까 먹기 싫은 걸까나?"

'유리'는 '모모'를 손짓해 불렀다.

"이 애가 취향이야? 그것도 아니면 사쿠라가 좋을까? 가르쳐줘요. 당신을, 더 많이……."

'유리'와 '모모'가 동시에 고개를 갸웃거린다. 그 틈을 타 나는 두 사람을 밀치고 침대에서 뛰어내려 방에서 도망쳤다.

'대체 이게 다 뭐야!'

하얀 방 바깥에는 안과 별다를 바 없는 기묘한 광경이 펼쳐져 있었다. 유리 벽으로 된 회랑이 넓은 중정을 한 바퀴 빙 둘러쌌는데, 그 정원에 엄청나게 화려하고 현란한 빛깔의 꽃들이 흐드러지게 피어 있다.

조화인가 싶었지만 시든 이파리와 꽃잎이 떨어져 있다. 생화다. 아무것도 없어야 할 황무지에 생화라니.

틀림없이, 이 구조는 미도리 개척 기지의 거주 구역 중앙부였다. 머나먼 옛날에 사람들에게 버려져 폐허가 됐을.

"꽃 좋아해요?"

깜짝 놀라 돌아보자 '유리'가 바로 뒤까지 쫓아와 있었다.

"무서워하지 마. 우리는 그저 당신을 돌보고 싶을 뿐이야. 어떻게 해야 믿어줄까……. 마음에 안 드는 점이 있으면 고칠게. 뭐든 말해……. 응?"

풍만한 가슴을 들이밀기라도 하듯 '유리'가 내 팔에 엉겨 붙었다.

"이거 놔!"

힘주어 뿌리치자 '유리'의 몸은 허무하리만치 쉽게 날아가더니 등으로 떨어져 바닥에 굴렀다. 그 광경을 '모모'가 멀뚱멀뚱 쳐다본다. 나는 뛰기 시작했다.

'여기 이상해……. 은둔자 탓인가? 녀석은 대체 어디 있는 거야!'

거주 구역 내부의 온도는 꽤 높았다. 달리는 동안 땀을 흘린 나는 단열복의 상의만 벗어 허리에 감았다. 한시라도 빨리 목적을 달성해 이곳을 빠져나가야 한다.

그때, 회랑 안쪽에 있는 살짝 열린 문에서 불빛이 새어나오는 것이 보였다. 누군가가 있다.

멈춰 섰다가, 호흡을 정돈한 뒤 그 문에 가만히 다가간다. 사람의 목소리가 들렸다. 하나는 '사쿠라', 하나는 다른 목소리. 목이 타는 듯 쉰 목소리. 사냥감을 잡기 위해 잠 깨는 약을 먹는 헌터 특유의 목소리다.

문 안을 들여다본다.

안에는 처음 보는 알몸 상태의 인간이 옷을 가슴까지 걷어 올린 '사쿠라'를 무릎 위에 앉힌 채 침을 흘리며 '사쿠라'의 배꼽 주변을 핥아대고 있었다.

"앗."

목소리의 주인공은 알몸 인간이었다. 무릎 위의 '사쿠라'를 바닥에 내팽개치더니 눈구멍과 콧구멍을 최대한 벌린 무시무시한 표정으로 나를 째려보며 일어섰다.

"가! 가! 가버려!"

알몸 인간의 이마에는 도항 허가증을 삽입한 흔적이 있었다. 오른손에는 어느 틈엔가 소형 콤파운드 활이 들려 있다.

"여기는 내 땅이야. 이 녀석들은 내 거야!"

알몸 인간이 꽐꽐한 목소리로 외치며 활을 들었다. 초짜는 아니다.

하지만, 느리다.

나는 그 자리에 쭈그려 앉아, 신발 옆에 붙여두었던 소형 칼을 손가락 사이에 끼워 던졌다. 알몸 인간은 피했지만 칼끝은 팔을 살짝 스쳤고, 다음 순간 활을 쥔 채로 뼈가 녹아내리듯 흐늘흐늘 바닥에 쓰러져 엎드렸다.

한번 약 기운이 돌기 시작하면 해독제를 쓰지 않는 한 절대 눈을 뜰 수 없다. 엎드린 얼굴을 구두로 건드려 위로 향하게 한다. 수염이 자랄 대로 자란 용모라서 확인하는 데 애먹었지만 이 사람은 지령서의 은둔자가 아니었다.

"이 기지에 또 누가 있지?"

바닥에 엎드려 누운 '사쿠라'에게 묻자 또다시 눈물을 글썽이며 고개를 가로젓는다.

"저, 아무것도 몰라요. 아무것도 모른단 말이에요. 죄송해요, 죄송해요……."

진척이 없다. 약 기운에 잠든 알몸 인간을 그대로 두고, 나는 달음박질해서 회랑으로 돌아왔다. '유리'라면 그나마 의사소통을 할 수 있다. 이번에는 폭력을 써서라도 정보를 얻어내고야 말겠다.

처음 내가 누워 있었던 하얀 방의 문이 활짝 열려 있다.

안으로 들어서니 '모모'가 '유리'의 잘린 얼굴을 겨드랑이에 끼고 있었다.

"어머, 난 몰라. 추한 모습을 보여버렸네."

'모모' 팔에 들린 '유리'의 얼굴이 부끄럽다는 듯 미소 지었다. 그 시선이 내 얼굴에서 가슴께로 이동한다.

"이런…… 당신, 남자가 아니구나."

'유리'의 얼굴과 '모모'는 시선을 마주치더니 갑자기 무표정으로 변했다.

"진심으로 죄송합니다. 현재 여성을 대상으로 한 케어는 진행하지 않습니다. 설정을 변경하시려면 케이블을 이용해 서버에 접속해주십시오. 진심으로 죄송합니다. 현재 여성을 대상으로 한 케어는 진행하지 않습니다. 설정을 변경하시려면 케이블을 이용해 서버에 접속해주십시오. 진심으로 죄송⋯⋯."

'유리'는 억양 없는 어조로 반복했다.

이후 나는 한 사이클의 시간을 오롯이 다 써서 수배된 은둔자를 찾아냈다. 거주 구역 중앙의 정원, 식물이 우거진 화단 안에 시체가 되어 묻혀 있었다. 그 외에도 썩어 짓무른 시체 두 구가 그곳에 있었다.

그러는 동안 '모모', '사쿠라', '유리'는 내가 보이지 않는다는 듯 서로 말없이 고장을 수리하거나 기지 설비를 보수하고 유지하는 행위만 했다. 그 움직임은 조금도 인간 같지 않았고 본토에서도 볼 수 있는 작업 기계와 무척이나 비슷했다.

은둔자와 헌터들의 시체를 얼음 속에 파묻어 휠의 화물칸에 던져 넣고, 약 기운에 잠든 헌터는 생명 유지 장치를 달아 관에 넣었다. 업무는 끝났다. 시체 상태로 가져가면 보수가 제법 깎이려나.

항구를 이륙한 뒤 '미도리'를, 그리고 그 밖의 위성들을 휠 안에서 바라보았다. 오래된 개척 기지에는 그 세 대와 유사한 기능을 갖춘 기계 인형들이 제각각 대량으로 방치돼 있을 것이다. 현 시대에는 도저히 용납될 수 없는 지난 시대의 유물이.

까마득히 먼 본토의 반짝임이 문득 너무나도 그립게 느껴졌다.

하지만 수백 개의 위성에서 버려진 노리개 인형들이 그 빛을 보고 있는 것은 아닐까 생각하자 나는 불현듯 형언할 수 없는 공포에 휩싸였다. 돌아가는 길에는 잠드는 게 좋을지도 모르겠다. 고독에 익숙해진 인간의 말로를 시체 봉투에 담아 넣고 운반하는 동안 제정신을 유지할 수 있을지…… 지금은 좀, 자신이 없다.

열 번째 처녀

뭐야, 원래 이런 건가…….

이게 처음 튀어나온 소감이었다. 실망스러웠다. 평생 소중하게 (간직한 건 아니지만) 스무 살까지 간직했으니 어느 정도 임팩트가 있을 거라 기대했는데. 물론 아프기도 했고 충격도 있었지만, 이 정도라면 역 계단에서 미끄러져 넘어졌을 때가 더 아프고 쇼킹했다. 게다가 섹스는 커뮤니케이션이네, 섹스를 하고 나면 친밀감이 깊어지네, 이런 말을 자주 들었건만 옆에서 자고 있는 남자는 하기 전보다도 더 정체를 알 수 없는 생물로 보이니 점점 더 요지경이다. 이건 뭐지? 머릿속이 물음표로 꽉 찼다. 어쨌거나 이게, 나의 첫 섹스. 첫 페니스의 소감.

시골에 계신 엄마는 '뭐든 바로 포기하면 안 돼. 좀 힘들거나 안 맞다 싶더라도 최대한 꾸준히 노력해. 계속하면 힘이 되는 법이야'라고 입버릇처럼 말했고, 나는 꽤 착실하게 그 가르침을 지켰다. 그래서 한 번 만에 그만두면 안 된다고 생각했다. 내가 문제인지 상대가 문제인지는 알 수 없었지만 일단은 그리 긴 기간을 두지 않고 두 번째에 도전해보았다. 나이 차이가 좀 나는 아저씨였고 첫 번째 때보다 만지거나 핥는 데에 시간을 들였지만 역시나 막상 넣을 때가 되면 텐션이 오르지 않는다. 만화나 소설이나 드라마나 영화, 아니 뭐가 됐든 간에 그런 데 나오는 섹스는 다들 집중! 이런 느낌으로 임하던데, 실제로는 의식이 여기저기로 튕겨 나간다. 까놓고 말해 지루하다고 생각했다. 텔레비전이 켜져 있었다면 보면서 했을 거라는 생각을 했다. 이게 두 번째.

두 번째 아저씨가 꾸벅꾸벅 조는 사이에 호텔을 빠져나와 해 질 녘의 거리를 아슬랑거렸다. 몸을 움직인 탓인지 허기가 느껴져 제일 먼저 눈에 띈 찻집에 들어갔다.

1980년대에 시간이 멈춘 듯한 곳이다. 테이블에 레이스 모양의 끈적끈적한 비닐 덮개가 깔려 있고, 갈색 벽에는 뭔지 알아보기 힘든 그림의 직소 퍼즐이 레진으로 장식돼 있다. 화룡점정은 배경음악으로 사잔 올 스타즈(일본 대표 장수 록밴드로 에로틱한 은유를 담은 노래와 퍼포먼스로 유명하다—옮긴이)의 곡이 오르골 소리로 흘러나온다는 것이었다. 흐음. 그래도 살짝 피곤한 지금 기분에는 잘 맞는 것 같기에 나는 가게의 가장 구석 자리에 앉았다. 다른 손님은 없다.

"어서 오세요."

금발 머리 여자가 물과 물수건을 가지고 왔다. 마른 체구에 검은 긴소매 티셔츠를 입은 모습이 '비주얼 밴드(화장이나 의상 등을 강조한 일본 록 장르-옮긴이) 오타쿠?' 이런 느낌. 나는 햄버그 세트와 따뜻한 홍차를 주문하고 과하게 푹신푹신한 소파에 몸을 기댔다.

카운터 안에 앞치마를 두른 아저씨가 있는데 아마 저 사람이 사장인 것 같다. 뭔가를 지지는 듯한 소리가 들려왔다. 5분도 지나지 않아 레토르트 햄버그에 갓 볶은 따끈따끈한 나폴리탄 파스타, 밥이 함께 나왔다. 포크로 아귀아귀 먹는데 금발 언니가 지루하다는 듯 카운터 앞 의자에 앉아 스포츠 신문을 읽기 시작했다. 배경음악은 〈만피의 G★SPOT〉이었다. 아니 상식적으로, 이게 오르골 버전으로 만들 노래야?

다 먹고 한숨 돌리자 금발 언니가 접시를 치워주었고, 사장이 앞치마를 벗더니 "그럼 잠깐 부탁해" 말하고는 가게 밖으로 나갔다.

접시 씻는 소리가 잠깐 들리다가 오르골 배경음악이 멈췄다. 금발 언니가 오디오를 만지작거린다. 이내 엄청나게 큰 소리로 마크 론손과 브루노 마스의 〈Uptown Funk〉가 흘러나왔다. 뜻밖의 파티 피플 선곡. 그런데, 좋다, 이 곡.

금발 언니는 작은 물뿌리개를 한 손에 든 채 펑키한 멜로디를 타고 리드미컬하게 엉덩이를 흔들며 가게 안에 잔뜩 놓인 관엽식물에 물을 주기 시작했다. 자유로운 점원이다. 이내 후렴구에 접어들었을 때, 빙그르르 턴을 돌다가 나와 눈이 마주치자 쑥스러운 듯 씨익 웃었다.

세 번째로 넘어가기 전에, 첫 번째를 대응하는 데 조금 애를 먹었다. 종잡을 수 없는 메시지를 자꾸만 보내기에 이걸 어쩌지? 하고 8초 정도 생각한 뒤 차단했다. 그리고 세 번째. 이번에는 연하였는데 이것도 완전 꽝이었다. "많이 가르쳐주세요"라는 말을 들었지만 나도 두 번밖에 안 해봤고, 난 어린 주제에 어린 척까지 하는 사람이랑은 안 맞는다는 걸 처음으로 알게 됐다. 어른스러워 보이려고 하지 않는 아이란 어찌나 징그러운지. 어른 특유의 교활함을 어른보다 더 가지고 있다. 그런 건 겸허나 솔직 같은 덕목과는 완전히 다르다.

꿈틀꿈틀 치근대는 세 번째를 휘이, 쫓아내고는 곧장 집으로 가기가 왠지 무서워져 여기저기 돌아다녔다. 왜 잘 안 되는 걸까? 다들 거침없이 즐겁게 타는 자전거를 혼자서만 못 타는 기분이다.

걸음이 멈췄다. 어느샌가 전에 왔던 찻집 앞에 서 있었다. 조심스레 안을 들여다보니 역시나 손님은 없고, 그 금발 언니가 카운터 자리에 앉아 있다.

손이 멋대로 문을 열어 가게 안으로 들어갔다. 금발 언니는 이쪽을 힐끔거리더니 내가 앉자 따분하다는 듯 물과 물수건을 가지고 왔다.

케이크 세트를 기다리는 동안 멍하게 〈약속의 다리〉(사노 모토하루 노래) 오르골 버전을 듣고, 케이크를 먹으며 〈꿈을 믿고〉(도쿠나가 히데아키 노래)를 들었다. 엄마의 카세트를 듣는 것 같아 전혀 흥이 나지 않는다. 저번처럼 금발 언니가 신명 나는 선곡과 댄스를 보여주지 않을까 내심 기대했지만 오늘은 그런 날이 아닌 모양이었다. 나는 무표정한 금발 언니에게 700엔을 내고 가게를 나왔다.

그 후 계절이 바뀌는 동안 나는 인내심을 가지고 네 번째, 다섯 번째, 여섯 번째 시도를 했다. 그러나 결과는 역시 탐탁지 않았다. 페니스를 보거나 만지거나 넣을 때마다 마치 처음 하는 것 같은 기분이다. 신선하다는 뜻이 아니라, 익숙해지지가 않아 낯설다는 뜻이다. 같은 페니스랑 여러 번 하는 게 더 나을까 싶어 두 번째에게 재출연을 부탁했지만 그래도 마찬가지였다.

섹스는 나랑 안 맞는다, 섹스 실력이 없다, 섹스에 거부감을 느낀다. 이 중에 답이 뭘까. 하지만 난 아직 스물이고 곧 스물하나가 된다. 이렇게나 젊은데 '섹스'라는 세계적인 무브먼트, 거대한 이벤트를 포기해버리는 건 왠지 아깝다는 기분이 들어 견딜 수가 없었다.

좋아. 열 번이다.

일단 열 번까지 힘내보고, 그래도 꽝이라면 뒷일은 나중에 생각하자. 병원에 가든, 점을 보러 가든, 수도원에 들어가든. 계속하면 힘이 된다, 계속하면 힘이 된다.

일곱 번째는 취향을 바꿔 약 한 달간 시간을 들여봤지만 3주째 쯤 됐을 때 내가 하지 말라고 한 걸 하려고 하거나, 하고 싶지 않은 걸 시키려 해서 추방했다. 여덟 번째는 나쁘지 않았다. 제법 즐거웠 다. 아, 이건가, 이게 진짜인가 싶었지만 달랑 한 번 한 뒤로 연락이 끊겨버렸다. 세상사라는 게 정말 내 뜻대로 안 된다니까. 이때는 생 각보다 큰 충격을 받았고 풀이 죽어 기운을 차릴 수가 없었다. 목 표까지 앞으로 두 번 남았는데, 그냥 포기하고 순례자라도 만나러 갈까 하는 생각까지 했다. 아니면 피스 보트(청년들이 반전·평화·인권 활동을 위해 크루즈를 타고 세계 전역을 도는 것-옮긴이)라도 타거나.

그때 불현듯 그 찻집과 금발 언니가 떠올랐다.

가게에 들어서기 전, 한동안 가까운 선술집에 숨어서 상황을 엿 보았다. 저녁이지만 아직 밝은 시간. 조금 기다리자 안에서 사장이 나오더니 그길로 맞은편에 있는 파친코 게임장으로 들어갔다.

30초 정도 들숨 날숨을 쉰 후 나는 가게 안으로 발을 들였다.

금발 언니는 마침 스피커 앞에 서 있었다. 도어 벨 소리에 몸을 돌려 나를 보더니

"옛날 노래 좋아해?"

하고 묻는다.

"옛날 노래도 옛날 노래 나름이라……."

이렇게 답하자 금발 언니는 또 겸연쩍게 웃더니 어떤 스위치를 눌렀다. 고막이 찌릿할 만큼 큰 음량으로, 모르는 곡이 흘러나온다.

귀에 들어오는 소리는 맥박을 때리는 비트와 여자의 허스키한 노랫소리뿐. 무슨 말을 해도 안 들리고 전달되지도 않는다. 나는 메뉴를 손가락으로 가리켜 주문했다. 자리에는 앉지 않고, 카운터 안에서 금발 언니가 허리와 어깨를 비비 꼬며 조잡하게 크림 소다를 만드는 모습을 바라보았다.

금발 언니는 어떤 섹스를 할까. 즐기고 있을까. 아니면 나처럼 자전서에 타지 못한 쪽일까. 뾰족한 양쪽 어깨가 팔(八)자를 그리며 흔들리는 모습은 무척이나 요염했다.

이 사람은 분명, 진정한 섹스를 한 적이 있다. 엄청나게 즐겁고 기분 좋은 섹스를.

그렇게 생각한 순간, 지금 바로, 당장, 저스트 나우, 아홉 번째를 찾아야 한다는 벼락같은 충동이 나의 머리와 몸을 관통했다.

카운터에 나온 크림 소다를 두고 나는 가게를 나와 달렸다.

다섯 시간 후에는 비. 호텔을 나오자 지독히도 차가운 물방울이 내 머리에 뿔뿔이 쏟아진다. 물을 흠뻑 머금은 모포가 된 기분으로 다리를 질질 끌며 걸었다. 등 뒤의 건물 안에 두고 온 아홉 번째는 벌써 얼굴은커녕 페니스도 생각이 안 난다. 난 원주율을 열두 자리까지 외울 수 있는 기억력의 소유자인데.

멈춰 서서 눈을 감는다. 놀랍게도 첫 번째부터 여덟 번째까지 죄다 얼굴이 흐릿했다. 열심히 떠올리려 해도 안 된다. 몇 명한테서는 이름도 들었는데 그것도 생각나지 않는다.

눈을 뜨자 차가운 빗줄기 사이로 반짝거리는 금빛 혜성이 보였다. 투명 비닐 우산을 쓴 금발 언니였다.

"저기요!"

나는 금발 언니에게로 뛰었다. 검은색 항공 점퍼를 입은 얄팍한 등이 깔끔하게 턴을 하며 이쪽을 본다.

이 사람의 얼굴은 1년 동안 한 번도 잊은 적이 없다.

"섹스를 가르쳐주세요!"

금발 언니는 멍한 표정으로 입을 떡 벌렸다. 나는 다급히 왼쪽 다섯 손가락은 다 펴고 오른손은 엄지를 접은 채 양손으로 '아홉'을 나타내며

"아홉 명이랑 했는데도 모르겠어요!"

라고 덧붙였다.

금발 언니는 내 손가락과 얼굴을 세 번 정도 번갈아 보더니 말했다.

"오케이."

혜성이 반짝반짝, 눈앞에서 흔들린다.

가느다란 손가락이, 접은 내 엄지에 닿았다.

그러자 마치 천 번도 넘게 그래왔던 것 같은 기분과, 처음으로 다른 사람과 살이 닿은 듯한 기분, 피부 위의 빗방울이 증발하는 감촉, 심장과 시간과 호흡이 소리도 없이 멈추는 감각, 이름 모를 노래가 고막 안에서 작렬하는 환청이 나를 단숨에 휘감더니, 이내 터져나갔다. 나도 모르게 입에서 "아" 하는 소리가 새어 나왔다. 그 순간, 나는 기나긴 첫 경험을 끝냈다.

그러니까 그 속도는

된장국의 마지막 한 모금을 마시면 그 즉시 빈 국그릇과 밥그릇을 포갠 후 접시와 젓가락을 들고 일어나 싱크대로 향한다.

"너 말이야, 다 먹으면 좀 천천히 움직여. 정신 사나워."

엄마가 밥공기에 차를 따르며 여느 때처럼 투덜거린다. 하지만 식사가 끝나면 식탁에는 더 있을 이유가 없다. 하는 일도 없이 차를 홀짝이며 관심도 없는 텔레비전이나 식탁보를 멀뚱멀뚱 쳐다보면 마음이 편안해지기는커녕 짜증이 날 것 같다. 묵묵히 내가 먹은 그릇들을 씻는데 또다시 못이 박히도록 들은 대사가 날아왔다.

"성격 급한 건 아빠 닮아가지고. 갈수록 더 닮는 것 같아. 소름 끼칠 정도라니까."

하지만 난 아빠의 얼굴도 모른다. 아빠는 내 두 돌이 얼마 남지 않았을 때 오토바이 사고로 돌아가셨다. 엄마와 언니의 말로는 무척 급한 성미였던 듯, 항상 수선스럽고 분주해서 그대로 인생을 2배속으로 날려 보낸 탓에 30대 중반에 돌아가시고 말았단다.

설거지를 끝내면 그대로 욕실로 직행해 옷을 벗고, 샴푸로 머리를 감고 멀티 세안제로 얼굴과 몸을 한 번에 씻고 거품을 샤워기로 흘려보낸 뒤 욕조에는 들어가지 않고 나온다. 머리에 수건을 두른 채 내 방에서 얼굴에 올인원 로션을 바르며 스마트폰으로 오늘 하루의 뉴스를 확인한다. 마음에 드는 기사는 일단 즐겨찾기 해두고 다음 날 출퇴근길에 차분히 읽는다.

일이든 뭐든 뭔가를 시작할 때는 대부분 최단 시간, 최단 거리로 하려면 어떻게 하는 게 좋을지부터 생각한다. 거의 무의식에 가깝다. 쓸데없이 뭉그적거리거나 여유 부리는 게 대체 무슨 의미가 있는지 모르겠다. 이건 결코 나쁜 것이 아니……라기보다는 오히려 효율적이고 좋은 방향이라고 생각하거늘, 주변에서 뭐가 그리 급하냐는 둥 정신없다는 둥 불평불만을 하는 게 황당하기 짝이 없다.

이런 성격인지라 일상에서 짜증이 치미는 순간이 상당히 많다. 요즘에는 특히 더. 북적이는 역 안에서 스마트폰을 보며 느릿느릿 걷는 인간, 맛도 없고 비싼 주스 가게 앞에 줄 서서 하염없이 기다리는 사람들, 서서 먹는 소바집의 키오스크 앞에서 팔짱까지 끼고 가만히 고민하는 아저씨. 아침 출근길 전차를 타러 가는 동안에도 이렇게나 많은 짜증의 싹이 눈에 들어온다.

오늘 아침은 특히 최악이다. 그중에서도 톱클래스로 열받는 상황이 지금, 눈앞을 가로막고 있다.

"사치, 벌써 배고파?"

"아니이, 사치, 아직 배 안 고파."

"그렇구나. 그럼 영화를 먼저 볼까?"

"웅. 영화를 먼저 볼래."

"그러고 나서 점심 먹을까?"

"웅. 그러고 나서 점심 먹자아?"

커플. 그것도, 남들이 일하러 가는 평일 대낮에 데이트하러 가는 대학생 커플. 공사 현장도 아니건만 일일이 복창하는 대화에도 짜증이 스멀거리는데, 제일 부아가 치미는 건 이 사람들, 둘 다 걷는 속도가 어마어마하게 느리다는 사실이다. 플랫폼에서 개찰구로 내려가는 살기 충만한 계단에서 팔짱을 끼고 서로 끔벅끔벅 쳐다보며 천천히 천천히, 무슨 다카라즈카 가극단(여성으로만 구성된 뮤지컬 극단—옮긴이)의 피날레라도 되는 양 한 칸씩 꼼꼼하게도 밟고 내려간다. 환승해야 하는 열차가 곧 출발한다. 그렇다고 두 사람을 밀어젖혀 쓰러뜨리고 갈 수도 없다. 머리끝까지 초조와 짜증이 뻗쳐 증기를 내뿜을 것만 같은 상태로, 이번에는 어떤 영화를 볼지 복창하며 확인하기 시작한 커플 뒤에 딱 붙어 한 발 한 발 나아갈 수밖에 없다. 월요일부터 지지리도 재수가 없다.

나쁜 일은 겹쳐서 오는 법이라더니 출근해서도 힘든 일의 연속이었다.

　"뭐? 아직 미야기 주택설비 쪽에 연락 안 했어? 왜?"

　오전에는 첫 타(打)로 부하의 실수. 내 책상 옆에 서서 우물쭈물하는 입사 2년차인 요시카와에게 추궁한들 속 시원한 답변은 못 들을 거라는 것은 알지만, 그래도 피가 거꾸로 솟는다.

　"월요일 아침에 연락하면 되겠지 했는데……."

　"부탁한 건 금요일 저녁이잖아. 그 자리에서 메일 한 통 보내는 게 그렇게 힘든 일이야?"

　"월요일 아침에 하면 되겠지 했는데……."

　요시카와 너 이 자식, 그 대사로 참을 인 자 둘을 날려 보냈어. 한 번만 더 그 소리 하면 너는 아주 그냥 샌드백 꼴 날 줄 알아라.

　하지만 내가 이성의 끈을 놓기 전에 요시카와는 고개 숙여 "바로 전화하겠습니다" 하고는 자리로 돌아갔다. 목숨은 건졌군.

　그리고 이어지는 나의 실수.

　"우노, 이거 말이야, 탭 페인트에서 화물이 두 개 왔는데 둘 다 필요한 거야?"

　"앗……."

　"왜 앗이야. 무섭게."

　어정쩡하게 웃는 사장님 자리로 날아간다.

　"수요일 미팅 후에 주문 하나를 취소하고 바로 다른 상품을 발주했는데……."

"취소했어? 그거 탭 페인트에서 확인 연락은 왔었고?"

"……안 왔습니다."

"확인 안 하면 어떡해. 일단 반품 가능한지 알아봐. 당장. 확실하게 사과하고."

"네……."

자리로 돌아오는 도중에 요시카와와 눈이 마주쳤다. 너 이 자식, 고소해하면 가만 안 둔다.

탭 페인트에 싹싹 빌어 반품 접수를 했고 그러느라 미뤘던 메일, 전화, 팩스, 우편 등등 제반의 연락 업무를 초스피드로 끝냈다. 점심은 편의점에서 산 소바와 샐러드용 치킨. 당연히 자리에서 일하며 먹고, 양치를 한 뒤 가볍게 화장을 고친다.

"미팅 다녀오겠습니다."

사장님에게 외치자 그가 까딱까딱 손짓을 했다.

"우노, 괜찮겠어?"

"네? 아아, 탭 페인트 건은 해결했습니다."

"그게 아니라, 처음이잖아. 이 디자이너랑 미팅하는 거."

사장님이 방금 적어 넣은 화이트보드를 손가락으로 가리킨다. 15시 미팅, 디자이너 무라세.

"그렇긴 한데, 요주의 인물인가요?"

"저 사람 말고 너. 상대는 시공업자라기보다는 아티스트니까,

그 점 감안해서 무례를 범하지 않도록 해."

"엥, 사장님은 제가 그렇게 예의 없는 사람이라고 생각하세요?"

"이번 점포는 럭셔리 앤드 슬로가 콘셉트잖아. 너는 정반대고. 하드코어 앤드 스피드 메탈이잖아."

사장님이 순간 쓸데없이 능수능란하게 에어 기타를 친다.

"그 럭셔리 앤드 슬로 느낌은 무라세 씨의 센스에 달려 있어. 그러니까 이야기 잘 듣고 와. 평소처럼 후딱후딱 재촉하기만 하면 안 돼."

"예에……."

재촉하기만 하면 안 된다니. 작업 공정과 납품일을 지키게끔 하는 게 문제라도 됐나. 석연치 않은 기분으로 약속 장소로 향한다.

이동하는 동안 스마트폰으로 미팅 상대의 페이스북 계정을 다시 살펴보았다. 무라세 야스미. 공간 디자이너, 인테리어 코디네이터, 일러스트레이터, 봉고(라틴 음악에 사용되는 타악기-옮긴이) 연주가. 봉고 연주가는 또 뭐람. 일단은 인테리어와 관련된 여러 일을 폭넓게 하는 사람이고 사장님이 오랜 지인에게 소개받은 디자이너다. 작년 무렵부터 여성 잡지와 예술계 웹매거진에 인터뷰 기사가 실린, 이른바 두각을 나타내는 신인.

이다바시(飯田橋)역에서 나오면 바로 보이는 와세다 거리의 카페로 가서 기다리기를 5분 30초. 묘하게 눈에 띄는 여자가 가게 안으로 들어왔다. 좀 전에 본 페이스북의 프로필 사진을 떠올린다. 틀림없이 무라세 야스미다.

완만한 웨이브의 쇼트커트에 커다란 링 귀걸이, 보헤미안 스타일 오프숄더 블라우스에 청바지와 샌들. 한 손에는 얇은 숄과 하얀 토트백을 들고 있다. 얼핏 보면 어디에서나 흔히 볼 법한 평범한 여자였다. 하지만 설명할 수 없는 무언가가 그녀를 가게 안에서 유독 빛나 보이게 했다. 뭐지…… 뭔가 묘한데.

무라세 씨는 곧장 카운터로 가 음료를 주문하기 시작했다. 잠깐만, 진심이야? 약속 시간이 지났잖아. 나를 찾는 게 먼저 아닌가?

직원과 담소를 나누며 조급해하는 기색도 없이 음료를 주문하고는 쿠키인지 뭔지까지 추가로 사더니 쟁반을 든 뒤에야 주변을 이리저리 둘러보기 시작했다. 어쩔 수 없이 가볍게 손을 든다. 눈이 마주친다.

"앗, 실례합니다, 트리고에서 오신……?"

"우노입니다. 시간 내주셔서 감사합니다."

"아니에요, 미안해요. 오래 기다렸을까?"

네가 내 여자 친구냐. 나도 모르게 따질 뻔했지만 꾹 참고 명함을 교환한다.

"트리고에서 작업한 그, 카레 가게. '파라이소 스파이스'. 가까워서 자주 가요. 그래서 이번 작업도 무척 기대돼요."

"감사합니다. 저희도 무라세 씨가 지금까지 담당하신 매장을 보고, 그, 여성 고객들에게 굉장히 인기가 많을 것 같더라고요. 이번에도 부디 여성 고객들이 많이 찾아올 매장으로 부탁드리고 싶습니다."

"우노 씨는?"

"네?"

"우노 씨는 어떤 게 좋았어요? 어떤 분위기의 가게를 좋아하지?"

흰색과 갈색 두 층으로 나뉜 달달해 보이는 음료에 빨대를 꽂으며, 오렌지색 입술로 강하게 빨아들인다.

"어떤, 이라 하시면⋯⋯. 아, 이번 작업 말씀이시군요. 콘셉트는 미리 말씀드렸듯 '럭셔리 앤드 슬로'여서요, 그, 느긋하고 차분한 공간을 연출해주셨으면 합니다."

무라세 씨는 흐음, 하더니 이번에는 쿠키를 먹기 시작했다.

"저기, 점포가 여기에서 가까우니 보러 가시죠. 아직 예전 가게의 집기가 남아 있긴 하지만 구조와 넓이는 확인하실 수 있을 겁니다."

"응. 잠시만요, 이것 좀 다 마시고."

그렇게 말하더니 딱히 서두르는 기색도 없이 음료를 마시고 쿠키를 먹고 다시 음료를 마신다.

"우노 씨 음료는 맛있어요?"

내 앞에 놓인 것은 그냥 평범한 아이스커피다. 이런 곳에서는 기본 커피와 아이스커피 말고 시켜본 적이 없다.

"······평범합니다."

"여기 맛있지 않아요? 저 한때 푹 빠져서 매일 점심을 여기 샌드위치로 먹은 적도 있어요. 그, 햄이 잔뜩 들어간 거."

아니 그런 얘기는 됐으니까 빨리 좀 마셔주지 않을래? 또다시 짜증 벌레가 꾸물거린다. 내가 제일 힘들어하는 타입. 이렇게 늑장 부리는 인간이다.

이 여유만만 인간이 느긋하게 음료와 쿠키를 정리하는 모습을 지켜본 뒤 간신히 카페를 나섰는데, 믿을 수 없게도 새로운 장애물이 눈앞을 가로막고 있었다. 또 커플이다. 이번에는 중년 남녀. 아침에 본 대학생 커플보다 더 찰싹 달라붙은 것들이, 스크럼 대형을 짜듯 밀착해서 좌우로 비틀비틀 걸으며 보도의 3분의 2 정도를 막고 있다. 그지없이 짜증에 가까운 한숨이 나온다.

"왜 그래요?"

아차차. 황급히 헛기침을 하며 목 상태가 좋지 않다고 둘러댄다.

"저런. 아, 저한테 목캔디 있어요."

그렇게 말하더니 무라세 씨는 느닷없이 그 자리에 멈춰 서서 가방 안에 손을 찔러 넣고 바스락바스락 뒤지기 시작했다.

"엇, 아뇨, 괜찮습니다. 괜찮아요."

"효과 만점인 목캔디예요. 친구가 대만 갔다가 선물로 사다줬는데, 한방? 뭐 그런 성분이 들어 있어서 기침이 딱······ 어라, 분명 이쪽에 넣었는데에."

결국 3분 정도 정성스럽고 정성스럽고 정성스럽게 가방을 뒤진 후에야 찾은 목캔디를 생긋 웃으며 건넸다. 나는 분발해서 만들어 낸 미소를 지으며 그것을 받아 기계적으로 입에 넣었다. 10엔짜리 동전과 잡초와 자양강장제와 박하사탕을 섞은 듯한 맛이 입안 가득 퍼졌다.

가까스로 점포에 도착하자 무라세 씨는 가게 안을 차분히 둘러보기 시작했다. 전에는 튀김집이었던 곳으로, 입지는 좋지만 면적은 별로 넓지 않다. 일본식 카운터 자리와 다다미로 된 좌석도 그대로라서 이걸 가을까지는 이탈리안 바(Bar)로 완성시켜야 한다고 생각하면 그때까지 해야 할 공정이 머릿속에 좌르르 떠올라 조급한 마음에 고함을 지르고 싶어진다.

"좌석 수가 적고 디너와 선술집 이용 고객이 메인이라 회전율도 낮습니다. 그만큼 단가를 올리고자 하니 편안하면서도 싸 보이지 않는 공간으로 구성해주셨으면 하는 게 저희 쪽 희망 사항입니다. 이거, 참고해주세요."

가방에서 파일을 꺼낸다. 사장이 인터넷을 뒤져 '이런 느낌이 좋아'라고 말하며 모은 여러 매장의 인테리어 사진집이다. 하지만 무라세 씨는 받지 않았다.

"우노 씨는 어떤 요소에서 호화롭다거나 편안하다는 걸 느끼나요?"

"저요? 저는…… 음, 글쎄요……. 그, 이렇게, 금색이나 크리스털이 반짝거리는 느낌이 호화롭다고 생각합니다만."

"혹시 우노 씨의 구체적인 비전은 없어요? 이 가게를 이런 식으로 하고 싶다, 그런 생각 안 해봤나요?"

단순히 궁금해서 물어본다는 듯 고개를 갸웃거렸다. 등에서 식은땀이 배어난다. 그렇다. 이런 일을 하고 있지만 나는 식당의 인테리어나 메뉴 자체에 크게 관심을 가져본 적이 없다. 그저 기재와 식재를 단시간에 조달하거나 보고·연락·상담 등의 업무를 처리하는 것에 능숙할 뿐.

"저기, 제 의견보다는 저희 다카나시 사장님의 희망 사항이 있는데 그건 이 파일에."

"그래도 담당은 우노 씨고, 타깃 층도 사장님 같은 아저씨가 아니라 우노 씨 또래의 여자잖아요. 그러니까 우노 씨 의견을 듣고 싶은데."

아니, 그야 그렇지만 발주자도 돈을 내는 것도 결국 사장님이야. 그러니까 사장님 취향을 반영해줘. 이 파일 딱 5분이면 다 볼 수 있다니까?

무라세 씨는 한 번 더, 가게 안을 한 바퀴 돌아보더니 몸을 돌려 말했다.

"시뮬레이션 해보지 않을래요?"

"네?"

"이 가게에서 손님이 어떻게 시간을 보낼지, 어떤 식으로 보냈으면 하는지, 나랑 우노 씨가 시뮬레이션을 하는 거야. 그러면 보일 것 같아. 여기를 어떤 가게로 할지."

"시뮬레이션, 이요? 으음, 그건."

"그래, 음, 그러면 우노 씨랑 저는 회사에서 친하게 지내는 동료고, 퇴근해서 둘이 한잔하러 왔다는 설정은 어때요?"

"설정이라니……."

무라세 씨는 카운터 석에 다가가 의자에 오도카니 앉았다.

"우노 씨, 여기!"

손짓한다. 몇 번이나. 어쩔 수 없이 옆에 앉는다.

"아아, 배고프다. 오늘도 고생 많았어."

거의 아연실색하며 쳐다보자 무라세 씨는 뭐든 해보라는 듯 제스처로 재촉한다.

"고, 고생하셨어요."

"우노 씨는 뭐 마실래? 난, 역시 맥주로 시작해볼까."

뭔가를 넘기는 듯한 동작. 메뉴판인가. 왠지 이 소꿉놀이, 아니 시뮬레이션에 동참하지 않으면 업무 이야기를 진행해주지 않을 작정인 것 같다.

"으음, 그럼, 나도 맥주."

"안주는 뭘로? 와, 다 맛있을 것 같아. 우노 씨가 골라도 돼."

"아, 아뇨, 맡길게요."

가상의 메뉴판을 건네기에 팬터마임으로 떠넘긴다. 무라세 씨의 미간에 찡긋, 주름이 잡힌다.

"제대로 안 하면 이미지가 안 떠올라요."

"죄송합니다……."

"어서, 친한 동료답게 더 스스럼없는 느낌으로! 그래, 별명으로 부르면 좋겠다. 우노 씨는, 이름이 나쓰키니까…… 낫쭝."

"아뇨, 저기, 서른 넘어서 낫쭝은 좀."

"난 야스밍이라고 불러, 낫쭝. 뭐 먹지?"

두뇌 회전이 빠른 게 자랑거리였는데 혼란으로 잠시 멈춘 상태다. 무라세 씨는 방실방실 웃으며 다시 내게 메뉴판을 내미는 동작을 한다. 침을 꿀꺽 삼키며 받아 들었다.

"으음……. 메뉴는 아직 개발 단계라 저도 다 파악하지는 못한 상태입니다."

"낫쭝."

"아, 네. 가 아니라, 웅. 그러게, 일단 '로즈마리 향이 나는 남유럽풍 프라이드 포테이토'랑 또…… '숙성 안초비와 구운 파를 곁들인 일본풍 피자'에 '카프레제풍 진한 수제 두부'는 어때?"

기억하고 있던 메뉴 이름을 대자 무라세 씨는 갑자기 재채기가 터진 것처럼 웃기 시작했다.

"……왜 그러세요?"

"아니, 전부 '풍'이 들어가잖아. 웃겨서."

눈이 번쩍 뜨인다. 듣고 보니 그렇다. 머릿속에 떠오르는 다른 메뉴도 '고수와 도미가 들어간 베트남풍 카르파초', '풋콩과 복숭아로 만든 도호쿠풍 젤라토 파르페', '교토풍 우지 말차 아포가토'로 온통 '풍' 일색이다.

"무슨무슨 풍, 이렇게 하면 왠지 있어 보이지 않나?"

"한두 개는 괜찮은데 다 그러면 웃기잖아. 정통파 이탈리안 요리도 먹고 싶고. 가게 분위기도……."

아직 기름때에 찌든 튀김집에 불과한 가게 안을, 무라세 씨는 초롱초롱한 눈으로 찬찬히 둘러보았다. 그 눈동자. 마치 여기에는 없는 무언가 근사한 것이 보이는 듯한, 진심으로 즐거워 보이는 표정.

"……너무 튀거나 과하지 않은 느낌이 좋겠어. 진짜 이탈리아의 바에 온 것 같은 느낌이 좋을지도. 우노 씨 생각은 어때요?"

난데없이 우노 씨로 돌아왔다. 당황한 채 끄덕인다.

"좋을 것 같아요. 요리는 퓨전 이탈리안, 인테리어는 정통파. 관심을 끌 수 있겠어요."

곧장 스마트폰으로 'italian bar'라고 검색해 사진을 본다. 나무와 놋쇠, 벽돌을 사용해 전체적으로 갈색 톤에 가깝게 꾸민 차분한 분위기가 많다.

"좋네요. 이런 느낌이라면 사장님도 좋아하실 것 같아요. 그럼 기본은 이 콘셉트로……."

"잠깐만. 아직 안 끝났어요."

"엣."

"여자들 모임만 생각하는 건 아니잖아요? 상사와 부하, 커플, 그
런 것도 해봐요."

"커플, 말입니까. 아니 그럼 누가 남자 역할을."

"아무나 하면 되죠. 여자 커플도 좋고, 남자 커플도 좋고."

무라세 씨는 그렇게 말하더니 몸을 가까이 기울이고는 나를 빤
히 쳐다보았다. 아까 전의 즐거워하는 표정으로.

"첫 데이트라는 설정으로 갑시다. 자, 시작."

"시작이라니……."

"오늘 연락해줘서 고마워. 나쓰키 씨."

나는 당황해서 무라세 씨에게서 눈을 떼고 손에 든 스마트폰을
보았다. 아직 이탈리안 바 사진이 떠 있는 상태다. 이런 곳에서 애
인과 데이트라. 그것도 첫 데이트.

"……와인을 좋아한다고 들어서. 이런 분위기가 좋을 것 같았어."

스르륵 말이 나왔다. 이런 곳에서 데이트 같은 건 해본 적도 없
다. 아니, 애초에 데이트라는 것과 멀어진 지 오래인데.

"고마워. 기억하고 있었구나."

무라세 씨가 살짝 부끄럽다는 듯 미소 짓는다. 그 한마디로 있
지도 않은 **우리가 함께한 시간**이 머릿속에 떠올랐다. 이 바에 오자
고 했을 때의 멘트, 상대의 취향을 알아본 시간, 어떤 옷을 입을지
고민한 순간.

"……야스미 씨는 이런 데 자주 와?"

"친구랑 가끔. 나쓰키 씨는?"

"나는 그다지……."

"오늘은 왜 여기를 골랐는지 물어봐도 돼?"

왜. 왜일까. 눈앞에 있는 이 사람과 첫 데이트를 하고 싶다는 생각이 드는 가게는…….

"……분위기 있고 외국에 있는 듯한 느낌의 이탈리안 레스토랑은 많지만 여기는 왠지 특별한 것 같아서."

"어떤 점이?"

나는 부드럽게 미소 짓는 얼굴을 바라보았다. 큼지막한 홑눈꺼풀이 가는 초승달을 그리더니 눈초리에서 고양이 꼬리처럼 기다란 주름이 뻗는다. 오렌지색 치크로 물들인 뺨이 봉긋 올라간다. 밝은 초록빛 아이셰도. 그다지 진하지도 길지도 않은 속눈썹. 프레임이 없는 타원형 안경. 찬찬히 깜빡이는 눈꺼풀. 작은 표정 근육의 움직임, 흔들거리며 반짝이는 금색 귀걸이, 호흡에 맞춰 살랑이는 얇은 머리칼. 모든 것이 슬로모션으로 재생되듯 느긋했다. 그때 처음으로, 카페에서 느낀 위화감의 정체를 깨달았다. 보자마자 묘하다고 느낄 만큼 매력적인 여자였던 것이다. 이 사람은.

"야스미 씨에게 어울릴 만한, 여유롭고…… 화사한 분위기였으니까."

안경 너머의 눈이 한 번 더 깜빡였다. 이내 치크와 엷은 파운데

이션 밑에서 진짜 혈색이 피어오르며 그 뺨을 붉게 물들인다.

그대로 한동안, 서로 말없이 바라보았다. 분위기가 묘하다는 건 알았지만 어떻게 해야 할지 갈피를 잡지 못한 채 애매하게 미소 짓기를 수 초…… 수 분…… 모르겠다. 시간을 신경 쓰지는 않았다.

침묵을 깬 것은 영업 중이라고 착각해 문을 열고 들어온 직장인 세 명이었다. 나는 서둘러 자리를 정리했고, 그 김에 세 사람에게 "가을에 새 점포를 오픈합니다" 하고 어필했다. 그러고서야 회사에 복귀해야 하는 시간이 됐다는 사실을 깨닫고 무라세 씨와 가게에서 나왔다.

밖은 어둑어둑해진 상태였다. 낮에는 잠들었던 술집 간판들이 일제히 번쩍거리며 베이지색 불빛으로 보도를 비춘다.

"야스…… 나루세 씨는 어느 쪽으로 가세요?"

"아, 오에도(大江戸)선이요."

"그렇군요. 전 이다바시라서 도중에 헤어지겠네요."

도중까지 같이 가겠네요, 라고는 왜인지 말할 수 없었다. '같이' 라는 말을 하는 게 이상하게 부끄러웠다.

낮보다 사람이 많아진 길을 나란히 걷는다. 앞으로 20미터만 더 가면 갈림길이 나와서 나와 나루세 씨는 가볍게 인사하고 각자 다른 길을 걸어 나는 유라쿠초(有楽町)선을 타고 이케부쿠로에서 JR선으로 환승해 회사에 돌아가 사장에게 간단히 보고한 뒤 남은 업무를 마무리할 것이다. 이제 15미터. 이제 10미터. 보폭이 좁아진다.

발을 앞으로 내딛는 속도가, 느려진다. 빨리 회사로 돌아가야 하는데. 점점, 느려진다.

"우노 씨랑 더 이야기 나누고 싶은데."

나루세 씨는 5미터를 남겨두고 멈춰 서서 그렇게 말했다.

"아……. 조만간 미팅 날짜 잡죠. 메일이나 전화로 언제든 연락 주세요."

"그게 아니라…… 얘기하다 보니까 여러 가지가 떠올라서."

"가게 아이디어요?"

"그것도 있는데, 그거 말고도 이것저것."

입을 벌리고 피식피식 웃는 모습에 나도 이끌리듯 실없이 웃었다. 분명 쓸데없는 대화였고 단축할 수 있는 시간이었지만 나는 그때, 이곳에 더 머무르고 싶다고 생각했다.

동쪽 서쪽에서 사람들 무리가 성난 파도처럼 흘러드는 이케부쿠로역에 내리자 또다시 눈앞에 팔짱을 끼고 찰싹 달라붙은 커플이 나타났다. 인파 따위 모르는 일이라는 듯이 강가를 산책하듯 여유롭게 걸으며, 서로의 귀에 입을 갖다 대고 어린애처럼 끝없이 비밀 이야기를 속삭인다. 사람들에게 막혀 추월하지도 못한 채 그 뒤에 바싹 붙은 꼴이 됐지만 더 이상 짜증스럽지 않았다. 옆에는 아무도 없었지만 찬찬히 찬찬히 걸었다. 사랑의 속도에 맞추어.

육지가 없는 바다

눈을 뜨니 실직자 상태였다.

집에서 엎어지면 코 닿을 곳에 있다는 이유 하나만으로 선택한 아르바이트 가게. 시급은 짠 데다 점장은 정수리가 벗겨졌으면서 남은 머리카락은 길게 기르는 이해하기 어려운 헤어스타일이었지만 직원은 원하는 대로 아무거나 먹을 수 있었던 고마운 곳, 휴식 시간에 전권이 다 있는 만화 『도카벤』을 읽는 게 낙이었던 곳, 배경음악은 곧 죽어도 야자와 에이키치(일본 록의 전설이라 불리는 유명 가수-옮긴이)였던 곳, 음료 메뉴에 어째서인지 캔 커피가 있는 곳……. 내 사랑스러운 가게 '딱 한 잔 켄짱'의 목조 모르타르 2층짜리 점포 겸 주택에 커다란 셔블 카가 깊숙이 박혀 있다.

사고가 아니라는 건 언뜻 봐도 알 수 있었다. 셔블 카에는 '조'

118

자로 시작하는 자유업 종사자처럼 보이는 신사들 몇 명이 차창에 걸터앉아 있고, 그중 한 명이 금속 야구방망이를 들고 뛰쳐나오는 가 싶더니 야무진 폼으로 '켄짱'의 마스코트 캐릭터인 켄짱 등신대에 사정없이 홈런을 때렸기 때문이다.

나는 도로 하나를 끼고 있는 빌라의 내 방에서 그 모습을 지켜봤다. 가게 2층에서 살았을 점장, 후쿠시마 료지(그럼 켄짱은 대체 누구냐는 거지)는 나올 기색이 없었다. 죽었거나, 죽은 척을 하고 있거나, 어제 도망쳤거나.

'세 번째겠지.'

힝상 가게 뒤쪽에 세워져 있던 뭐시기 오토바이가 안 보이는 걸 보면 점장은 그걸 타고 '슬픔 너머로(야자와 에이키치의 대표곡—옮긴이)' 떠났을 것이다. 내 월급도 안 주고. 제기랄.

'어쩌지.'

직업소개소에는 다시 가고 싶지 않았다. 어차피 변변한 일을 못 찾을 바에야 주변을 돌아다니며 선술집이나 행주 공장의 구인 공고를 보고 적당한 아르바이트를 찾는 편이 더 낫다.

죽여버린다는 둥 돈 내놓으라는 둥 요즘 시대에 듣기 드문 직설적인 서정시를 들으며, 나는 담배를 물고 일단은 돌아가는 상황을 지켜봤다.

그런데 기묘한 광경이 펼쳐졌다.

히로세가와 방면에서 경트럭 한 대가 달려와 멈추더니 안에서 헬멧을 쓴 여자가 내려 '켄짱'을 향해 한 걸음씩 걷기 시작한 것이다. 마치 스모에서 발로 바닥을 스치는 듯한 움직임이었다. 손과 발이 동시에 나가고, 허리를 굽히고 엉덩이를 내민 듯한 포즈로, 파괴 행위가 계속되고 있는 '켄짱'으로 다가간다.

여자는 '마루토미 술집'의 앞치마를 둘렀는데 자세히 보니 덜덜 떨고 있었다. 자유업 종사자분들은 여자가 왔다는 사실은 알아채지 못하고 착실하게 가게의 정문 현관부터 부수고 있다.

총명한 나는 번뜩이는 뭔가를 느끼고, 노브라를 감추기 위해 홈웨어 위에 헐렁한 점퍼를 걸친 뒤 샌들 바람으로 튀어 나갔다.

자유로운 분들에게 들키지 않도록 빌라 뒤쪽으로 빙 돌아서 헬멧을 쓴 여자 뒤로 다가간다.

"헤이, 뭐 해?"

마지막 음절 '해'의 발음이 끝나기도 전에 여자는 그 자세 그대로 10센티미터쯤 껑충 뛰어올랐다. 재주도 좋다. 몸을 돌린 여자의 안색은 창백했고, 얼굴이 우메즈 카즈오(1960년대에 명성을 떨친 공포 만화가—옮긴이)의 그림체처럼 돼 있었다. 그렇게까지 놀랄 건 뭐람.

"회수?"

그렇게 묻자 여자는 10초 정도 가만히 있다가 천천히 고개를 끄덕였다.

시골 네트워크의 힘으로 이미 '켄짱'이 어쩌고저쩌고했다는 이야기가 마을 전체에 퍼진 모양이었다. 외상이 얼마나 되는지 아르바이트생인 나는 알 턱이 없지만 '마루토미 술집'의 사장님이 돈이나 상품을 회수해 오라고 시켰다고 한다.

"나도 급여 못 받았어. 같이 찾아보자고."

검지를 입 앞에 대고 조용히 하라고 신호한 후, 나는 여자에게 손짓하며 '켄짱' 옆에 있는 빈집의 부지로 들어갔다. 풀이 무성하게 자란 정원을 헤치며 걸으면 녹슬고 부서진 철문이 있는데, 그 문을 기기긱 소리 나게 열면 '켄짱'의 뒷문으로 이어진다.

점장은 평소대로 열쇠를 화분(이라기보다는 생선 가게에서 생선 담는 상자에 흙을 넣은 것) 아래에 둔 상태였다. 잽싸게 문을 열고 소리가 나지 않도록 슬그머니 안으로 들어간다. 여자는 역시나 바들바들 떨었지만 그러면서도 잘 따라와주었다.

익히 알고 있었으나 좁은 뒷마당에는 돈이 될 만한 게 거의 없었다. 팔아치울 수 있을 만한 건 한 말들이 업소용 식용유, 미개봉 사케 몇 병, 맥주 한 박스, 플라스틱 탱크에 든 등유, 쌀 10킬로그램, 청소할 때 쓰는 신나 정도. 옮기려면 하나같이 욕 나오게 무거운 데다 몽땅 팔아봐야 한 달 치 식비도 안 될 것이다.

"이게 전부……?"

여자의 가냘픈 목소리가 들렸다.

"주방 냉장고에 맥주가 좀 더 있을지도 몰라."

라고 했지만 위안이 되지는 않겠지. 달랑 요만큼 회수한들 배달 기름값도 못 건질 테니까.

쨍그랑, 하고 커다란 소리가 났다. 자유로운 분이 문 하나를 사이에 두고 주방을 뒤지고 있다.

"일단 술 가져가자. 도와줄게."

주변에 있던 종이 상자 안에 사케와 신나를 넣어 여자에게 건넨 뒤, 나는 맥주 박스를 가지고 살금살금 '켄짱'을 나왔다.

하지만 경트럭에 회수품을 실으려던 그때, 뜨거운 시선이 느껴졌다.

"헉……."

들켰다. '뭐 해 이 자식들 당장 거기 서어!' 하는 목소리가 끝나기 전에 나는 조수석에 올라탔다.

"밟아 밟아 밟아!"

예상과 달리 여자는 잽싸게 운전석으로 미끄러져 들어오더니 경트럭(수동식이다) 엔진 스타트, 기어 넣고, 액셀을 밟아 급발진시켰다. 그리고 직렬 3기통 엔진의 배기음을 울리며 '드래곤 퀘스트'의 적들처럼 나란히 줄지어 선 자유로운 분들을 향해 일직선으로 돌진하는가 싶더니 충돌 직전에 믿기 힘든 사이드 턴, 끼기기기긱 하고 타이어로 아스팔트를 긁으며 180도 선회했다가 거기에서 직선 도로로 폭주, 곧이어 멋들어진 직선 드리프트로 T자 도로를 꺾더니 그대로 미끄러지듯 달리기 시작했다.

"대애애애애박! 미쳤다! 완전 쩔어!"

짝짝짝 박수를 치며 여자를 보는데 고양이가 플레멘 반응(고양이가 냄새를 맡기 위해 입을 벌리는 행동-옮긴이)을 하듯 입을 미묘하게 벌리고 있다. 자세히 귀를 기울이니 여자는 인간의 가청 범위 내에 간신히 들어올 정도의 고음으로 계속해서 비명을 지르고 있었다.

어쨌거나, 날씨 참 좋다.

차는 그대로 이리저리 꺾으며 달렸고 어느샌가 히로세가와 강변도로에 들어섰다.

나는 창문을 열었다. 쌀쌀과 시원의 사이 정도 되는 바람이 기분 좋게 머리를 헝클어뜨린다. 센다이의 가을은 아름답고도 짧다. 드라이브하기에는 더할 나위 없는 날씨다.

여자는 더 이상 비명을 지르지 않았다. 입을 꾹 다물고 그저 운전만 했다.

"헤이, 어디 가는 거야? 마루토미는 이쪽 아니잖아."

희미한 목소리로 무어라 중얼거린다. 귀를 기울이니 "못 돌아가…… 못 돌아가……"라는 말을 반복하고 있다.

"이거밖에 회수 못 해서? 어쩔 수 없잖아, 대머리 사장이 잘못한 건데."

"혼난단 말이에요!! 내가!!"

느닷없이 이나바 코시(유명 록밴드 B'z의 보컬-옮긴이) 뺨 칠 수준의 하이톤 샤우팅을 선사하는 통에 이번에는 내 얼굴이 공포만화 그림체가 됐다.

"마루토미 사장님이 그렇게 무서워?"

여자는 대답이 없다. 핸들을 쥔 손가락이 새하얘질 만큼 힘이 들어가 있다.

"그만둬, 그만둬. 애초에 너무하잖아. 조폭들이 온 걸 알면서 여자애 혼자 보내다니."

"못 그만둬요!!"

"소리 좀 지르지 마아."

자동차는 도호쿠 신칸센의 고가다리 아래로 계속해서 달렸다. 여기 너머로는 별로 가본 적이 없다. 시가지에서 점점 멀어진다.

"나는 일터를 잃었어. 올해 두 번째."

점점 건물들이 띄엄띄엄 보이고 도로 폭이 좁아지더니 이윽고 논과 밭이 펼쳐진 평야가 보인다. 이대로 달리면 아마 나토리가와 (名取川)와 합류하는 지점이 나올 것이다.

"왜 못 그만둬?"

"……거기가 우리 집이니까요."

"우리 집이라."

그리웠던 울림이다.

"그런데 진짜로, 지금 어디 가는 거야?"

답은 없다.

예상대로 차는 히로세가와가 아닌 나토리가와 강변을 달리고 있었다. 제방이 있어서 물줄기가 안 보이지만.

"······우리 가게 지금, 많이 힘들어요. 매출은 계속 떨어지기만 하고 아르바이트를 고용할 형편도 못 돼서 제가 열심히 해야 돼요. 상품을 회수할 때까지 돌아오지 말라고 했어요."

"하지만 없는 건 어쩔 수 없잖아. 동네 사람들이 대머리랑 다 마셔버린 걸 어떡해."

"그런 건 몰라요!!"

다시 샤우팅. 목청 한번 시원하게 빠졌네. 그 덕에 내 머릿속에서 음악 방송의 어느 곡이 흘러나오기 시작했다. 이런. 이거, 한번 시작하면 못 멈추는데.

"······돌아가기 싫어······."

나라면 노래 중간에 어떤 멘트를 어떻게 칠지 시뮬레이션하는데 여자가 불쑥 중얼거렸다.

"그럼 안 가면 되지."

"무리예요."

말은 그렇게 하면서 마루토미에서 점점 멀어진다.

여자는 다시 입을 꾹 다문 채 조금도 망설임이 없는 차선 변경과 핸들링 솜씨로 차를 몰았다.

"가기 싫지만, 가야 돼요. 다른 사람들도 다들 여기에서 애쓰고 있으니까. 바로잡아야죠. 가족의 일원으로서, 동네의 일원으로서······ 돌아가야 해요······."

말은 그렇게 하면서 동네와는 정반대 방향으로 계속해서 달린다.

공기의 냄새가 바뀌었다.

경트럭은 스륵스륵 하고 조용히, 비포장 도로의 막다른 곳에 멈춰 섰다. 높직한 제방이 있고 주변에는 키 작은 잡초가 삐죽삐죽 돋았을 뿐인 널따란 공터였다. 여자는 시동을 껐다. 그러더니 다시 핸들을 잡고, 제방 쪽을 가만히 응시한다.

이 너머에 무엇이 있는지 아는 듯한 눈빛이었다.

귀를 기울인다. 바람 소리만이 들려왔다.

"……가기 싫어질 때면 여기에 와요."

"왜?"

"돌아가야 한다는 생각이 드니까. 나는 살아 있으니까, 돌아가서 힘내야 한다는 생각."

가까이에는 휩쓸리지 않고 남아 있는 소나무가 일렬로, 서로 어깨동무를 하는 듯한 모습으로 서 있다. 조금 멀리에는 처음 보는 새하얗고 작은 사당이 바람을 맞고 있었다.

여기가 **예전**에 어땠는지 나는 모른다. 여자는 알까.

"그런 것 때문에 그런 생각하는 거, 관둬. 정신 건강에 안 좋아."

여자는 고개를 숙였다. 혹시 우는 건가 싶었는데 울지는 않았다.

나는 글러브 박스를 열어 손을 쑤셔 넣었다. 예상대로 수금용 자루가 있고 그 안에는 대략 5만 엔 정도의 돈이 들어 있었다.

"그냥, 도망치자."

"뭐?"

"이 돈으로 도쿄 아니면 홋카이도 쪽까지 갈 수 있잖아. 같이 갈게. 내키는 곳까지."

여자는 또 플레멘 반응처럼 입을 반쯤 열고, 감정이 조금도 담기지 않은 눈으로 날 쳐다보았다.

"머리 어떻게 된 거 아니에요?"

"멀쩡해. 이왕 살아 있는 거, 즐겁게 살자고."

"성의 없는 말은 하지 마세요. 어디로 도망간다는 거예요. 갈 곳도 없어요. 여기 말고는 친구도 친척도 없다고요."

"뭐 어때. 아는 사람이 한 명도 없는 곳으로 가자니까. 어디로든 가면 거기가 살 곳이 될 거야."

"……"

여자는 말없이 헬멧을 벗었다. 부스스한 쇼트 보브커트 사이로 원형 탈모증이 만들어낸 제법 큰 미스터리 서클과 아물고 있는 멍 자국이 보였다.

살아남는 것은 힘들다. 그 뒤로도 계속 살아내기란, 더욱 힘들다.

귀를 기울인다. 바람 소리가 들린다. 파도 소리는 들리지 않았다.

"이름이?"

여자는 작은 목소리로, 꽤나 로맨틱한 이름을 입에 올렸다. 나도 이름을 말했다. 시답잖은 이름이지만.

시동이 걸린다. 라디오의 스위치를 켰다. 이럴 때 레이디 가가의 〈Born This Way〉가 나와주면 기똥차게 멋질 테지만 채널은

NHK-FM의 '가요 스크램블'이었다. 나와 여자는 덩리쥔의 〈애인〉을 배경음악으로, 바다에서 등을 돌린 채 도피행을 시작했다.

하루에의 톱기어

하루에는 '사회의 톱니바퀴'라는 표현에 항상 이질감을 느꼈다. 그 말은 대체로 부정적인 의미로 쓰인다. 하지만 톱니바퀴는 다른 톱니바퀴의 움직임에 맞춰 움직이고, 자신이 움직임으로써 또 다른 톱니바퀴를 움직이게 한다.

'멋진 일이지.'

작은 톱니바퀴 하나하나의 움직임이 커다란 기계를 움직인다. 어느 하나라도 빠지면 기계는 돌아가지 않는다. 하루에는 오래전에 돌아가신 할아버지의 취미였던 오토바이 손질을 떠올렸다.

"아무리 작은 부품이라도 하나가 빠지면 전부 쓸모없어진단다."

그 말을 참 여러 번 들었다.

오후 5시 반이 되면 하루에는 탕비실을 청소하고 퇴근한다. 말은 이렇게 하지만 퇴근하고 돌아가는 곳은 회사와 같은 부지에 있는, 다섯 식구가 함께 사는 주택이다. 가업인 고무신·작업화를 제조하는 회사에서 사무원으로 일하기 시작한 지도 어느덧 13년째다. 하루에의 나이는 서른하나. 집이 아닌 다른 곳에서는 살아본 적이 없고 이 동네를 벗어나본 적도 거의 없다.

하루에는 자신을 톱니바퀴라고 느낀 적이 없었다. 집에서도 학교에서도 회사에서도 하루에의 존재와 행동은 미끄러워 그 어디에도 걸려들지 않았고, 누구에게도 휘둘리지 않고, 아무도 휘두르지 않았다. 미움받지도 않고, 사랑받지도 않고, 싫어하지도 않고, 좋아하지도 않고, 무얼 하든 평균이나 그보다 조금 낮은 성적을 유지하고, 튀지 않고, 튀고 싶어 한 적도 없다.

서로 맞물려 달캉달캉 빙글빙글 분주하게 움직이는 톱니바퀴들의 발 언저리에서 외따로 굴러가는, 어디에도 결합되지 않은 작은 구슬. 하루에는 자신의 인생을 그렇게 인식했다.

탕비실은 여느 때처럼 그다지 정리할 게 없었다. 순수하게 내근을 하는 사람은 엄마와 자신뿐인데 오늘은 손님도 없다. 영업을 맡은 남자 사원은 집에서 거래처로 출근해 거래처에서 퇴근하고, 아빠를 포함한 나머지 직원들은 차로 10분가량 떨어진 공장에서 근무한다.

'본사'라고 불리는 이 조립식 단층 건물 안에서 하는 작업은 별 게 없다. 경리와 사무 업무의 대부분은 상업고등학교를 졸업한 엄마가 소화하는데, 영업 쪽에서도 가끔씩 카탈로그를 보내거나 전표를 정리하는 일을 부탁하는 듯했다. 아담한 조립식 건물은 약 한 시간이면 청소와 정리 정돈이 다 끝난다. 이따금 들어오는 클레임 대응은 엄마가 하거나, 옛날에 지원 센터에서 사원으로 근무했다는 공장 근무 직원인 무라이 씨에게 넘어간다. 즉 하루에가 하는 일은 거의 없었다.

지금 당장 일을 그만두겠다고 말해도 부모님이든 종업원이든 아무도 난처해지지 않을 것이다. 하루에는 한 달에 한 번 정도 그런 생각을 했다. 급여는 상당히 적지만 본가에 살다 보니 딱히 돈을 쓸 일도 없어서 저축은 그럭저럭 하고 있었다. 그 돈으로 어디로든 여행을 가거나 다른 곳에서 사는 상상도 한 달에 두 번 정도 했다.

하지만 하루에는 한 번도 그런 상상을 실행에 옮기지 않았다. 톱니바퀴가 아닌 자신의 생활이 떨떠름했지만 그걸 바꾸기 위한 구체적인 행동이나 계획은 상상으로조차 해본 적이 없었다.

그러던 어느 날 오후. 하루에가 본사에서 전화 앞을 지키는데 손님이 들어왔다. 반상회 임원인 마시바 아주머니다. 같은 임원인 엄마는 마침 공장에 파견을 나간 상태였다. 그렇게 말하자 아주머니는 엄마에게 전해달라고 하며 '당일치기 버스 투어' 팸플릿을 내밀었다. 그러다가 갑자기 생각났다는 듯 표정을 바꾼 뒤 목소리를 낮춰 하루에게 다가왔다.

"하루에, 4초메에 있는 단독주택 알아? 야나기 치과 간판이랑 가까운 빨간 지붕 집."

몇 초 생각하다가 "네" 하고 대답했다. 고등학교 시절 등굣길에 있던 집이다.

"거기가 말이야, 지금 말이 많아. 2년 전쯤에 아버지가 돌아가시고 지금은 아마 딸이 혼자 사는 것 같은데, 그 딸이 있지…… 기행을 해."

아주머니의 목소리가 점점 작아지는데 말투에서는 점점 흥분한 기색이 느껴진다.

"기행, 이요?"

"그래. 기이한 행동."

아주머니는 천천히 끄덕이더니 목소리를 한층 더 낮췄다.

"쓰레기집이라고 하지? 처음에는 집 안에만 쌓아뒀던 모양이더라고. 언제부터인가 쓰레기를 현관이며 창문 밖으로 휙휙 던지는데, 어우 정말, 대단해."

"대단하다고요?"

"대단하다니까. 냄새도 고약하고 까마귀까지 몰려들어. 기분 나쁜 벽보가 여기저기 붙어 있기도 하고. 공무원도 방문했는데, 소리를 질러대거나 방에 틀어박혀서 대화가 안 된다나 봐. 그런 건 대체 어째야 좋을까."

집 안팎에 대량으로 쓰레기를 쌓아둔다는 쓰레기집 이야기는 텔레비전에서 몇 번 보기는 했다. 방송에서는 그 참상에 모자이크 처리를 하는 집까지 있었는데, 그런 특집이 방영될 때마다 깔끔한 성격인 엄마는 꼭 한마디씩 하면서 끝까지 집중하고 열의로 시청한다.

"그 집 딸, 아마 네 또래일걸? 혹시 같은 학교 다녔던 거 아냐?"

아주머니가 말해준 그 집 명패에 적힌 이름은 하루에의 기억에 없다. 애초에 같은 반이었던 애들 이름도 거의 기억 못 하긴 하지만.

아주머니는 그러고는 그 쓰레기집이 얼마나 무시무시하고 눈살이 찌푸려지는지를 약 10분 정도 일장 연설 한 뒤 발길을 돌렸다.

얼마 후 엄마가 돌아오고 5시 반이 되자 하루에는 여느 때처럼 탕비실로 향했다.

재탕한 하루치 찻잎이 싱크대 안의 잔반통에 들어 있고 쓰레기통 안에는 엄마가 좋아하는 간식인 칼몬드 봉지와 며칠 전 점심으로 먹은 컵라면, 귤껍질, 나무젓가락 따위가 버려져 있다.

이런 게 밖으로 넘쳐흐를 만큼 쌓인 집.

텔레비전 화면의 모자이크 뒤에 있는 것.

하루에의 가슴이 술렁였다.

그것은 거의 일어나지 않는 정동(情動). 하루에의 호기심이 꿈틀

거리는 소리였다.

　본사 현관을 나오자마자 왼쪽으로 꺾어 건물 뒤로 돌아가면 바로 집이 있다. 하지만 오늘 하루에는 방향을 꺾지 않고 곧장 걸었다. 회사와 집이 있는 부지를 벗어나 졸업한 이래로 한 번도 걸어본 적이 없는 고교 시절의 통학로로 간다.

　휘잉, 하고 차가운 바람이 하루에의 무방비한 목 언저리를 스쳐갔다. 문득 주변을 둘러보자 몇 없는 사람들은 저마다 코트며 따뜻해 보이는 옷을 입었다. 머플러를 두른 사람도 있다. 사실상 통근거리가 없는 수준인 터라 티셔츠에 카디건만 걸치고 '출근'했던 하루에는, 어느덧 동네가 겨울을 맞이하려 한다는 걸 처음으로 깨달았다.

　오들오들 떨며 10분 정도 걷자 그 집이 나타났다. 색이 바랜 야나기 치과 간판 옆, 1미터 높이의 낮은 블록 벽으로 에워싸인 빨간 지붕의 2층 주택.

　전봇대 두 대 거리만큼 떨어진 곳에서도 분위기가 심상치 않다는 것을 알 수 있었다. 마시바 아주머니의 말대로 1층 창문 아래에는 반투명 쓰레기봉투가 산처럼 쌓였다. 블록 벽 바깥, 즉 공공도로에는 정체 모를 거무스름한 액체가 가득 든 생선 가게 스티로폼 박스가 빈틈없이 집을 둘러싸듯 늘어섰고, 심지어 그 액체에 담그기라도 한 듯 전동거품기며 DVD 플레이어 같은 게 처박혀 있다. 담벼락 위는 파란 비닐 시트와 빨간 비닐 테이프로 덮였고 그 위에 같은 간격으로 A4 사이즈의 하얀 종이가 갈색 테이프로 띄엄띄엄 붙어 있었다.

종이에 뭐라고 적혔는지 궁금해진 하루에는 걸음을 늦춰 앞의 전봇대까지 다가갔다.

집 안은 어두운데 주변은 가로등의 불빛을 받아 밝다. 현관 앞은 사람 한 명이 지나갈 수 있을 정도의 공간만 두고 좌우로 쓰레기봉투며 종이 박스가 쌓였고, 통로 같아 보이는 지면에는 보도블록인 양 계란 껍데기가 뿌려져 있다. 지나가는 척하며 열심히 곁눈질로 벽보를 보니 볼펜으로 쓴 듯 가느다란 글씨로 종이 가득 '화합'이라고 적혀 있었다.

집으로 돌아온 후에도 가슴속의 일렁임은 멈추지 않았다. 낮에 가면 쓰레기가 넘쳐나는 모습이며 스티로폼 박스 안에 가득 찬 무언가를 더 또렷하게 볼 수 있을 것이다. 그 쓰레기는 언제 밖으로 버리는 것일까. 대낮일까. 아니면 밤중일까. 내용물은 평범한 생활 쓰레기일까. '화합'은 뭐지. 왜 그렇게 해둔 걸까……

다음 날 아침, 결국 열이 났다. 몸은 건강한 편인 터라 엄마가 "왜 이러지" 하고 고개를 갸웃거렸다. "생각을 너무 많이 해서 그런가"라고 하자 "애도 아니고" 하고는 어처구니없어했다.

결국 그날 일은 쉬기로 하고 파자마 차림으로 이불 속에 가만히 있는 동안에도, 하루에의 머릿속에 떠오르는 것은 온통 그 집뿐이었다.

바깥은 기분 좋게 화창한 날씨인 듯했다. 밝은 햇살이 거리로 쏟아지고 있었다.

심장이 입 밖으로 튀어나오려 하는 것을 느끼며, 하루에는 마스크 낀 얼굴을 머플러 안에 파묻었다. 집 부지를 벗어나려면 본사 앞을 지나야 한다. 엄마는 컴퓨터를 보고 있지만 날 발견한다면 당연히 뭘 하는 거냐고 따지듯 물을 것이다. 엄마에게 어디 간다는 말도 없이 외출하는 건 태어나서 처음이었다. 피가 소리를 내며 목에서부터 머리의 혈관으로 도는 것이 느껴진다.

하루에는 엉거주춤한 자세로, 발치에서 자갈 소리가 나지 않도록 조심 또 조심하며 본사 앞을 통과했다. 그리고 바깥쪽 도로로 나오자마자 줄행랑치듯 달렸다. 달리는 건 수년 만이었는데, 열과 맞물리니 진짜 딱 죽을 것 같아서 30미터 정도 달리고 멈춰 섰다. 그대로 한참 동안 할딱거린 뒤에야 천천히 걷기 시작했다.

그 집은 같은 자리에 있었다. 당연한 사실인데도 하루에는 그 당연함에 안도했다. 어제와 딱히 달라진 게 없어 보였다.

햇빛 아래에서 보자 집의 음산한 기운은 조금 덜하게 느껴졌다. 스티로폼 박스 안의 액체가 빛을 받아 반짝반짝 빛났는데, 그것은 마치 검은 비단처럼 아름다웠지만 역시나 어떤 액체인지는 알 수 없었다. 어제는 추위와 긴장 탓에 느끼지 못했던, 음식물이 썩는 듯한 냄새도 풍겼다. '화합'이라 적힌 벽보도 그대로였고 모든 종이에 같은 단어가 적힌 듯했다.

그러한 것들을 보며 하루에의 심장은 마치 전류가 흐르는 듯 찌르르 저리더니, 튀어 오르고, 미쳐 날뛰었다. 처음으로 느끼는 기분이었다. 집을 에워싼 쓰레기와 괴상한 요소에 초점을 맞출 때마다 살갗에 닭살이 돋았다.

굳게 닫힌 창문과 현관문 너머는 어떤 모습일까. 지금도 안에 사람이 있을까. 어떤 사람일까. 정말 혼자 살까. 이 대량의 쓰레기는 전부 그 사람이 만들어낸 것일까. 의문이 꼬리에 꼬리를 문다.

하루에는 전봇대 그늘에 숨어 집을 빤히 쳐다보았다.

그때, 2층 창문의 커튼이 아주 살짝 흔들렸다.

'사람이 있다!'

불투명한 유리창이 탕, 튕겨 나오듯 활짝 열렸다. 그리고 다음 순간 거기에서 하얀 반투명 쓰레기봉투 하나가 비치볼처럼 두둥실 떠오르더니 마당에 쌓인 쓰레기봉투 위로 거의 소리도 없이 착지했다.

창문은 다시 기세 좋게 닫혔다. 찰나의 순간, 하루에는 하얗고 가는 팔을 보았다.

그로부터 거의 매일, 하루에는 일이 끝나기 무섭게 '집'으로 향해 쓰레기 상태며 벽보를 들여다보았다. 2주째에는 항상 같은 모습으로 가면 이웃 주민들이 미심쩍어할 거라는 생각에, 고등학교 때부터 입었던 더플코트와 로퍼를 버리고 가까운 대형마트에서 다운 코트와 스니커즈를 새로 샀다. 옷이나 신발을 산 것은 4년 만이었다.

본격적인 겨울로 접어들며 해가 빨리 떨어지자 집의 모습을 온전히 보기가 점점 어려워졌다. 하루에는 일주일에 두세 번, 5시에 조퇴를 하게 되었다. 엄마도 역시나 이상하다 싶었는지 뭐 때문에 그러냐고 물었지만 다이어트와 건강을 위해 걷기 시작했다는 말로 얼버무렸다. 엄마에게 거짓말을 하는 것도 처음이었다.

쓰레기를 버리는 현장이나 집 안 인물의 손과 얼굴을 보는 것은 매우 귀중한 순간이었다. 하지만 이렇게나 많은 쓰레기를 배출한다는 것은 식료품을 사거나 배달을 하지 않는다면 불가능할 터. 그 행위는 아마도 하루에가 없는 평일 낮 동안에 일어날 것이다.

하루에는 '집' 주인의 모습을 확실하게 보고 싶어졌다. 어떻게 해서든.

어느 날. 마침내 하루에는 동창의 출산을 축하하러 간다는 거짓말로 평일에 휴가를 내고는 아침부터 집을 나섰다. 엄마에게 그럴 듯하게 보이기 위해 이번에도 마트에서 새로 산 원피스를 입고 굽

없는 펌프스 소리를 경쾌하게 울리며, 관혼상제 때 외에는 해본 적이 없는 화장에 덮인 볼을 붉힌 채 '집'으로 향했다.

바야흐로 쓰레기는 무서운 기세로 늘어났고, 관공서에서 보낸 우편물이 현관에 끼워진 모습도 몇 번이나 보았다. 스티로폼 박스 안의 액체는 가까이 가기도 버거울 정도의 악취를 뿜어내기 시작했으며 '화합'이라고 쓰인 벽보는 비가 올 때마다 그 위에 새로 붙어 파이 반죽처럼 구덕구덕 부풀어 올랐다.

아침 일찍부터 야나기 치과의 간판 그늘에 몸을 숨긴 채, 하루에는 평소처럼 '집'을 관찰하기 시작했다. 하지만 기대와 달리 아무런 움직임이 없었고 점심때가 지나도록 아무런 변화도 일어나지 않았다.

먹지도 마시지도 않은 상태로 가만히 서 있다 보니 시간은 어느덧 오후 3시. 하루에는 마침내 인내의 한계에 다다랐다.

만나자. 이 '집' 사람을.

무릎을 바들바들 떨며 '집'으로 다가가 땅에 뿌려진 계란 껍데기를 밟고, 좌우로 쌓인 쓰레기봉투 사이에서 어깨에 힘을 잔뜩 준 채 현관 앞에 섰다.

그리고, 떨리는 손가락으로 인터폰을 누른 순간.

현관문이 거칠게 열렸다.

눈앞에, 고무줄과 비닐 테이프로 긴 머리카락을 한 다발씩 묶은 새하얀 얼굴의 여자가 서 있었다. 하루에는 자신이 자연스레 웃고 있다는 것을 깨달았다. 무슨 말이든 해야 한다. 그렇게 생각한 순간, 여자가 말없이 눈을 터질 듯 부릅뜨더니 손에 든 양동이 안의 시커먼 액체를 하루에의 머리에 끼얹었다. 바로 그때, 하루에는 거대한 톱니바퀴가 자신에게 빈틈없이 딱 들어맞더니 굉음을 내며 움직이기 시작하는 것을 또렷하게 느꼈다.

옐로 체리 블로썸

약속 장소인 카페로 들어선 유나를 본 순간, 나는 상당히 큰 목소리로 앗 하고 소리를 질러버렸다.

"아우, 왜 그래. 부끄럽게."

쑥스러운 듯 웃는 유나는 타탄체크 주름 스커트와 와펜이 붙은 블레이저를 입었다. 잊을 수도 없는, 고등학교 때 교복이다.

"말도 안 돼……. 너 언제 했어?! 아니, 것보다 옷이 이게 뭐야?"

"제일 먼저 이걸 입고 싶었어. 새록새록 떠오르잖아. 너도 아직 갖고 있지? 봐봐, 넥타이도 1학년 때 매던 거야."

유나는 포니테일로 묶은 새까만 머리칼을 찰랑거리며 내 맞은 편에 앉았다. 메이크업을 하지 않은 볼은 핑크빛이고 모공도 거의 보이지 않는다. 가녀린 어깨와 가는 목은 틀림없이 나와 처음 만났던 그때, 고교 시절의 유나 모습이었다.

"어때?"

"어떠냐니…… 이런 얘기는 없었잖아. 게다가 우리 아직 스물네 살밖에 안 됐는데?"

"어머, 얘 좀 봐. 이미 늦었지. 넌 아직 관심 없어 보였으니까 말을 안 한 것뿐이야. 오래전부터 결심했었어. 30대가 되기 전에 유스 메이크를 하겠다고."

유나는 생글생글 웃으며 가방에서 거울을 꺼내더니 각도를 바꿔가면서 자신의 얼굴을 감상하고는 황홀해하기 시작했다.

"너도 생각해보는 거 어때? 딱 이때쯤 하는 게 관리하기도 편하고 몸에 부담도 훨씬 적대."

유나는 길쭉하게 접힌 컬러풀한 팸플릿을 꺼냈다. 표지에 '일본 유스 메이크 협회'라고 적힌 그것은 예전부터 시내 여기저기에서 본 적 있다. 하지만 제대로 읽어본 적은 없었다.

유스 메이크란, 일본이 전 세계에서 선구적으로 개발에 성공한 최첨단 바이오테크놀로지 기술입니다. 통증이 전혀 없는 시술로 전신의 세포를 활성화시켜 겉모습만이 아닌 진짜 젊음을 되찾아드립니다. 10년, 20년, 30년 전의 건강과 활력 넘치는 생활을 당신께. 일본의 저출산 문제를 말끔히 해결한 미래 기술로 밝고 건강한 인생을 손에 넣어보세요.

유스 메이크는 쉽게 말해 젊어지는 수술이다. 50년 전쯤 인체 노화를 통째로 조작할 수 있는 어마어마한 약과 기계가 발명되면서 그것을 조합한 수술이 삽시간에 일본 전체에 퍼지고 정착했다. 실제로 길을 걸으면 옛날 영화나 해외 뉴스에서 볼 법한 어르신, 할머니, 할아버지는 거의 찾아볼 수 없다.

솔직히 말하면 나도 이제 슬슬 생각해야 하나 싶기는 했다. 하지만 유나가 이렇게 빨리 실행에 옮길 줄은 몰랐다.

"하, 역시 젊은 게 최고야! 벌써, 아침에 눈 뜰 때부터 다르다니까. 일을 해도 별로 안 피곤하고 몸은 가볍고. 게다가……."

유나는 목소리를 낮추며 테이블 위로 상체를 엎드렸다.

"영업팀의 미쓰야 씨한테 연락이 왔어. 다음에 같이 한잔하러 가자고. 엄청나지 않아? 전에는 나 같은 건 눈에 들어오지도 않는다는 느낌이었거든!"

귀까지 복숭앗빛으로 물든 유나는 앉은 채로 두 팔 두 다리를 바동거렸다. 몸짓까지 고등학생으로 돌아간 것 같다.

"너도 얼른 하자. 한 번 더 같이 교복 입고 디즈니랜드 가자. 미쓰야 씨도 부르고, 다른 남자 한 명 더 불러서."

"날 이용하고 싶은 것뿐이잖아. ……역시, 아직은 좀 이른 것 같아."

"그렇게 속 편한 소리 하다가 하루아침에 쪼글쪼글하고 퉁퉁해진다니까. 할머니가 말씀하셨어. 옛날에는 여자가 스물다섯 넘어가면 '떨이'라고 불렸대. 우리 곧 스물다섯이야. 정신 차려야 돼,

메구."

진지한 표정으로 몰아붙이는 여고생 얼굴의 유나에게 뭐라고 대답해야 할지 몰라서 나는 어색하게 웃었다.

그때, 가게 안이 순간 술렁거렸다.

"으아…… 저기 좀 봐, 메구, 저 사람."

한 여자 손님이 들어왔다. 수수한 복장과 적당한 키에 적당히 살이 오른 몸집. 멀끔한 생김새. 하지만 가게 안에서 그 사람은 굉장히 눈에 띄었다. 외모가, 50대 정도로 보였던 것이다.

그 사람은 주위의 시선과 수군거림은 개의치 않는 듯 자리에 앉아 차분한 목소리로 홍차를 주문했다. 머리카락에는 백발이 섞였고 화장기도 거의 없다. 살이 찐 건 아닌데 고개를 살짝 숙이니 턱 아래의 피부가 축 처졌고, 그걸 본 순간 왜인지 등줄기가 오싹해졌다.

"가아끔씩 보이는데, 저런 사람들은 대체 뭘까. 왜 시술을 안 받는 걸까?"

유나는 노골적으로 불쾌하다는 표정을 지으며 여자를 힐끔거렸다.

"뭔가 사정이 있겠지. 체질상 시술을 못 하는 사람도 있다던데."

"그런 건 천만 명 중 한 명 정도잖아. 사상이 이상한 사람인 거 아냐? 그, 외국에 많이 있다는 그거. 페미니스트……였나, 그런 거. 무섭다야. 여자 회춘 반대! 이런 사람들. 무슨 꿍꿍이인지 모르겠

144

어. 젊고 예뻐지면 다들 행복하잖아. 저 사람, 반지도 안 낀 거 보면 분명히 독신이야. 당연히 자식도 없겠지. 어유, 불쌍해라. 자업자득이지만."

"그만해, 들리겠어……."

유나를 타일렀지만 나도 여자에게서 시선을 뗄 수 없었다. 유명인이나 남자 중에서는 시술을 받지 않고 그대로 나이를 먹어가는 사람도 있다는데 둘 다 아니다. 보통의 여자인 사람이다.

퍼석퍼석한 머리칼과 아래로 처진 볼, 누런 피부에서 눈이 떨어지지 않는다. 그리고 그것보다도, 저런 외모인데도 여자의 표정이 너무나도 온화하다는 사실이 무척이나 신경 쓰였다.

카페에서 나온 뒤 유나와 평소처럼 아이쇼핑을 하러 백화점에 갔다. 그런데 어려진 유나와 나는 입고 싶은 옷도 어울리는 옷도 완전히 달라서 왠지 모르게 삐끗거리다가 헤어졌다.

"나도 슬슬 해야 하나……."

집에 들어가니 엄마가 저녁 식사를 준비하던 참이었다. 키도 몸집도 외모도 연령도, 나와 별 차이가 없어 보인다. 눈에 익은 그 모습과 조금 전 카페에서 본 여자를 머릿속으로 비교하니 또다시 으스스해졌다.

"엄마, 있잖아, 유스 할 때 왜 그 나이로 설정했어?"

"응? 글쎄, 결혼도 했고 너도 태어났고, 학창 시절까지 돌아가는 건 좀 부자연스러운 것 같았거든. 20대 초반 정도에서 킵해두면 좋지 않을까 했지. 아빠도 찬성했고."

"아빠는 서른 살 정도잖아."

"남자는 조금 더 나이 있어 보이는 게 좋아. 회사 상사분들도 대부분 30대에서 40대 정도로 설정하지 않았어? 그나저나 갑자기 왜 그래? 너도 하려고 마음먹었니?"

"으음......"

나는 대답을 얼버무렸다. 신이 나서 밝게 떠들던 유나의 모습을 떠올린다. 제일 친한 동네 친구인 유나와 쇼핑을 즐기지 못하게 되는 건 섭섭하다. 하지만 고등학생 때로 돌아가고 싶은지는 스스로도 잘 모르겠다.

저녁을 먹고 목욕을 마친 뒤 내 방에서 거울을 본다. 언젠가는 유스 메이크를 할 거라 생각해 별로 신경 쓰지 않았지만 고등학교 때와 비교하면 확실히 늙었다. 젊은 나이니 주름은 아직 없긴 한데 예전에는 안 보이던 엷은 기미며 없어지지 않는 여드름 자국 같은 게 부쩍 눈에 들어오는 느낌이다.

유나를 봤을 때는 깜짝 놀랐지만 마침 좋은 타이밍일지도 모른다. 이 이상 늙어서 쇠약해지는 자신을 보는 것은 역시나 무섭다. 나는 스마트폰으로 유스 메이크 지정 클리닉을 검색하기 시작했다.

"조금 더 젊게 할까 생각 중이야."

회사 점심시간. 휴게실에서 다 같이 도시락을 먹는데 동료인 나미 씨가 한숨 섞인 말을 내뱉었다.

"부모님이 결혼하라고 성화를 부리셔서 파티다 뭐다 많이 찾아 봤는데, 역시 열다섯에서 열여덟 살이어야 우량 물건을 가질 수 있다더라. 나는 지금 스무 살로 설정했잖아? 옷 같은 건 지금이 더 좋아하는 디자인도 많은데, 좋은 조건으로 결혼하려면 그런 거 따질 때가 아니다 싶어서……."

다른 모두가 입을 모아 으응, 또는 그렇겠네, 하고 중얼거린다.

"우리 사장님네 사모님도 열네 살 정도잖아. 사장 부인이 되고 싶으면 그 정도까지는 돌려야 하는 걸까?"

나미 씨가 그렇게 말하더니 갑자기 나를 빤히 쳐다보았다.

"그러고 보니까 메구, 유학 간다는 소문 진짜야?"

"엥? 아뇨아뇨, 그런 거 아니에요. 어디에서 들은 소문이에요?"

다급히 부인한다. 그런 생각은 꿈에서조차 해본 적이 없다.

"영업 쪽 남자 직원이 그러던데. 메구는 해외 갈 생각인 거 아니냐고. 아마 아직 유스를 안 해서 외국인을 노린다고 생각하나 봐."

"으악, 전혀 아니에요! 영어도 못하고요! 유스도, 이제 슬슬 해야 하나…… 생각은 하고 있었어요."

"아, 그렇구나! 뭐야, 안심이네. 넌 유스 얘기를 해도 시큰둥하니까, 뭔가 좀 그런 사람인가 하는 생각도 살짝 했었어."

주변의 다른 사람들도 엷게 웃으며 끄덕인다. 이건 좀 충격이다. 역시 다들 내가 늙었다고 생각하는구나…….

나미 씨가 괜찮은 클리닉과 준비에 관해 알려주었고, 나는 다음 휴일에 유스 메이크를 하기로 결심했다.

하겠다고 결심하니 왠지 마음이 두근거려서 퇴근 후 곧장 역으로 가지 않고 가벼운 발걸음으로 그 주변을 돌아다녔다.

몇 살 정도로 설정할까. 유나처럼 고등학교 1학년으로 돌려버릴까. 그러면 나미 씨 말대로 좋은 인연을 만날 수 있을지도 몰라…….

그런 생각을 하며 걷다 보니 어느새 얼마 전 유나를 만났던 카페 앞에 와 있었다. 무심히 가게 안을 들여다봤는데

'앗…….'

그 여자가, 또 구석 자리에서 혼자 홍차를 마신다. 잘 보니 케이크도 같이 먹고 있다. 표정은 역시나 무척 온화하다.

가게 안에서 점원이 나를 쳐다본다는 것을 알아챘다. 왠지 머쓱해져 안으로 발을 들인다.

이렇게 된 이상 아예 확실하게 관찰하자는 생각으로, 관엽식물 뒤에 숨을 수 있을 만한 자리를 골라서 이파리 사이로 은근히 여자를 엿보았다. 유나의 말대로 열 손가락에 반지가 없다. 매니큐어도 안 발랐고, 정말 옛날 영화에 나오는 사람 같다.

여자는 종이로 된 책을 읽었다. 때때로 피식 웃거나 심각한 표정을 짓는 등 의외로 표정을 다채롭게 바꾸며 주변 시선은 조금도 개의치 않는다는 분위기로 여유를 누리고 있었다.

그 모습을 보면 볼수록 나는 점점 어딘가 불편해졌다. 어째서

저토록 볼품없는 모습을 하고도 저토록 차분할 수가 있단 말인가. 역시 유나의 말대로 이상한 사상을 가지고 있거나 종교에 심취한 사람일까.

한동안 그렇게 있다가 여자는 책을 덮고 일어나 계산을 하더니 카페에서 나갔다. 나는 도저히 가만히 있을 수 없어서 라테를 냉큼 마셔버리고 뒤를 쫓으려 했다. 하지만 여자의 모습은 이미 어디에도 보이지 않았다.

주중에 엄마의 도움을 받아 국가의 유스 메이크 보조금을 신청했고, 주말에 마침내 시술을 받기로 했다. 토요일에 찾아간 클리닉은 예약을 했는데도 사람이 상당히 많아 대기실에서도 제법 기다려야 했다. 순서를 기다리는 사람들은 내 또래 정도거나 조금 더 나이가 있는 사람이 많다. 하지만 개중에는 스무 살 정도로 보이는 사람도 있다.

'역시 나도 늦은 거였어. 부끄럽네……'

긴장하며 기다리는데 마침내 내 차례가 왔다.

"시술을 처음 받으시는 분이군요. 먼저 시뮬레이션부터 시작하겠습니다."

진찰실에는 스무 살 정도의, 눈이 휘둥그레질 만큼 잘생긴 의사와 열여덟 정도로 보이는 예쁜 간호사가 있었다. 안내에 따라 푹신한 의자에 앉자 눈앞에 커다란 모니터가 보였고, 거기에 아기 때부터 지금까지의 내 사진이 주르륵 떠 있었다.

"매년 구청에 등록하신 메구 씨의 얼굴입니다. 몇 살로 돌릴지 정하셨어요?"

"아뇨……. 아직 고민 중이에요."

"그렇군요. 그럼 같이 정하시죠. 참고로 메구 씨 나이 때 처음으로 시술을 받는 여성분은 대부분 16세에서 20세 사이로 설정하는 경우가 많답니다."

열여섯에서 스물 사이의 내 얼굴이 모니터에 표시된다.

"회춘 외에도 혹시 점이나 머릿결, 코 높이, 하관, 눈 크기 등 마음에 안 드는 부분이 있으면 그것도 바꿀 수 있어요. 보험 적용은 안 되지만요."

의사의 설명에 고개를 끄덕이며 모니터를 바라보았다.

내 얼굴. 고등학생 때부터 대학생 사이의 나. 기미도 없고 머릿결도 지금보다 반짝거린다. 앞으로 저 모습으로 계속 살아갈 수 있다.

"한 번 더, 사진을 전부 다 봐도 될까요?"

모니터가 금세 첫 화면으로 돌아간다. 갓 태어났을 때의 나. 초등학생이 된 나. 남동생이 태어나고 사춘기가 온 나. 고등학생이 되어 유나를 만났을 때의 나. 수험 생활로 힘들었던 나. 처음으로 남자 친구가 생긴 나. 취직한 나. 올 정월에 촬영한, 지금 현재의 나……

가장 최근에 찍은, 지금의 내 사진을 보았다. 시술을 받으면 이보다 더 나이가 든 나는 존재하지 않게 된다. 젊고 예쁜 상태로 평생 건강하게 살 수 있다. 수년, 수십 년이 지나도 이 모니터에 새로운 내 얼굴이 추가되는 일은 없다……

"아, 저기, 실례할게요. 죄송합니다. 갑자기, 급한 일이 생각나서!"

의자에서 일어나 도망치듯 클리닉을 나왔다.

무섭다. 무서웠다. 이유를 알 수 없는 공포가 내 발을 재촉했다.

발은 자연스레 그 카페로 향하고 있었다. 이 공포가 무엇인지 설명해줄 수 있을 것 같은 사람은, 내가 아는 한 그 사람밖에 없었다.

가게로 달려가자 같은 자리에 그 여자가 있었다. 곧장 그리로 직행해 숨을 헐떡이며 쳐다본다. 흰머리로 얼룩덜룩한 머리카락. 처진 피부. 탁한 눈동자. 그러나 여자는 의아해하는 듯한 표정으로 고개를 갸웃거릴 뿐, 내가 말을 꺼내기를 가만히 기다려주는 것 같았다.

"저기……"

여자는 책을 덮고 부드러운 시선으로 나를 보았다.

"여쭤보고 싶어요. 왜, 그런 모습인지…… 지금까지 어떻게 살아오셨어요?"

그렇게 말하자 여자가 얼굴에 그늘을 드리웠다.

"아, 죄송해요, 무례하다는 건 잘 압니다. 하지만 알고 싶어요.

오늘 유스 메이크를 받을 예정이었는데, 얼마나 되돌리는 게 좋을지 모르겠어서……. 어려지고 싶은지도 솔직히 잘 모르겠고. 하지만 주변에서는 다들 받았어요. 당신 같은 사람은 주변에 없어서, 그래서, 꼭…… 알고 싶어요."

여자는 작은 한숨을 내쉬더니

"저는 드릴 말씀이 없어요."

하고 말했다.

"부탁입니다. 조언을 듣고 싶어요. 나이가 들면 어떤 기분인가요? 살면서 불편한 점 같은 건 없나요? 일이나 가족은 어때요?"

"드릴 말씀 없어요. 죄송합니다."

"하지만, 아니, 당신은 그 모습으로 살아왔잖아요. 뭔가 이유가 있을 거 아녜요. 젊고 예쁘게 살고 싶지 않은 이유가 있는 거죠?"

나는 필사적이었다. 필사적으로 매달렸다.

그러자 내리깔린 여자의 눈에서 또르르 눈물이 떨어졌다.

"죄송해요."

코를 훌쩍이며, 여자는 양손으로 얼굴을 가리고 조용히 울기 시작했다.

"정말 그 질문에는 아무 대답도 할 수가 없어요. 저…… 사실 열일곱 살이에요. 유스 메이크를, 나이가 드는 쪽으로 시술받은 것뿐이에요."

여자는 눈물을 닦더니 충혈된 눈으로 나를 올려다보았다.

"무서웠어요. 젊음이 재산이 돼버리는 게. 예쁠수록 물건처럼 값이 매겨져요. 저는 조용히 살고 싶어요. 자유로워지기 위해 이 모습이 된 거예요. 그러니 그냥 내버려둬……. 아무것도 묻지 마……."

여자는 다시 고개를 숙였다.

나는 떨면서 주변을 둘러보았다. 사람으로 가득한 카페 안, 혼잡한 바깥, 무수한 사람들, 온통 젊고 앳된 얼굴을 한 사람들 무리. 아름다운 얼굴, 날씬한 체형, 건강하고 생기발랄한, 모두가 빛나는, 젊음이 넘쳐나는 세상. 젊음만이 넘쳐나는 세상. 젊음밖에 없는 세상…….

배 속 마을(라쿠고 「아타마야마*」에서)

사네미는 정오가 조금 지났을 무렵에 도착한 택배 상자를 보고
눈을 반짝였다. 올해도 야마가타에 계신 숙모가 버찌를 보내주셨
다. 현관에 서서 냉큼 상자를 열어보니 안에는 탱글탱글 빛나는 보
석처럼 둥글고 커다란 버찌가 가지런히 들어 있다. 손에 들었을 때
꽤 묵직한 것이, 1킬로그램은 되는 것 같았다. 참지 못하고 일단은
한 팩을 차가운 물로 정성스레 씻은 뒤 부엌에 서서 입에 넣는다.
미약하게 저항하는 탄력 있는 껍질을 톡, 하고 이로 찢자 새콤달콤
싱그러운 과즙과 과육이 입안에 퍼지고, 숨을 들이쉬니 비강이 달
큼한 향기로 가득 찬다. 그것을 시작으로 한동안은 아무 생각도 하

* 구두쇠 남자가 버찌 씨앗을 먹은 후 머리에서 벚나무가 자라나면서 겪게 되는 괴로운 일들을 그린 전통
  예능—옮긴이.

지 않고 정신없이 먹어치웠다. 걸신들린 것처럼 먹다 보니 씨도 몇 개 삼켜버렸다. 뒤늦게 정신을 차렸지만 한 10분 만에 버찌를 모조리 다 먹어서 빈 박스와 박스에 밴 어렴풋한 향기만 남았다. 아차 싶어 멀거니 상자를 쳐다보는데 하필 그때 장을 보고 돌아온 엄마와 마주친 바람에 흠씬 꾸중을 들었다. 나이는 들 대로 들어놓고 집에 보내준 걸 혼자 다 먹어버리는 게 무슨 심보냐, 아빠한테는 뭐라고 할래, 한심하다, 식충아 등등. 사네미는 내심 죄송하다고 생각했지만 온순하기보다는 옹고집을 세우는 성격이라 부루퉁해져서 자기 방으로 들어갔다. 뒷일은 모르겠다고 생각하며 훤한 대낮부터 이불을 뒤집어쓰고 자버렸다. 그런데 기묘한 꿈을 꿨다. 천장을 보고 드러누운 자신의 배 한가운데, 배꼽 주변에서 작디작은 소리가 들려오는 것이다. 그것은 음악이었다. 고양이가 피아노 건반 위를 걸으며 아무렇게나 소리를 내는 듯한, 그러나 어딘가 쓸쓸하고 서글픈 분위기도 자아내는 그 음악은 사네미의 배꼽에서 끝없이 흘러나오더니 서서히 커져갔다. 한동안 귀를 기울이는데, 음악뿐 아니라 사람들의 목소리 같은 것도 들린다는 사실을 알아챘다. 소근소근 속닥속닥 묘하게 즐겁게 비밀 이야기를 하는 듯하다. 무슨 이야기를 하는지 듣고 싶어져 힘껏 등을 구부려 배꼽에 귀를 대보려 하던 그때 잠에서 깼다. 이불 속에서 사네미는 눈두덩을 문질렀다. 조용하다. 배꼽에서는 아무 소리도 들리지 않았다. 시계를 보니 벌써 저녁 8시였는데, 배 터지게 먹은 버찌 때문인지 허기가 지지는 않아서 결국 그대로 다시 자버렸다. 얼마든지 잘 수 있을 것 같을 만큼 잠이 쏟아졌다. 이번에는 꿈도 꾸지 않고 깊이깊이 잠들 었다가 눈이 떠진 다음 날 아침. 사네미는 배 쪽이 뭔가 이상하다는 걸 느꼈다. 항상 부드럽게 늘어진 아랫배가 팽팽했던 것이다. 변비인 줄 알았는데 화장실에서 큰 볼일을 마친 뒤에도 배는 줄어들지 않았다. 이상했지만 컨디션에는 아무 문제가 없으니, 부엌에 아무도 없다는 걸 확인하고 냉장고를 뒤져 흰쌀밥에 날계란과 낫토와 김치를 비벼 아귀아귀 먹었다. 그렇게 밥을 먹고 나니 딱히 할일도 없어서 거실의 좌식 의자에 앉아 멍하니 텔레비전을 보다가 꾸벅꾸벅 졸기 시작했다. 잔다. 그러자 또다시 그 음악이 배꼽에서 들려오기 시작했다. 꿈속의 사네미는 알몸으로 바닥도 천장도 알수 없는, 황혼처럼 옅은 보랏빛에 둘러싸인 공간에 오도카니 떠 있었다. 배꼽 음악은 어제보다 더 선명한 멜로디를 연주했고 그것은 사네미가 지금까지 들은 그 어떤 곡과도 비슷하지 않았다. 끊기지 않고 끝없이 이어지는 음악에 맞추듯, 사람들의 목소리가 점점 크게 들려왔다. 웃음소리다. 웃으며 떠드는 듯한, 한가롭고도 명랑한 웃음소리. 때때로 뭔가 이야기를 하는 것 같은 소리도 들린다. 뭘하는지 알고 싶다…… 하지만 또다시 대화를 제대로 듣기도 전에 꿈에서 깨버렸다. 이 꿈은 그 뒤로도 매일매일 사네미가 잘 때마다 펼쳐졌다. 음악은 또렷할 때도 있고 흐릿할 때도 있지만 사람들의 웃음소리와 이야기 소리는 언제나 같았다. 그걸 듣노라면 무척이나 평온한, 그리고 애절하기도 한 신기한 감정이 찾아든다. 수면은 사네미의 가장 큰 즐거움이 되었다. 그런데 한 가지 이상한 점이 있었다. 배꼽 음악 꿈을 꾸게 된 후로 사네미의 배가 점점 부풀어 오르기 시작한 것이다. 처음에는 살이 찐 줄 알았지만 눈에 띄게 배만 불룩 솟아올랐다. 의아하게 여기면서도 그냥 방치했는데 마침내 어느 날 엄마가 그 모습을 수상히 여기며 집이 발칵 뒤집혔다. 누구 애냐, 언제 그랬냐, 상대를 당장 불러와라, 일도 안 하는데 금전적인 문제는 어떡할 작정이냐, 낳을 거냐, 키울 생각이냐, 이웃 사람들한테는 뭐라고 하냐, 결혼은 하는 거냐 등등. 도중에 아빠도 귀가해서 사네미는 같은 질문을 다시 처음부터 세 번 정도 반복해 듣는 지경이 되었다. 엄마는 무슨 말이든 좀 해보라며 울었지만 사네미인들 왜 이렇게 배가 불러오는지 알 턱이 없었다. 영문을 모르는 상태로 엉뚱한 방향으로 이야기가 흘러가면서, 사네미가 무슨 말을 해도 들어주지 않고 그저 오로지 추궁하고 꾸짖고 우는 시간이 계속됐다. 그러다 날이 바뀌어 모두가 피곤에 찌든 얼굴로 일단 자자고 해서 각자의 방에 들어갔고 사네미도 억울하기 짝이 없는 심정으로 이불 속에 들어갔는데 또다시 배꼽에서 음악 소리가 들려왔다. 사네미는 알아챘다. 악기가 늘었다. 처음에는 장난감 피아노를 손끝으로 누르는 듯한 단조로운 음색이었는데 지금은 오케스트라의 규모다. 부푼 배 안에서 성대한 연주회가 열리고 사람들이 웃고 춤추는 소리가 배꼽에서 새어 나온다. 너무나도 즐거울 것 같은 그 소리에 사네미는 반대로 점점 서글퍼졌고 결국에는 하염없이 울기 시작했을 때쯤 눈이 떠졌다. 이불에서 나가고 싶지 않았지만 불현듯 불길한 예감이 들어 거실로 나가자 그곳에는 어제와 정반대로 묘하게 신이 난 듯한 부모님이 밥상 위에 책이며 잡지를 산처럼 쌓아둔 채 정신없이 읽고 있었다. 사네미가 온 것을 알고 여기 와서 앉아라 아빠랑도 의논했는데 우리도 아직 체력이 있고 어찌 됐건 첫 손주기도 하고 육아는 최대한 지원할 테니까 너는 아무 걱정 안 해도 돼 하지만 이제는 홑몸이 아니니 우선 그 한량 같은 생활을 청산해야지 규칙적으로 밤에 자고 아침에 일어나고 삼시 세끼 몸에 좋은 걸로 싱겁게 먹고 운동해서 아기를 위해서라도 건강해져야 돼 그리고 좀 더 밝고 여성스러운 옷을 입어라 태교에도 영향을 준다더라 미용실에는 아기 태어나기 전에 갔다 와 아들인지 딸인지 알 수 있는 게 몇 주차였더라 이름은 신중하게 생각해서 지어줘야지 요즘 유행하는 이름들은 엄마는 싫더라 어머 이것 좀 봐 수유 쿠션이래 요즘엔 이런 편리한 것도 있네 이런 시대에 아이를 낳아 기를 수 있다니 넌 행복한 거야 나 때는 이런 편리한 도구도 없었고 도와주는 부모님도 안 계셔서 매일매일 정말 죽겠다, 아니 죽어야겠다 생각하면서 아등바등 널 키웠어 그때에 비하면 훨씬 수월하게 키울 수 있는 거야 잠깐만 어디 가니 잠깐 기다려, 하고 끝도 없이 떠들었고, 사네미는 도망치듯 제 방으로 돌아가 크게 호흡하며 부푼 배를 끌어안고 웅크렸다. 그러자 들려왔다. 음악이.

사네미는 눈을 비비고 손등을 꼬집어보았지만 지금은 잠들지 않았다. 자는 것도 아닌데 음악 소리가 들린다. 티셔츠를 걷어 올리자 달처럼 부푼 배 한가운데에 가로로 늘어난 배꼽 구멍을 통해, 스피커에서 나오듯 또렷한 음악 소리와 사람들의 웃음소리가 들려오는 것이었다. 사네미의 배 속에서 세상 가장 즐거운 음악회가 열리고 있다. 그때 등을 기댄 문을 엄마가 똑똑 두드렸다. 왜 그러니 몸이 안 좋니 혹시 입덧인가? 방에서 토하면 안 된다 화장실로 가 화장실 맞다 입덧에는 콜라가 좋다는 얘기를 들은 적 있는데 마실래? 설탕 너무 많이 섭취하게 되면 안 좋을라나 콜라 사올까? 괜찮아? 대답 좀 해봐 사네미, 사네미? 사네미!

사네미는 그대로 티셔츠를 벗어던지고 저지와 속옷까지 벗어 알몸이 된 뒤 몇 차례 심호흡을 하고 양손을 맞대 머리 위로 쭉 뻗어 단숨에 자신의 배꼽 구멍 속으로 뛰어들었다. 그 순간 방 안은 고요해졌고 더 이상 아무 소리도 들리지 않았다.

당신을 생각하면 쓸데없어진다

마토바 씨는 참 야무지단 말야, 하는 말을 자주 듣지만 그건 아니다. 나는 낭비와 귀찮은 걸 싫어하는 것일 뿐. 가능한 한 일상에서 쓸데없는 것과 쓸데없는 일을 줄여 남는 시간은 집에서 자는 데 쓰고 싶은 것뿐. 그 결과 언뜻 금욕적인 생활을 하는 것처럼 보일 뿐이지, 착실하거나 꼼꼼하지도 않고 조신하거나 참하게 사는 것도 절대 아니다. 오히려 정반대로 게으름을 피우기 위해서라면 어떤 노력도 아끼지 않을 만큼 게으른 걸 좋아한다. 어쨌거나 괜한 낭비는 눈곱만큼도 하고 싶지 않다. 심플, 합리적, 견실하고 확실한 게 최고. 취미? 필요 없다. 우정? 없어도 된다. 유흥비, 교제 비용? 아깝다. 그만큼 저축하고 빨리 은퇴해 어디 따뜻한 곳에서 여생을 잠으로 보내는 게 유일한 꿈. 연애나 섹스? 당치도 않은 소리. 그거

야말로 극도로 쓸데없는 일이지 않은가. 무망중에 설렘을 느끼고
싶거나 살결이 그리워지면 핫팩 끌어안고 연애 영화를 빌려 보면
되고, 아무리 불끈거려도 내 오른손 하나와 30분의 시간만 있으면
거짓말처럼 말끔하게 해소할 수 있다. 그런 것을 위해 막대한 심
신의 자원을 할애할 생각은 없다. 기껏해야 사치를 부려 500엔짜
리 딜도를 사는 정도이다. 그거면 족하고, 일상에 군더더기가 없다
는 사실 자체로도 내 기분은 좋아진다.

　"······설명해주세요."
　상황을 확인한 지 10분 넘게 흐른 뒤 마침내 꺼낸 게 그 한마디
였다.
　"설명이라니······. 진짜 기억 안 나?"
　조화로 된 관엽식물과 가구 매장 한쪽에서 팔 법한 세련된 느낌
의 플로어 스탠드로 장식된, 베이지 톤으로 통일된 작은 방. 당연히
내 집이 아니다.
　"그렇게까지 취한 것 같지는 않았는데······. 말도 안 돼."
　바닥에 널브러진 옷. 위장 안에 아직도 가득한 알코올의 기운.
얼굴 전체에 바짝바짝 경련이 일어나는 것처럼 느껴지는 이유는
화장을 지우지 않은 상태로 잤기 때문이다.
　"'이로하자카'는 기억해?"
　"엥?"

"술집 이름이야. '시골 정취 이로하자카'. 무지 기분 나빠 보이는 얼굴로 들어와서 카운터 자리에 앉자마자 '제일 싼 술 주세요!'라고 했었지."

"아……."

어렴풋이, 좁고 지저분한 선술집의 인테리어가 뇌리에 떠오른다.

"거기, 서비스 데이에 세 잔 이상 마시면 한국 진로 소주 보틀 세트가 제일 싸거든. 그래서 언니도 그거 주문했어."

"진로 한 병을 다 마셨어요?"

"마시는 거 볼만하던데. 얼굴색도 별로 안 바뀌고. '술 잘 드시네요'라고 말 걸었어……. 그것도 기억 안 나?"

"전혀……."

"기분이 안 좋아 보여서 무슨 일 있었냐고 물었는데, 회사의 거지 같은 회식 자리에 억지로 끌려가서 거지 같은 상사의 거지 같은 얘기를 거지같이 들었다고 했었지."

"그렇게나, 거지를 남발했나요……."

"아니, 실제로는 좆같다고 했었어."

"괜히 물어봤다……."

"옆자리에 앉은 정으로 같이 건배도 하고, 이래저래 분위기 좋았는데 말야. 아키타(秋田) 출신에 직업은 인프라 계열 사무직. 엄마가 오사카 분이셔서 집에서는 한 번도 낫토를 먹은 적이 없고, 중학교 때 별명은 매트. 옛날에는 레오라는 이름의 믹스견을 키웠었다. 맞지?"

한숨을 내쉬며 얼굴을 감싼다. 고개를 숙이자 가슴 쪽이 바스락
거렸다. 브라의 후크가 풀려 있다. 하반신이 편안한 이유는 스타킹
을 벗은 상태여서.

"저기."

쥐어짜낸 목소리는 내가 생각해도 이상하리만큼 떨렸다.

"뭔가…… 하셨어요? 저한테."

"뭔가라니?"

내 발 언저리에는 비닐봉지를 끼운 휴지통이 있고, 그 안에 티
슈 뭉치와 한쪽이 잘려 나간 하얀 정사각형 포장물이 버려져 있다.
그게 뭔지는 나도 안다.

"콘돔……을 쓸 만한 짓."

"응, 확실하게 썼어. 매너지, 매너."

"절…… 강제로……?"

"뭐야, 잠깐만. 그건 아니야. 지금은 기억이 안 날 수도 있지만,
확실하게 '섹스할래요?' '좋아요, 그래요'라고 얘기하고 했으니까.
하는 동안에도 엉뚱한 짓은 일절 안 했어. 서로 즐겼고, 언니는 끝
나자마자 그대로 등 돌리고 쿨쿨 자버렸단 말이야."

나는 심호흡을 하려 했지만 실패한 휘파람 같은 공기가 입술에
서 새어 나갈 뿐이었다.

"……왜, 당신이랑, 그런 상황이."

보고 싶지 않았지만 흠칫흠칫 침대 위로 시선을 옮겼다. 구깃구깃한 시트 위에 책상다리를 하고 앉은, 회색 탱크톱과 드로어즈를 입은 젊은…… 여자.

"그렇게 물으면 할 말이 없는데."

왜인지 볼을 붉힌 채 머리를 긁적이며, 여자는 책상다리 자세로 양 무릎을 새 날개처럼 파닥파닥 움직였다.

"마시면서 얘기가 좀 음란한 방향으로 흘러서. 언니가 남자 친구도 없고 원하지도 않는다고 하길래 그럼 섹스도 하기 싫으냐고 물었더니, 솔직히 한 번씩 하고 싶을 때도 있지만 극도로 귀찮고 무엇보다 죽어도 임신은 하기 싫다, 임신 가능성이 1미크론이라도 있는 행위는 절대 안 할 거라고 하더라."

여자는 벌러덩 침대에 누웠다.

"그럼 절대로 임신하지 않는 섹스라면 해보고 싶어? 하고 물었지. 나랑 하면 천지가 뒤바뀌어도 임신 안 한다고."

침대에 엎드려서 눈을 치켜뜨고 이쪽을 보며, 여자는 두꺼운 입술 사이로 새빨간 혀를 날름 내밀었다. 그것을 본 순간 위장 깊은 곳에서부터 간헐천처럼 신물이 올라와 곧장 휴지통을 붙잡고 안에 토했다. 거의 액체밖에 나오지 않았다.

"아이고. 괜찮아?"

여자는 침대에서 내려와 어디론가 사라지더니 다시 금방 돌아왔다. 손에는 젖은 페이스 타월이 들려 있었다.

"욕조에 따뜻한 물 채워줄까? 몸을 데우면 개운해질 거야."

"건드리지 마!"

다 쉬어버린 목소리였지만 그 말만은 간신히 할 수 있었다.

쓰레기통을 끌어안고 고개를 숙이고 있는데 작은 한숨 소리와 바스락거리는 소리가 들려왔다. 이윽고 선명한 핑크색 양말을 신은 발이 부츠를 신는 모습이 시야 한쪽에 들어왔다. 오래된, 하지만 잘 관리된 적갈색 가죽의 쇼트부츠였다.

"나, 갈게."

여자는 비꼬는 것도 아니고 상처를 받은 것 같지도 않은 가벼운 목소리로 그렇게 말하더니 부츠를 신고 출구로 향했다.

"아, 맞다. 언니 구두, 한 번은 제대로 피팅하는 게 좋아. 지금 신는 신발은 발에 안 맞는 것 같더라."

훤한 토요일 아침, 위장이 진정된 뒤 샤워를 하고 맨얼굴로 어제 입었던 옷을 그대로 입고(스타킹은 올이 심하게 나가 있어서 쓰레기통에 처박았다) 비틀거리며 거리로 나섰다.

싫지만 필사적으로 기억을 헤집어 단편적으로 떠오르는 조각을 연결한다. 그 결과, 인정하고 싶지 않았지만 확실히 나는, 그 여자와 성적인 행위를 했다. 그것이 이른바 섹스인지는 모르겠지만 일단은, 했다. 해버린 것이다.

'골치 아프게 됐네…….'

귀찮음의 극치다. 술집서 옆자리에 앉은 이름도 모르는, 아마도 나보다 상당히 어린 여자와 그날 바로 모텔행. 그 와중에 진심으로, 임신 가능성이 없다는 사실에는 내심 안도했다.

"아."

그러고 보니 술값이랑 모텔 요금은 어떻게 했지.

다급히 가방 안에서 지갑을 꺼낸다. 바깥 주머니에 비스듬히 접힌 영수증이 꽂혀 있다. '항상 감사합니다. 이로하자카 2,690엔.' 거기에 적힌 금액과 지갑 안의 잔돈을 맞춰본다. 그 이상의 돈은 한 푼도 쓰지 않았다는 사실을 파악하자 일단은 가슴을 쓸어내린다. 그나저나 모텔비는 전부 그 애가 냈다는 건가.

'당연하지. 나는 그럴 생각도 없었는데 데리고 간 거니까.'

어쩌다가 그 모텔에 들어갔는지는 기억이 안 나지만 아마 그런 흐름이었을 것이다. 스스로 누군가를 그런 행위에 적극적으로 끌어들인 적은 지금까지 살아오면서 단 한 번도 없었으니까.

그때, 처음 보는 종이가 한 장 더 꽂혀 있다는 것을 알아차렸다. 명함이다.

'구두 공방 시로타당(堂) 시로타 누이 Shirota Nui'

난생처음 보는 그 명함에는 여기에서 그다지 멀지 않은 주소가 적혀 있었다.

길가에 멈춰 서서 그 명함을 빤히 보다가 충동적으로 던져버린 뒤 그 자리를 떴다. 그리고 5분 후에 돌아가 다시 주워 들고 그것을 다이어리 마지막 페이지에 꽂았다.

　그로부터 일주일. 매일 벌벌 떨며 일을 하는 처지였다. 기억에는 없지만 내가 연락처를 알려줬을 가능성이 있다. 연락이 오지는 않을까. 직장으로 찾아오면 어떡하지. 모텔비를 달라고 하거나, 그 정도면 그래도 다행인데 혹시나 이상한 사진을 찍었다면? 오만가지 불안이 나의 머리를 파먹는 바람에 수면 시간은 짧아지고 직장에서도 사소한 실수를 연발했다.

　'이게 무슨 난리야……'

　술김에 모텔에 가다니. 내 인생에는 엄청난 이변이지만 세간에서는 자주 들리는 이야기긴 하다. 다들 이렇게 불안하고 고생스러운 마음을 그렇게나 일상적으로 갖고 사는 걸까? 세상 사람들 모두 파워가 넘치는구나.

　점심시간. 1년 내내 똑같은, 달걀 프라이와 마요네즈에 버무린 양배추를 식빵 두 장 사이에 끼워 만든 샌드위치를 자리에서 옴죽옴죽 씹으며, 오전 중의 루틴 업무만으로도 지쳐버린 나는 멍하게 포털사이트의 메인 페이지를 쳐다보았다.

　'……'

　그리고 문득, 마가 꼈다고밖에 할 수 없는 충동에 휩싸여 검색창으로 커서를 가져갔다.

　'구두 공방 시로타당'

홈페이지가 바로 떴다. 수제 가죽 구두 제작, 유지 보수 및 수리, 수제화 제작 클래스를 운영하는 가게. 메인 페이지를 아래로 내리다가 작게 비명을 지를 뻔했다. 그 여자가 미소를 지으며, 왠지 모르게 비슷한 분위기의 노인과 나란히 서서 가죽 구두를 들고 있는 사진이 있었다.

"초대 점장과 현재 연수 중인 3대째. 고객님들의 사랑을 받은 시로타의 수제화를 미래로 이어갑니다."

구두 장인이었나…….

'언니 구두, 한 번은 제대로 피팅하는 게 좋아. 지금 신는 신발은 발에 안 맞는 것 같더라.'

떠날 때 남긴 그 갑작스러운 말도 이해가 됐다.

긴장하며 사이트 여기저기를 클릭해본다. 발 사이즈를 꼼꼼하게 재고 나무로 형태를 만들어서 그 사람 발에만 꼭 맞는 신발을 주문 제작. 현재 기준, 완성까지 1년을 기다려야 한다는 표시가 떠 있다. 기다리다 숨넘어가겠네. 가격도 넉넉잡아 월세의 두 배 정도는 된다. 제까짓 구두, 통근용 운동화와 관혼상제용만 있으면 되는데. 싸고 튼튼하고 유행에 좌우되지 않는 심플한 신발이면 족하다.

3년 동안 신은 검정 펌프스 안에서 아픈 새끼발가락이 꼼지락거렸다.

무슨 생각을 하는 거야.

무릎에 힘이 빠질 것 같았다. 한시라도 빨리 이 자리를 떠서 냉큼 집으로 가야 한다고 이성도 본능도 아우성치는데, 나는 서 있었다. '구두 공방 시로타당' 앞에.

짧은 상점가 한쪽에 있는 작은 가게로, 가죽으로 된 'OPEN'이라는 문패가 문에 내걸렸고 쇼윈도에는 남성용 태슬이 붙은 가죽 구두와 반들반들한 카멜색의 심플한 펌프스가 진열돼 있다.

이런 곳에 와서 대체 뭘 어쩌려는 거야? 스스로에게 도무지 합리적인 설명을 할 수가 없다. 오히려 이곳을 피해 남은 평생 반경 1킬로미터 이내에는 접근하지 않도록 대처해도 모자랄 판에…….

"으악."

탁, 하고 누군가가 갑자기 어깨를 두드리자 목이 졸리기라도 한 듯 비명이 나왔다.

"앗, 어라, 무슨 일이야? 미안, 아팠어?"

검은 앞치마 차림에 편의점 봉투를 든 그 여자가 눈을 동그랗게 뜨고 서 있었다. 놀란 건 이쪽이다.

"저기."

"혹시 만나러 와준 거야? 기분 좋다. 나한테 관심 없는 줄 알았어."

"그게 아니라, 저."

말이 안 나온다. 그야, 나도 모르겠으니까. 왜 내가 여기에 있는지.

여자는 그런 내 얼굴을 쳐다보다가 뺨 언저리를 긁적이더니 "계속 여기 서서 얘기하기는 그러니까"라고 하며 'OPEN' 문패를 가리켰다.

"선생님, 친구가 손님으로 와서 응대 좀 하겠습니다아."

가게 안은 여태 맡아본 적 없는 신기한 냄새로 가득했다. 여기 저기 손잡이가 달린 용도 불명의 기계와 크고 작은 테이블이 있고 벽 선반에는 달력처럼 둥글게 말린 검은색 갈색 천…… 아마도 가죽일 것들이 그득 쌓여 있다. 기계와 가죽이 유달리 어지러이 뒤섞인 안쪽 모퉁이에서, 홈페이지서 본 그 노인이 고개를 들어 말없이 끄덕였다.

"자, 자, 일단 거기 앉아. 사이즈부터 재겠습니다아."

스툴 앞으로 받침대와 줄자를 가져오는 모습에 당황한다.

"잠깐만, 그, 구두 사러 온 게 아니라."

"그럼 뭐 하러 왔어?"

앉으라는 시선을 거스를 수가 없어 엉겁결에 스툴에 앉아버린다. 그러자 여자가 내 발치에 무릎을 꿇더니 당연하다는 듯이 발뒤꿈치를 들고 펌프스를 쑥 벗겼다.

"잠깐!"

"새끼발가락, 아팠지? 전에도 아파 보였어."

여자의 손은 차가웠다. 단단히 조인 발의 새끼발가락에 닿는 서늘한 감촉에 기분이 좋아진다.

"저는, 그, 돈이라든가…… 안 낸 걸 정산하고 싶어서."

"그런 건 괜찮은데."

"빚을 만들기 싫어요."

최대한 분명하게 들리도록 그렇게 말하자 여자는 잠시 말이 없더니 어깨를 으쓱였다.

"괜찮아. 그 모텔, 멤버십 가격이라서 싸."

"......"

"아, 방금 헤프다고 생각했지?"

피식피식 웃으며, 여자는 제멋대로 얇은 줄자를 발에 감고 금속 봉 같은 것을 갖다 대기 시작한다.

"불안해졌어? 금품 같은 거 뜯겼을까 봐? 나 그렇게 질이 나빠 보였나."

움찔한다. 그 말이 맞지만 본인이 정통으로 지적하니 어색해서 고개를 숙여버린다.

"뭐, 아무 기억도 안 난다면 불안하겠지. 슬프지만."

여자는 작은 메모장에 연지색 만년필로 무어라 술술 적으며 발 사이즈를 민첩하게 쟀다.

"믿기지 않을 수도 있는데, 나 못되거나 헤픈 사람 아니야. 관심 끄라고 하면 그렇게 할게. 인연이 아니라는 뜻이니까. 슬프지만."

슬프지만. 두 번 반복한 그 말이 귓속에 거칠거칠 걸려 다른 쪽 귀로 빠져나가지를 않는다.

'슬프다'라는 기분. 한동안 느껴본 적 없는 것 같다. 슬픔은 불합리한 행동의 결과로 발생하는 감정이니까.

"……쓸데없는 짓은, 하기 싫어요."

"응? 무슨 뜻이야?"

"일상에서, 낭비를, 없애고 싶어서."

"아, 그런 얘기도 했었지. 심플하게 살고 싶은데 결혼해라 애 낳아라, 거지 같은 상사가 거지 같은 소리 한다고."

차가운 손끝이 복사뼈에 살며시 닿았다.

"섹스도 연애도 낭비?"

"……낭비의 극치라고 생각하는데요."

"나도 그렇게 생각해. 나는 쓸데없는 행동이나 의미 없는 짓, 너무 좋아하거든."

여자는 일어서더니 커다란 목제 캐비닛 문을 열었다. 여러 디자인의 구두가 즐비하다.

"요게, 비슷하겠다. 어때? 어디 불편한 곳 있어?"

새빨갛고 부드러운 가죽 펌프스를 쓰윽 신기더니 일어나보라는 눈짓을 한다. 어째서인지 순순히 스툴에서 일어났다.

"……편하네."

"음. 힐은 조금 더 높은 게 좋을지도. 그게 다리가 더 예뻐 보이거든."

"그런 건 필요 없어."

"착화감을 우선한다는 거지?"

"응…… 아니, 잠깐만. 안 사. 신발 안 산다니까."

"아하하. 실패했네. 그래도 그 펌프스는 정말 안 신는 게 좋아. 발이 이상해질걸. 그리고 여기에서는 신발을 산다기보다는…… 뭐, 사는 건 맞지만, 만드는 거야. 손님과 내가 함께."

메모장, 만년필, 줄자, 다른 도구를 척척 정리한 뒤 여자는 한 번 더 내 발치에 웅크려 앉았다.

"얼마든지 저렴한 기성 제품이 있고 개중에는 딱 맞는 것도 있 겠지만, 맞춤 제작 한 신발의 착화감은 차원이 달라. 언니와 차분히 대화하고 맞닿고 수없이 마음을 나누며 편안하고 친숙하게 다가와 주는, 세상에 단 한 켤레뿐인 신발이지. 그건 말야, 낭비를 초월한 낭비라고 생각해. 살아가는 데에 필요한 낭비. 망가지고 고치기를 반복하면서, 계속 곁에 있어주는 사랑스러운 낭비야."

위로 치켜뜬 커다란 눈동자가 가만히 응시한다. 반짝이는 눈망 울이 그 위치에서 나를 바라보는 모습에 기시감을 느껴 등골이 오 싹해졌다. 공포나 혐오가 아니라, 무엇인지 알 수 없는 오싹함.

"……헤픈 사람이 하는 말이라서."

"앗핫하. 못 살아, 정말. 그래도, 낭비에도 귀여운 낭비라든지 사 랑스러운 낭비가 있어. 생각이 바뀌면 언제든 와."

그러고는 싱겁게 바이바이 하고 손을 흔들었다. 나는 원래 신던, 새끼발가락이 아픈, 뻑뻑한 인조가죽의, 좋아서 고른 색깔도 아닌, 굽에 흠집이 난 펌프스를 신고 도깨비에 홀린 듯한 기분으로 공방을 나섰다.

집으로 돌아와 신발장을 열었다. 붙박이로 된 신발장 안에는 신발이 몇 켤레밖에 들어 있지 않다. 죄다 가성비와 용도 면에서 검토해 납득할 수 있는 것만 샀다. 뒤이어 방에 들어가 식기가 든 선반과 옷장도 열었다. 하나같이 합리적인 판단으로 구매한 '납득할 수 있는 것'만 있다.

하지만, 하나같이, 좋아하는 건 없다.

납득할 수 있으니까 사용한다. 그게 '좋은' 거라고 생각했는데.

찌릿찌릿 아랫배가 아파와 옷도 갈아입지 않고 바로 물을 끓여 핫팩을 만들었다. 그걸 끌어안고 침대로 파고들어 베갯머리의 수납함에 박아둔 주머니에서 딜도를 꺼내 바지 안에 쑤셔 넣었다. 진동을 최대치로 올리자 30초도 되지 않아 도달했다. 하지만 전혀, 개운하지가 않았다. 핫팩은 그냥 핫팩이고 딜도는 그냥 딜도다. 핫팩도 딜도도 제각각 할 수 있는 최대한으로 움직여주지만 뭔가를 대신할 수는 없다. 나의 요구가 핫팩이나 딜도가 커버할 수 있는 범위를 넘어서버린다면 그 어떤 것도 날 만족시킬 수 없다. 그럼에도 핫팩과 딜도에 계속해서 의지하는 것, 그게 정말 합리적이라고 할 수 있을까.

돌아온 토요일. 가까운 쇼핑몰에 갔다. 곧장 신발 매장으로 직행해 진열대의 끝에서 끝까지 훑어보았다. 가격이나 용도는 생각하지 않고 그 외의 부분에서 끌리는 신발을 찾는다.

한 시간 정도 고민하고 고민한 끝에 납작하고 검은 리본이 달린, 광택 있는 네이비 색상의 구두를 골랐다. 2,900엔이라 비싸지는 않았지만 완전히 쓸데없는 지출을 한다는 사실에 심장이 두근거렸다. 바로 신고 가겠다고 말해 가격표를 떼고, 여기에 신고 왔던 스니커즈를 봉투에 넣어 새 구두를 신고 살살 걷기 시작했다.

여성복 매장의 거울 앞에 선다. 위에서부터 아래까지 3년 이상 입은 옷 사이에서 새 신발은 확실하게 붕 뜬 느낌이었다. 하지만 신발만 빛나는 듯 보이기도 했다.

신기한 흥분에 휩싸인 채 쇼핑몰 안을 돌아다녔다. 그리고 밖으로 나가 스산한 주택가일 뿐인 눈에 익은 동네를 거닐었다. 이런 행위 자체도 쓸데없는 짓이다.

자신이 들떠 있다는 사실을 깨달았다. 즐겁다. 거짓말 같다. 새롭고, 디자인이 마음에 들었을 뿐인, 어울리는 옷도 없는 구두를 신고 걷는 게 마냥 즐겁다. 이렇게나 쓸데없는, 가치 없는 시간을 보내고 있다는 사실에 흥분이 됐다.

하지만 그 즐거움은 오래가지 않았다.

30분도 안 걸었는데 늘 그랬듯 새끼발가락이 아프기 시작하더니 발뒤꿈치, 발을 넣는 곳과 맞닿는 발등이 아파왔다. 평소 신던 신발보다 굽이 높은 구두인 탓에 발 전체가 불에 타듯 뜨거워지며 극도로 아프기 시작했다.

허겁지겁 집으로 돌아가 현관에서 구두를 벗고 그 자리에 쭈그려 앉아 새 신발을 들어 물끄러미 쳐다본다. 마음이 이끄는 대로 샀는데 날 아프게 하는 신발. 그걸 보며 서글퍼서, 주체할 수 없도록 서글프고 서글퍼져서 구두를 품에 끌어안고 울기 시작했다. 눈물을 흘리는 건 상당히 오랜만이었다.

가랑비가 부슬부슬 떨어지는 날. 나는 추첨으로 받은, 썩은 시금치 같은 색깔의 접이식 우산을 받치고 '구두 공방 시로타당' 앞에 서 있었다. 예전과 마찬가지로 설명할 수 없는 기분을 안고.

쇼윈도 너머로 여자가 테이블 앞에 앉아 작업하는 모습이 보였다. 그 모습을 잠자코 바라보는데 여자가 불쑥 고개를 들어 시선이 딱 마주쳤다.

여자는 움직이지 않았다. 눈길로 문 쪽을 가리키고는 다시 작업에 몰두한다. 네이비 펌프스를 신고 비틀거리며, 놀라울 만큼 긴 시간을 들여 문 앞에 도착한 뒤 그 문을 열었다.

여자가 손을 멈추고 나를 본다.

"어서 오세요."

손안에는 누군가가 주문했을, 그 누군가만을 위한, 세상에 단 한 켤레뿐인 구두가 쥐어져 있다.

"구두를……."

내 목소리는 우스울 만큼 떨렸다. 분명, 호텔에서 아침을 맞았을 때보다 얼굴이 엉망일 터였다.

"구두를, 만들고 싶어서……."

내가 사랑할 수 있고, 나의 발을 아프지 않게 감싸주고, 함께 몇 시간도 걸어줄 구두를 갖고 싶다. 그렇게 말하고 싶었지만 목소리가 잘 나오지 않았다.

"좋지. 그럼 일단, 이야기를 해볼까."

여자는 만들던 구두를 테이블에 부드럽게 올려놓은 뒤 눈앞으로 와서 입꼬리를 양쪽으로 당기듯 씨익 웃었다.

"이야기……?"

"응. 앉아서, 그 귀엽고 끔찍한 구두를 벗고, 선생님이 내리신 맛 좋은 커피를 마시고, 맨정신으로 다과를 먹으면서 수다 떠는 거야."

"그게, 구두 만드는 데 필요해……?"

"아니. 완전 쓸데없지. 하지만 그렇게 시작하고 싶어."

어때?라는 물음에 끄덕였다. 여자가, 시로타 누이가, 눈이 없어질 만큼 환하게 미소 짓더니 내 손을 잡고 의자까지 데려간다. 그리고, 우리는 시작했다.

고자쿠라 다에코를 뭐라고 불러야 할까

　안녕하세요. 고자쿠라 다에코는 고자쿠라 다에코라고 합니다. 여기에는 사소한 문제가 하나 있어요.

　일인칭, 뭔지 아시죠? 아시겠죠. 조금 전에 검색해보니 '일인칭【一人稱】인칭 중 하나. 말하는 사람이 자신을 이르는 인칭'이라고 나오더군요. 화자가 자신을 칭할 때, 자신을 나타낼 때 쓰는 말이에요.

　고자쿠라 다에코는 이 일인칭에 의문이라고 해야 할까, 불편이라고 해야 할까, 너무 애매모호하게 표현해서 죄송하지만 어쨌거나 떨떠름한 감정입니다.

　고자쿠라 다에코는 이곳 일본에서 나고 자랐어요. 사이타마현의 오미야(大宮)라는 곳에서요. 역 가까이에 있는 이런 복닥복닥한 주택가에서 스물세 살까지 살았습니다. 서른 살인 지금은 도쿄도(都) 오타구에서 자취 중이고요. 남동생과 여동생이 하나씩 있어요.

남동생은 어릴 때는 '닷짱'이라는 귀여운 일인칭을 쓰다가 어린이집에 다니면서부터는 '오레(남성이 스스로를 이르는 말-옮긴이)'를 쓰기 시작했어요. 여동생은 중학생 때까지는 일인칭으로 자신의 이름인 '마이'를 쓰더니 고등학생이 되자마자 하루아침에 '아타시(일본의 일반적 일인칭인 '와타시'의 귀여운 어조로, 여성이 사용-옮긴이)'로 변했지요. 아빠는 '오레', 엄마는 '와타시' 또는 '엄마'를 써요.

그럼 고자쿠라 다에코는 어떤가 하면, 여기에서 서두에 언급한 '사소한 문제' 이야기로 돌아갑니다.

고자쿠라 다에코는 어떤 일인칭을 쓰는 것이 좋을지 몰라서 고민하고 있거든요.

일인칭이라고 하는 표현들이 죄다 성에 안 차서 어떤 일인칭으로 자신을 칭하든 그건 고자쿠라 다에코가 아닌 기분이 드니, 결국 스스로를 고자쿠라 다에코라고 부를 수밖에 없다니까요. 개인적인, 하찮고 우스운 고민이랍니다. 하지만 고자쿠라 다에코에게는 무척이나 심각한 고민이에요.

옛날부터 이랬던 건 아니에요. 고자쿠라 다에코도 어린 시절에는 자신을 '다~에~'라고 불렀습니다. 억양은 '코~에이'와 같아요. 맞아요, 게임 회사 이름. 머리가 커지면서부터는 주로 '와타시'를, 대

외적으로 지금까지 쓰고 있어요.

고자쿠라 다에코는 만화책과 책을 자주 읽는 아이였어요. 게임도 곧잘 했죠. 가상의 캐릭터는 다채로운 일인칭을 써요. 고자쿠라 다에코도 그게 멋있어 보여서 아주 어렸을 때 일인칭을 '오라(도호쿠 지방에서 유래한 '오레'의 변형 표현-옮긴이)'로 해본 적이 있었어요. 결과적으로는 아빠에게 아주 혼쭐이 났죠. 어렸던 고자쿠라 다에코는 왜 그렇게 혼이 나야 했는지 전혀 이해할 수 없었답니다.

그 후 여러 일인칭들을 거쳐 자신을 '와타시'라고 하는 것에 익숙해졌을 무렵. 그게 아마 고등학교 2학년 때일 거예요. 고자쿠라 다에코는 점심시간에 도서실에서 무심히 책 한 권을 읽고 있었어요. 꽤 오래전에 출간된 『요조숙녀에게 선사하는 …… 주니어 노블 쓰는 법』이라는, 10대에게 소설 집필의 노하우를 알려주는 책이었죠. 저자는 유키야나기 유메미 선생님. 왜 그런 책을 골랐는지 아직도 수수께끼지만, 좌우간 고자쿠라 다에코는 책장을 훌훌 넘겨봤어요. 거기에 일인칭에 관한 칼럼이 있었습니다. 이하 인용.

유키 선생님의 노블 칼럼.
만만하게 보면 안 된다?! 차이가 있는 '일인칭' 이야기

캐릭터의 개성을 강조하려면 일인칭을 능수능란하게 쓰자! 그 캐릭터가 자신을 어떻게 표현하는지에 따라 인상이 확 달라져버린다구.

남자아이의 일인칭

오레: 와일드, 무뚝뚝함, 기댈 수 있음, 스포츠 만능, 강한 성격……

등등의 이미지. 발음을 가타카나로 쓰면 살짝 가벼운 느낌의 남자

아이인 느낌?

보쿠: 다정하다, 우등생, 공부벌레, 고상함, 왕자님, 병약…… 등등의

이미지. 발음을 가타카나로 쓰면 같잖은 플레이보이가 된다.

여자아이의 일인칭

와타시: 착실, 평범한 아이. '와타쿠시', '아타쿠시'라고 하면 콧대 높

은 공주님!

아타시: 말괄량이, 왈가닥, 진취적인 아이. 가타카나로 쓰면 여장부

느낌?

(안경 쓴 고양이 일러스트에 커다란 말풍선이 있고 그 안에 손 글씨

같은 폰트로)

그 외에도 일인칭은 이~렇게 많다궁! 일본어는 어렵다니까~!

오이라, 오레사마, 보쿠짱, 오라, 졸자, 와시, 야쓰가레, 와이, 와테,

아타쿠시, 와라와, 앗시, 아타이, 오이돈, 짐, 여, 소생, 왓치, 와가하

이(본인), 마로……☆

인용 끝.

고자쿠라 다에코는 이 칼럼을 읽고 엄청난 충격을 받았습니다. 확실히, 자신을 '아타시'라고 칭하는 아이와 '와타시'라고 칭하는 아이는 미묘하게 인상이 달라요. 심지어 그걸 한자로 쓰느냐, 히라가나로 쓰느냐, 가타카나로 쓰느냐에 따라서도 뉘앙스가 달라 보이죠.

일인칭. 그것은 개성이자 그 사람의 이미지를 정하는 요소 중 하나.

자신을 뭐라고 칭할 것인가. 그것은 커다랗고 중요한 문제.

'와타시'는 고자쿠라 다에코를 나타내는 적확한 일인칭일까?

그런 생각이 일기 시작하자 핑글핑글 멈출 수가 없어져버렸고 고자쿠라 다에코는 자신이 아는 모든 일인칭으로 스스로를 불러봤어요. 하지만 전부 다 자기를 나타내는 호칭이 아닌 것 같았죠.

이러저러하는 동안 걱정스럽게도, 이전까지는 아무렇지 않게 썼던 '와타시'마저 이질감이 느껴지는 바람에 고자쿠라 다에코는 헤매기 시작했어요. 일인칭의 미궁 속에서.

사실 일상에서는 지극히 평범하게 일인칭을 써서 대화를 하고 메일을 작성합니다. 아까도 말씀드렸듯이 '와타시'를 써요. 그런데 이게 보통 일이 아니에요. 고자쿠라 다에코는 고자쿠라 다에코를 '와타시'라고 부르는 걸 납득하지 못했거든요. 하지만 그렇게 부르지 않으면 일상이 굴러가지를 않아요. 그러니 바득바득 힘을 내서, 분발해서 발음하고 있다니까요.

'와'를 뱉을 때까지는 아직 괜찮아요. '기꺼이 해주마'라는 기분 이 샘솟아요.

그러나 '타'에 접어드는 순간 피로해져요. 마음의 무릎이 꺾이려 하죠.

'시' 때는 뭐, 어떻게 손쓸 수가 없어요. 단전 깊은 곳에서 힘이 빠져나가듯, 될 대로 되라며 피폐해진 심정이 뇌를 뒤덮어요.

'와타시'를 발음하고 쓸 때마다 이 짓을 반복하는 거예요. 피곤 하겠죠? 실제로 고자쿠라 다에코는 지쳐 있었어요.

그렇게 기진맥진한 나날을 보내던 어느 날, 나쓰미 클라크 요코 야마 씨를 만났습니다.

"아, '오이라'는 샌디개프(맥주와 진저에일을 섞은 음료-옮긴이) 주세요."

일을 마치고 뒤풀이를 하는 자리에서, 고자쿠라 다에코 옆에 앉 은 나쓰미 클라크 요코야마 씨는 밝고 커다란 목소리로 그렇게 말 했어요. 가게 점원이 "그건 주문하신 무제한 코스에 없는 메뉴인데 요"라고 해도, 나쓰미 클라크 요코야마 씨는 "흐음, 그래도 샌디개 프 마시고 싶은데" 하며 물러서지 않았죠.

"맥주랑 진저에일을 따로 주문해서 직접 섞는 건 어때요?"

고자쿠라 다에코는 옆에서 저도 모르게 괜한 오지랖을 부리고

말았어요. 그런데 나쓰미 클라크 요코야마 씨는 얼굴이 금세 환해
지더니,

"머리 좋다!"

외치고는 점원에게 맥주와 진저에일을 주문했습니다.

나쓰미 클라크 요코야마 씨는 단기 아르바이트를 하러 온 대학
생인데 아버지가 호주 사람이고 열네 살 때까지 미국 뉴저지주에
서 살았대요. 담당 면접관은 고자쿠라 다에코였어요. 그때는 확실
히, 나쓰미 클라크 요코야마 씨는 자신을 '와타시'라고 했었습니다.

"'아타시', 맥주를 그대로는 못 마시거든요. 하지만 다른 거랑 섞
으면 완전 잘 마셔요."

나쓰미 클라크 요코야마 씨는 커다란 눈을 때굴때굴 굴리면서
튀김이며 치즈 만두, 세멸치 김 샐러드를 자신의 접시에 휙휙 담더
니 걸신들린 듯이 먹었어요.

"고자쿠라 씨가 마시는 그거, 뭐예요?"

"그냥 맥주……. 저기, 요코야마 씨는 평소에 스스로를 뭐라고
불러?"

"무슨 소리?"

"자신을 가리키는, 일인칭이랄까……. 와타시, 보쿠, 뭐 이런 거."

"엥, 딱히 정하지 않았는데요."

정한 게 없다.

고자쿠라 다에코는 그 칼럼을 읽었을 때만큼의 충격을 받았습

니다.

정하지 않다니, 그게 가능한 일인가요.

"일본은 그거 엄청 많죠?"

'그거'인즉 일인칭을 뜻할 겁니다. 고자쿠라 다에코는 무심코 힘주어 "응" 하고 대답하며 끄덕였어요.

"많으니까 나는 그때그때 기분에 따라서 쓰고 싶은 걸 쓰는데. '오레' 기분일 때도 있고 '와타쿠시' 기분일 때도 있잖아요."

그런 게 있나.

……있을지도 몰라.

……기분이라…….

이런 게 컬처 쇼크라는 걸까요. 고자쿠라 다에코는 머릿속이 어질해지는 걸 느끼면서, 큼지막한 귀걸이를 달랑이며 오징어다리 튀김을 씹는 나쓰미 클라크 요코야마 씨의 옆얼굴에 연거푸 질문을 던졌습니다.

"그러면 머릿속이 혼란스럽지 않아……?"

"아뇨. 머릿속으로 생각할 때는 영어로 하니까 I, my, me밖에 안 써요. 완전 간단."

그렇죠? 하며 방긋 웃는 나쓰미 클라크 요코야마 씨에게, 고자쿠라 다에코는 아무런 대답도 할 수 없었어요.

고자쿠라 다에코의 손에는 식어버린 맥주잔이 있습니다.

그 잔을 들고 한 모금 꿀꺽 마셔봅니다.

평소였다면

'고자쿠라 다에코는 맥주를 마셨다.'

라고 생각했을 거예요. 그걸,

'I drank beer.'

라고 생각해봤습니다.

I

이 단어에는 그 어떤 '뉘앙스'도 '함의'도 없었어요.

나이, 성별, 소속, 태생, 성격, 출신 지역, 아무것도 읽어낼 수 없어요.

'I'는 오로지 자신.

　I eat Karaage(나는 가라아게를 먹는다).

　I smell Yakitori(나는 야키토리 냄새를 맡는다).

아아, 이 상쾌한 기분. 여태껏 왜 몰랐을까요.

"고자쿠라 씨 얼굴, 엄청 새빨개~"

나쓰미 클라크 요코야마 씨가 깔깔거리며 웃었어요.

　I see her(나는 그녀를 본다).

　She is smiling at me(그녀는 나를 보고 웃고 있다).

　I feel good. So good(나는 기분이 좋다. 아주 좋다).

나쓰미 클라크 요코야마 씨는 계약 기간이 끝나 고자쿠라 다에코의 직장에는 나오지 않게 되었습니다. 하지만 개인적으로 친구가 되었으니 문제는 없어요.

현재 고자쿠라 다에코는 한 달에 몇 번씩 나쓰미 클라크 요코야마 씨에게 영어를 배우고 있어요. 나쓰미 클라크 요코야마 씨처럼 머릿속으로 생각할 때도 유창한 영어를 쓰는 게 목표지만 그건 원어민이 아니면 어렵다고 하네요.

수업은 대체로 같이 밥을 먹거나 술을 마시며 진행합니다.

"닷짱은 발음 신경 쓰지 말고 자꾸자꾸 말을 해야 된다니까. 하고 싶은 말 그냥 막 해. 뭐든 좋아. **아치시**한테 뭐든 말해봐."

나쓰미 클라크 요코야마 씨는 맥주와 토마토주스를 섞은 칵테일인 레드아이를 마시며 철판 만두를 덥석덥석 먹어요. 일본어로도 영어로도, 일인칭의 미궁을 까마득히 내려다보는 상공에서 나풀나풀 나는 입술은 마치 날개처럼 유연하게 움직입니다.

"I like you(널 좋아해)."

"오, 뭐야, 기분 좋게. 그래도 더 복잡한 이야기를 하려고 해봐."

"'와타시'의 어휘력으로는 이게 한계야."

"거짓말. 내가 얼마나 잘 가르치고 있는데!"

왜일까요, 나쓰미 클라크 요코야마 씨의 영어 수업이 시작된 뒤로 고자쿠라 다에코는 고자쿠라 다에코를 '와타시'라고 부르는 게 별로 괴롭지 않아요. 요즘은 가끔씩 기분에 따라 자신을 '보쿠'라고 하거나 어렸을 때처럼 '오라'라고 해보기도 해요.

그럴 때면 늘, **그녀**의 날개 돋친 입술이 **와타시**를 물고 일인칭의 미궁 위로 날아오르는 모습을 상상하죠.

그 광경과 그 감정을 영어로 편하게 설명할 수 있게 되려면 더욱더 열심히 공부해야겠다고, 고자쿠라 다에코는 다짐했습니다.

The Story Times

SSA

We save the world by building stories.

스토리로 세상을 구하라!

'SSA 비밀요원 프로젝트'는 독립서점을 기반으로 한
위즈덤하우스의 사전 독서 모임 프로젝트입니다.

SSA(Story Security Agency)는 숨어 있는 귀중한
이야기를 발굴하여 세상에 널리 알리고자 합니다.

SSA 비밀요원들의 임무는 아직 태어나지 않은
책을 읽고 책의 내일을 만드는 것입니다.
여러분의 손에 책의 미래가 달려 있습니다.

책의 미래가 곧 우리의 미래입니다.

좋은 이야기가 좋은 세상을 조금씩 앞당깁니다.

스토리로 세상을 구합시다.

@ssa_hq_

🖐 이 책은 여자들의 세계를 속속들이 파헤친다. 이 지긋지긋하고 아름다운 세상을 살아가는 여자들은 마치 같은 행성에 살다가 지구로 불시착해 기억을 잃어버린 외계인들 같다. 그들은 지구인으로 살아가지만 본능적으로 서로를 알아본다. 그리고 서로 사랑하고 지지하고 돕는다. 아는 사람은 알고 모르는 사람은 죽을 때까지 모를 여자들의 세계를 찬찬히 들여다보고 있자면 내가 속해 있는 세계가 눈에 들어온다. 나는 어떤 여자와 우정을 쌓고 연대했으며 어떤 여자를 사랑했던가. 나와 우리가 되었던 그리고 되지 못했던 수많은 여자들을 떠올린다. 그들은 나를 어떤 존재로 기억하고 있을까. 나 또한 어떤 여자의 우정의, 사랑의, 연대의 대상이었다면 충분히 아름다운 세상이다. 지긋지긋한 세상에서 우정을 나누고 사랑하고 연대하는 여성들의 아름답고 짜릿한 순간을 느끼고 싶다면 놓치기 아까운 이야기들이다. _최윤민 요원(너의 기지)

🖐 이 소설은 얼핏 '퀴어'라는 특수성을 띠는 듯하지만 그보다 더 넓은, 보편적인 여성의 이야기와 삶의 맥락 들을 담고 있다. 단편들을 읽다 보면 사랑과 우정의 경계에 있던 풋풋한 어느 때가 생각나기도 하고 누군가를 알아가기 시작할 때의 설렘, 이별하게 될 줄 알면서도 말을 삼켰던 순간들이 오늘 일처럼 눈앞에 재생되기도 한다. 소소한 일상을 이야기하다가도 현시대를 비판하는 SF 소설이 등장하기도 하고, 주인공과 주변인의 심리 변화를 탁월하게 묘사해 짧은 호흡의 글에서 긴 여운을 느꼈다. 새롭고 신선하고 엉뚱하면서도 깊이가 있는 책. 여성이 서사를 이끌어가는 소설은 이유 불문 응원하고 싶은데 이 책은 추천하고 싶은 이유들이 분명하다. _다다 요원(버찌 기지)

🖐 그녀들의 사랑과 우정 이야기. 하지만 결국 '홀로, 함께' 살아가는 우리 모두의 이야기다. 여자가 아닌 '나'로서 취향을 찾아가고, 사랑을 찾아가고, 자아를 찾아가는 이야기는 읽는 이로 하여금 어디에 서 있는가, 누구와 함께하는가, 무엇을 할 때 가장 즐겁고 충만한가에 대한 질문을 던지게 한다. 언제나 외롭고 소극적이어야만 했던 내게도 "네가 삶의 주인이야"라고 큰 소리로 말해주는 문장들이 나를 울렸다. 이 사회에, 가족에게, 남자에게 의지해야만 하는 존재에서 벗어나 주체적인 삶을 지향할 수 있도록 길을 제시하는 이 책의 문장들로 나는 다시 태어난 듯했다. 소설 속 여러 명의 주인공들은 내 손을 잡고 힘주어 이야기했다. "각자의 자리에서, 홀로 함께 우리 걷고 있어. 네가 좋아하는 것을 너의 주관대로 이끌어가 봐. 이런 나도 있고, 그런 너도 있는 거야. 우리 함께

갖고 싶다면, 꼭 이 책을 읽어보길 바란다. _겸다 요원(꼴 기지)

🐚 혼자 있을 때는 이상하다고 생각하지 않았던 일상이 타인의 등장으로 물결치기 시작
한다. 인물들의 잔잔하던 생각과 마음에 파동이 인다. 나도 마찬가지다. 잔잔한 이 순간
들이 당연한 내 삶이라고 생각했다. 받아들이고 말고의 문제가 아닌 그냥 내 삶. 하지만
나도 누군가를 만나면 나에 대해 깊이 생각을 하게 된다. '이게 내가 원하는 걸까?' '좋
아하는 걸까?' 아무 말 하지 않고 내 앞에 서 있기만 했어도 그 사람을 보는 순간, 이런
생각을 시작해버리기도 한다. 이 책 속 여러 화자 중 일부는 나와 비슷한 사람인 것 같
았다. '마음이 놓이는 감각'이라고 현재에 만족하는 듯하나 결국 '자유'를 원하고 있던
아키(「북쪽 출구의 여인」). 내가 마음 놓고 좋다고 생각하는 순간은 정말 좋았던 걸까.
뒤돌아보고 싶지 않고, 불안한 마음을 감추고 싶어 모른 척한 것은 아니었을까 책을 읽
으며 생각했다. 책 속엔 지금의 나 같은 사람도 있고, 되어보고 싶은 사람들도 있었다.
그래서 23개의 단편 속 화자가 되어보기도 하였다. 자유를 깨달은 사람, 도피행을 택한
사람, 어른이 되어 30년 만에 친구를 만나게 된 여자 이야기 등등. 23명의 내가 될 수
있다는 게 재밌었다. 영화 같은 소설이라고 생각했는데 그만큼 읽어 내려가는 게 편해
서 그런 것 같다. 이 작가의 앞으로의 소설이 기다려지고, 이번과 비슷한 감상을 느낄지
도 궁금해진다. _임민영 요원(나락 기지)

🐚 소설을 읽다가 감탄해본 적이 얼마 만인가. 남자 주인공의 히로인, 누군가의 딸이나 어
머니나 아내로만 등장하며 수동적으로 그려지던 여성 캐릭터들이 온전히 주인공으로
등장하는 이야기. 그들끼리 연대하는 이야기. 다양한 여성들이 이끄는 이야기가 얼마
나 매력적인가. 어쩌면 나는 이런 이야기에 오랫동안 굶주렸을지도 모르겠다. 주변에
서 듣는 이야기, 천편일률적인 이야기에 지친 지 이미 오래다. 우리에게는 더 많은 멘토
가 필요하다. '연애해야지'라든가 '결혼해야지'라든가 '아이를 낳아야지'라는 틀에 갇혀
제각각의 색을 잃어버리는 삶은 그래서 싫다. 나의 이야기 또한 조금은 틀에서 벗어난
한 편의 여성서사로 남을 수 있도록, 앞으로의 인생에 최선을 다해야겠다. 잊지 말자,
우리는 무엇이든 할 수 있는, 단 한 번뿐인 삶의 주인공이다. _恩定 요원(토닥토닥 기지)

✌ 다양한 인물이 등장하는 짧은 소설이어서 읽는 데 부담이 덜했다. 그럼에도 개별 이야기의 완성도가 높아서 이게 끝인가 하는 아쉬움이 남는 글이 많아 중·장편으로 다시 만나고 싶은 글도 있었다. 특히 읽는 동안 작가가 어떤 감정으로 이 글들을 완성하였을까 생각해보게 되었는데, 그건 아마도 남자의 시각에서 이 책을 접했음에도 감정적으로 이해하게 되는 부분이 많았기 때문일 것이다. 세심한 심리 묘사, 여성이 느끼는 감정에 대한 가감 없는 시선들이 궁금하다면 이 책을 제대로 읽어보길 추천한다. 단순히 재미나 흥미가 있는 정도가 아니라, 어느샌가 책장을 아껴 넘길 만큼 깊이 몰입하게 될 것이다. _naran.4613 요원(나락 기지)

✌ 그들의 사랑을 봤다. 연인, 우정, 짝사랑, 증오, 연민, 애증……. 이성애자의 시선으로만 바라보지 않고, 여성을 적으로 만들지 않는, 동성 간의 사랑을 다른 차원의 것인 양 느끼게 하지 않는 그런 글을 읽고 싶었다. 책에 담긴 소설은 이 모든 것을 담고 있다. 친구로서, 연인으로서, 사람으로서, 여성으로서. 책을 읽고 있노라면 복잡하고 다양한 감정을 느끼게 된다. 나의 사랑을 돌아보고, 애증으로 얽힌 친구와 복잡한 관계를 느끼고, 그들의 관계에 감상적인 시간을 보내기도 한다. _쟈니 요원(꿀 기지)

✌ 이 책은 난해함투성이다. 하지만 지구력을 갖고 이 난해하고 또 난해한 이야기를 한 장 한 장 넘기다 보면 어느샌가 궁금함을 참지 못하고 다음 장을 읽는 자신을 발견하게 될 것이다. 상상을 초월하는 이야기들을 통해 '작은 것들'의 목소리를 꺼내놓는 작가의 날카로운 통찰력과 세심함에 부디 많은 이들이 속수무책으로 빠져들기를. 그리고 함께 '작은 것들'의 편에 기꺼이 서주시기를. _쑥쑥 요원(토닥토닥 기지)

✌ 여자들의, 여자들을 위한, 여자들에 의한 책이다. 평소 단편 소설을 선호하지 않지만, 모든 이야기가 존재감을 강렬하게 드러내고 있어 재밌게 읽을 수 있었다. 책을 통틀어 남성 등장인물이 손에 꼽을 정도로 적다는 것도 굉장히 흥미로웠다. 여성의 사랑과 우정 중 어느 하나만을 택하지 않고 두 가지 모두를 각각의 소설에서 보여준다는 점이 특히 좋았다. _윤지씨 요원(토닥토닥 기지)

🌙 평범하고 현실적인 이야기들 사이사이 기괴하고 유쾌하고 허를 찌르는 다양한 이야기가 잘 버무려져 있다. 여자로 시작해서 여자로 끝나는 여자들의 세계. 사랑도 우정도 질투도 연대도 인생도 있는 그곳에 우리 모두가 있다. _선쌀 요원(다시 기지)

🌙 스무 편이 넘는 단편들이 제각각의 빛깔로 빛나서 다소 혼란스러울 수는 있으나 결국 관통하는 이야기는 사회적 약자(그것이 여성이든, 성소수자이든)들이 가장 밑바닥에서 서로를 이해하고 연대하는 이야기라는 것. _김민애 요원(이랑 기지)

🌙 여자들의 사랑, 욕망, 우정, 분노 등이 온갖 소재로 버무려진 단편들로 채워져 있다. 이렇게까지 여자를 사랑하다니, 하는 마음이 들기도 하고, 작가 혹은 여자들의 판타지를 글로 구현한다면 바로 이 책이 되지 않을까 하는 생각이 들기도 했다. _호수 요원(꿀 기지)

🌙 이 책의 짧디짧은 이야기 속에서 '나'를 발견할 수 있었다. 이 책에는 여성이라면 누구나 느꼈을 고뇌와 고민, 여성들만의 끈끈한 우정이 담겼다. 우리 모두 겪었을 번뇌의 시간이 이 책에 고스란히 녹아 있다. _유민 요원(다시 기지)

🌙 선인이든 악인이든, 유별난 사람이든 평범한 사람이든, 다양한 삶을 사는 여자의 이야기를 볼 수 있어서 좋았다. 말하지 못했던 내 마음도 발견하고, 타인의 삶도 들여다볼 수 있었다. _윤량의 요원(이충 기지)

🌙 여러 이야기들이 펼쳐지지만 한 줄기를 이루고 있는 것은 여자, 그리고 성과 삶과 사랑이다. 삶의 형태는 다양하다. 다양한 삶의 방향을 지향한다. 그리고 남다른 그 길을 응원한다. _최송화 요원(버찌 기지)

우리는 이 책에서 우리들의 삶, 여성의 삶을 읽을 수 있다. 살아가면서 여성의 삶에 귀 기울인 경험이 있나 생각해보자. 솔직하게. 솔직한 속내 그리고 어두운 이면들을 우리는 표현하고 전시하는가. 이 책은 우리가 하지 못했던 어쩌면 꺼렸던 것들을 표현했다. 그 결과 우리에게 묘한 해방감과 희열을 준다. 나는 이 책을 읽고 나의 삶에 대해서도 솔직하게, 드러내지 않았던 이면들을 수면 위로 올려 적어보았다. 이 책은 이러한 힘을 가지고 있다. 이 책을 읽으면 내 삶과 경험을 생각하게 된다. 또, 말하게 만든다. 여성, 사랑 그리고 우정을 곱씹고 싶다면 이 책을 꺼내 읽는 걸 추천한다. 이 책은 묘하게 술과 닮았다. 술과 함께 읽어도 좋다. 강력 추천한다. _아리엘 요원(나락 기지)

이 책은 현실과 상상 사이를 자유롭게 넘나드는 단편집이다. 일본을 주된 배경으로 하고 있는 단편들이 한국의 독자에게는 조금 낯설게 느껴질 수도 있지만, 몇 장 넘기다 보면 우리가 공통된 정서를 공유하고 있음을 깨닫게 된다. 바로 여성으로서의 삶에 대한 애환 말이다. 경력단절 여성에 대한 비하나 여성의 노화에 대한 비난, 동양인 여성이 다른 사회에 진출했을 때의 공포 등 주로 위협이나 혐오로 인해 형성된 유대감은 슬프지만 그렇기에 더 단단하다. 여성들만이, 여성들이기 때문에 가질 수 있는 유대감. 작가는 이러한 유대감을 다양한 방식으로 다채로운 배경 위에서 소개한다. 현실과 맞닿은 소설부터 SF, 판타지, 디스토피아까지 원하는 장르를 마음껏 골라보시라. 당신과 친구가 되어줄 여성이 기다리고 있을 것이다. _류연진 요원(다시 기지)

단순히 키워드에 끌려 이번 책을 읽은 것은 사실이나, 이야기의 다채로움과 매력에 깜짝 놀랐다. 그리고 기뻤다. 이런 이야기를 누구보다 먼저 읽을 수 있음에 심장이 두근거렸다. 이 이야기들의 주인공은 여성이다. 혹 '여성'이라는 단어를 '사람'으로 대체하여 보편적인 이야기가 될 수 있느냐고 묻는다면 그건 아니라고 대답하고 싶다. 국경을 불문하고(심지어 시대를 불문하고), 어느 곳의 사회에서든 단지 '여성'이기 때문에 경험해 왔던 과거, '여성'이기 때문에 경험하게 될 미래가 이야기들의 주요 배경이기 때문이다. 이것은 이 책의 중요한 핵심이다. 나 자신도 여성임에도 불구하고 평소에 사사로이 넘겼던 일상의 다양한 문제들을 작가는 세밀하게 포착하여 써 내려갔으며 소소하게나마 통쾌함을 느끼게 해주었다. 마음이 찌르르해지는, 혹은 술 한 잔처럼 씁쓸하기도 한 사랑 이야기와, 괴기스럽다가도 한편으로는 가엾어지는 상처와 관습과 동경의 이야기가 걷자. 너와 동행할게." 그녀들의 목소리는 앞으로 살아갈 나의 날들에 버팀목이 될 커다란 고목나무의 씨앗을 심어주었다. _손현녕 요원(나락 기지)

🖐️ 이 소설집의 첫 작품인 「조용한·시그널·실루엣」을 읽고는 우선 책을 덮고 머리를 굴릴 수밖에 없었는데, 단편 소설보다도 짧게 느껴지는 이 글의 의미를 왠지 모르게 멋진 말로 해석해야 될 것만 같았기 때문이다. 그러나 한 장, 한 장을 넘길 때마다 나에게 다가오는 수많은 여성들의 이야기에 매료된 순간 더 이상 나는 이 문장이 무슨 의미인지를 해석할 필요가 없어졌다. 그냥 있는 그대로 여성들의 이야기를 듣고 느끼고, 있는 힘껏 이 여성들의 세계에 나의 온몸을 맡기기만 하면 되었기 때문이다. _디디 요원(버찌 기지)

🖐️ 퀴어 소설은 처음이라 내가 이야기를 따라가기 어렵지 않을까 고민했지만 그저 편견일 뿐이었다는 걸 첫 단편에서 알 수 있었다. 이 책에서 중요하다고 생각한 것은 '시작'이었다. 사랑이든 우정이든 그 사이의 무엇이든 이 책은 시작을 잘 그려내고 있다. 자신들이 '쓸데없다' 여겼던 것들에 시간과 노력과 감정을 쏟는 순간 무언가가 시작된다. 우리가 잘 아는 시작. 그 흔한 시작에도 단순히 '여자와 여자기에 뭔가 좀 다를 것이다'라는 또 다른 편견을 가졌던 것 같다. 책 속 인물들의 말은 우리가 아는 흔한 말들이기 때문이다. 여자와 여자라는 데서 오는 '특별한 감정'이 아니라 그냥 '감정'이다. _레일라 요원(나락 기지)

🖐️ 오랜만에 읽는 소설이었다. 그것도 단편. 거의 모든 에피소드가 열린 결말로 느껴졌다. 다음 에피소드로 넘어가서도 자꾸 뒤돌아보게 되었다. '그래서 그들은 어떻게 되었을까?' 하고. 여자로 한정되긴 했지만 인간과 인간 사이에서 일어날 수 있는 모든 감정들을 다 아우르지 않나 싶다. 덕분에 내가 여전히 가지고 있는 편견과 고정관념에 대해 생각할 수 있었다. 다양한 관점, 주제, 상상……. 생각의 폭이 조금은 넓어진 것 같다. 나중에 딸이 청소년이 되면 이 책을 권하고 싶다. 작가의 상상력이 신선하기도 하고 딸은 마지막 키워드를 어떤 단어로 채울지 궁금하기 때문이다. _김선경 요원(버찌 기지)

✎ 사랑을 하거나, 이별을 하거나, 살인을 하거나, 살아남는 사람들. 이 모든 사람이 여자라는 사실이 주는 기묘한 해방감이 있다. 빠르게 읽히지만 여운은 결코 짧지 않은 소설. _김윤정 요원(다시 기지)

✎ 누군가의 삶 속에선 정말 일어나고 있을지도 모르는 비현실적이고 신비한 이야기들. 나에게도 남들에게 꺼내놓지 못한, 누군가에겐 비현실적으로 느껴질 삶의 이야기들이 떠올랐다. _이승은 요원(북스스 기지)

✎ 이 책을 읽고 나는 날것에 가까운 인물들을 만날 수 있었다. 사랑을 하기 위해 몇 번이고 애를 쓰는 인물들과 어떤 일에 당당한 태도를 보이진 않더라도 자신들의 방향을 향해 꿋꿋하게 나아가는 인물들을 바라보았다. 기억하건대, 책의 화자들은 대부분 여성이었다. 한국과 다른 배경에 사는 여성들(아마도 일본일 것이다)의 이야기를 읽을 수 있어서 좋았다. 낯선 배경과 생각들을 찬찬히 씹어 읽었다. 단편들은 시종일관 유쾌한 템포를 유지하고, 독특한 주제에서 나오는 매력을 가지고 있다. 등장인물들은 마치 '살아 있다'는 감각을 주며 사랑을 향해 마음을 포갠다. 어쩌면 나는 이런 이야기를 기다렸을지도 모르겠다. 끝내 사랑을 포기하지 않을 열린 이야기들을. _이채윤 요원(마실 기지)

Same Sex, Different Day.

"애초에 공이랑 수를 정하는 기준이 뭘까…… 하는 생각 안 들어요?"

창밖에서 쏴아 하고, 호스로 물을 뿌리는 양 거칠고 난폭한 비가 쏟아진다.

방 안은 습하고 공기는 쥐 죽은 듯 싸늘했다. 아사코는 바닥에 떨어진 머리 끈을 주워 성가신 앞머리를 묶은 뒤 방의 불을 켰다.

"의아하지."

그렇게 말하자 마나미는 안도한 듯 표정을 풀었다. 그 인도면 소재의 블라우스 앞 단추가 네 개쯤 풀린 것을 보니 오크라 솜털이 손가락을 찌르는 것 같은 정도의 죄책감이 통증처럼 따끔하게 올라온다.

"게이인 사람들은 쉽겠어요. 넣는 쪽이 공이고 그렇지 않은 쪽이 수."

"리드하는 쪽이 공, 리드당하는 쪽이 수 아니고?"

"리드라는 게 뭐예요. 결국 넣는 거잖아요."

"안 넣는 사람도 많아."

"그런가⋯⋯. 그럼, 안 넣는 사람은 어떻게 공수를 정할까요? 리드하네 마네, 너무 애매하지 않아요? 중도 아니고."

아사코는 음, 하고 목구멍 깊은 곳에서 소리를 울리고는 역시나 바닥에 놓여 있던 페트병 차를 한 모금 마셨다. 그리고 잠깐 망설이다가 마나미에게도 내밀었다.

섹스는 애초에 애매한 거라고 아사코는 생각한다. 특히 여자끼리의 섹스는 큰실말(해초의 한 종류-옮긴이)과 미역귀가 한데 섞여 뭐가 뭔지 알 수 없게 돼버리는, 그렇게 애매모호하게 서로 녹아드는 점이 묘미라고 생각했는데.

"언니는 어떤 계기로 자각하게 됐어요?"

"레즈비언이라는 걸?"

"아니, 공이라는 거."

그 말에 아사코가 또 음, 하고 신음했다. 마나미는 오늘은 기필코 이 문제를 '해결'하려는 모양이다. 마나미는 애매한 것을 싫어한다. 아사코는 애매한 것을 사랑하지만 애매한 것을 싫어하는 마나미도 사랑한다.

아사코와 마나미가 알게 된 지 10개월, 사귄 지는 4개월이 됐지만 아직 한 번도 섹스다운 섹스를 한 적이 없다.

대화는 나눌 수 있다. 부끄러워하지 않고 마주 볼 수 있다. 키스도 할 수 있다. 서로의 몸에 팔을 휘감고 빈틈없이 꼬옥 껴안을 수도 있다.

그런데 그다음. 입술이 턱 아래로 내려가고 손가락이 사전(辭典)에 성기라고 정의된 부분에 향하려 하는 순간 막힌다. 서로. 오늘밤도 역시나, 몇 차례의 시도가 실패로 끝난 참이었다.

"계기라."

아사코는 공이고 마나미도 공이다. 지금까지 서로 공으로서 각자의 섹스 라이프를 보내며 여자 몇몇을 '안아'왔다.

"'안았다'라고 나도 생각했고 거기에 의문은 없었어요. 그런데 곰곰이 생각해보면 '안는다'라는 게 뭘까요?"

마나미는 침대에 걸터앉아 차를 꿀꺽꿀꺽 마셨다.

"따져보면 하는 행위는 피차 비슷하잖아요. 적어도 내 경우는 그랬는데. 핥았고 손가락도 넣었고, 상대방도 날 핥고 손가락 넣고. 그런데도 내가 '안고', 상대가 '안기는' 거라니."

이상하지 않아요? 하고 말을 덧붙이는 마나미가 가볍게 이야기하는 과거의 그 섹스를 아사코는 머릿속으로 상상하고 말았다. 아사코의 마음은 불발 상태로 쌓인 성욕과 초조함이 반죽처럼 질척하게 뒤엉켜 엉망진창이 되어버렸다.

하지만 무슨 말을 하는지는 이해할 수 있었다. 아사코 역시 빨고 빨리는 인생이다. 그리고 성행위에 수동적이지도 않고, 엄청나게 능동적이지도 않다. 도구를 별로 써본 적은 없지만 그렇다고 손가락을 넣는 행위에 집착하는 것도 절대 아니다. 그렇지만 자신은 공이라고 확실히 자각하고 있고, 그것은 아이덴티티 중 하나이기도 하다. 어쩌면 그것은 동성을 사랑한다는 것보다 더 중요한 차원의 자아일지도 모른다.

단순히 여자가 좋다는 감정과, 남자 상대로는 강제로 수가 될테니 남자와는 자지 않는다는 감정이 어느 정도로 섞여 아사코가 만들어졌는지 진지하게 생각해본 적은 없다. 왠지 무서우니까.

"안 하는 연인을 연인이라고 할 수 있을까? 안 한다면 친구랑 뭐가 다르겠어요."

"섹스가 연애의 전부는 아니야."

"그렇긴 한데. 아니, 과연 그럴까? 일반론으로 그럴싸하게 포장하지 마요."

"우정과 사랑은 애매한 거야. 그러데이션이지. 100퍼센트 우정이거나 100퍼센트 사랑이거나, 그런 건 없잖아."

"나도 언니한테 우정은 느껴요. 하지만 성욕에서 유래한 우정은 이미 우정이 아니라고 생각하는데. 그렇게 생각하지 않아요?"

"꼭 식물 유래 세정력, 이런 광고 문구 같네."

"난 언니를 안고 싶어."

높이 쳐들어 날린 마나미의 펀치 라인은 시속 150킬로미터를 넘는 속도로 달려와 아사코의 머리에 박혔다.

아사코는 마나미를 좋아하고 마나미도 아사코를 좋아한다. 커피 젤리에 검 시럽은 넣지 않는 프레시 타입의 아사코. 계란말이는 달지 않고 짜야 한다는 마나미. 챔피온 브랜드 옷을 고집하는 아사코. 만화 잡지를 꼬박꼬박 사서 봤던 마나미. 레코드점에서 옛날 가요 잡지를 빌리는 아사코. 편의점에서 헐값에 파는 『아빠는 요리사』를 사는 마나미. 혼자서 가끔 유료 낚시터에 가는 아사코. 말을 보러 경마장에 가는 마나미. 화가인 루소, 달리, 마그리트를 좋아하는 아사코. 소설가인 구라하시 유미코, 마이조 오타로, 쓰쓰이 야스타카를 좋아하는 마나미. 우산 쓰는 것을 싫어하는 아사코. 장갑을 끼지 않으려 하는 마나미. 혼자 카드놀이를 하며 휴일을 보낸 아사코. 고향에 내려갔을 때 테트리스에만 몰두했던 마나미. LL 사이즈 바지를 입는 아사코. 발볼을 최대한 늘린 260밀리 신발을 신는 마나미. 아이섀도를 습관처럼 자꾸 사들이는 아사코. 거의 업자 수준으로 마스킹 테이프를 모으는 마나미. 가재도구에 일일이 신경 쓰고 싶지 않아 무인양품을 애용하는 아사코. 유니클로에서 세일을 할 때마다 광고 문자를 받는 마나미. 철봉을 거꾸로 돌지 못하는 아사코. 몸이 뻣뻣한 마나미. 피처폰을 쓰는 아사코. 라디오 카세트로 AM 방송을 듣는 마나미.

두 사람은, 딱이었다. 두 사람은 정말이지 딱 들어맞았다. 둘 다

서른이 넘었고 바보 같을 정도로 로맨티스트라서 어쩌면 이게 마지막 사랑이겠다 하는 생각도 뇌리의 한구석에 있었다.

이렇게나 찰떡궁합이거늘 육체에만 접점이 없다.

"나도 안고 싶어."

마나미의 넓은 어깨며 작은 엉덩이며 커다란 복사뼈를 아사코는 사랑한다. 그것들과 그 외의 부위를 만지고 싶다는 생각을 항상 한다.

"안고 싶지만, 안기고 싶지는 않아."

"알아요."

"일단은 노력하고 있어. 안기는 것도 괜찮겠다는 생각도 하고 있고."

"알아요."

"생각은 하는데 몸이 안 따라가. 네 말대로 행위 자체가 아니라 기분 탓이겠지만, 그래도, 안기는 건 싫어. 왠지."

"알아요."

"네가 양보하려고 한다는 것도, 알고 있어. 정말로."

"하지만 상대가 진심으로 즐기지 않으면 섹스하는 의미가 없잖아요."

"맞아. 그거야."

"언니를 안고 싶지만, 안긴 언니가 참고 있다는 생각을 하면 이미 그 시점에서 확 시들어버려. 아, 이 '시든다'는 말도 수수께끼네요. 어디가 시든다는 거야. 시들 곳도 없는데."

"알아."

"나도 안기는 것도 괜찮다고 생각해요. 그런데 이, 안겨주는 것도 괜찮겠지 하는 생각이 드는 거 자체가 안 좋다니까. 역시나 일단 머리로는 이해해도 몸이 안 따라주고."

"안 되는 걸 무리하게 시키고 싶지 않아."

"나도 그래요."

시선을 맞추고, 힘없는 웃음소리를 흘린다.

"······그래도, 오래 사귀면 어차피 섹스리스가 될지도 모르잖아."

"실컷 하고 난 다음의 섹스리스랑 처음부터 안 한 섹스리스는 의미가 다르다고 생각해요."

마나미가 하는 말은 하나하나 지당해서, 두 살 차이밖에 안 나는데도 젊은이의 풋내에 맞부딪친 기분이다. 동시에 아사코도 필요 이상으로 원숙해진 기분이었다.

"하고 싶은데 못 한다는 게 이렇게나 괴로운 거였네요. ······언니도 괴로워요?"

"괴로워."

"못 하더라도 나 좋아해?"

"좋아하지."

"기분 좋다. 나도 많이 좋아해요. 하지만 나, 그래도 하고 싶어요. 섹스."

비는 여전히 거리를 때려눕힐 기세로 쏟아지고 있다.

"역시, 하고 싶어요."

마나미는 노래 후렴구를 부르듯 반복해서 말했다.

그걸 말이라고 해? 나도 하고 싶어. 바보냐.

아사코는 그 말을 삼켰다. 말을 삼키면 머지않은 미래에 이 놀
랍도록 잘 맞는 여자와의 이별이 찾아오리라는 걸 알면서도, 삼
켰다.

그 후. 아사코는 다른 사람과 나눈 음란 채팅 기록과 동영상 샘
플 따위를 보며 자위를 할 때마다, 현자 타임 속에서 마나미를 떠
올리는 시간이 약 5년 정도 이어졌다. 한편 마나미는 새로운 연인
의 바지를 입으로 물어서 끌어 내릴 때도, 섹스 후에 물티슈로 손
가락을 닦을 때도, 아사코를 떠올리지 않았다.

단지 가끔씩, 섹스와 전혀 상관없는 공간에 있을 때. 차분하고
평온한 기분일 때. 마나미의 뇌리에 불쑥 아사코가 얼굴을 내밀기
는 했다. 아사코의 무채색 방이. 여름 내내 신고 다니던 가죽 샌들
이. 머리카락의 냄새가. 웃긴답시고 해대는 늘 똑같은 개그 멘트가.

처음 반년 동안 그 후렴은 마음을 거세게 뒤흔들었다. 하지만
그것도 차츰 뜸해지고, 덮밥 체인점의 아침 정식이나 햄버거 가게
현수막에도 움찔하지 않게 되고, 아사코를 생각하다가도 고수익

구인 정보를 홍보하는 트럭이 눈앞을 가로지르면 그녀를 생각했다는 것조차 잊어버리게 되면서, 마침내 마나미 안의 아사코는 시간에 휩쓸려갔다. 일상 속에서, 사랑과 욕정이 서서히 분해되고 변해가며 끝나간다.

두근거림과 나의 폐를

　돈이 필요했던 건 말할 것도 없고, 동기의 30퍼센트 정도는 호기심이었다. 하지만 번쩍거리고 스타일 좋고 세상 물정에 밝은 애들이 바글바글한, 젊은 회사원 손님이 많을 것 같은 핫한 카바레식 클럽에 가는 건 주눅 들고 무서웠기에 나는 스가모(巢鴨)에 있는 작은 노래 주점의 문을 조심스레 열었다.

　아르바이트 모집 공고문에 적힌 번호로 전화했을 때 걸걸한 목소리의 남성이 "일본인?"이라고 물었다. 그렇다고 답하자 "좋네! 그럼 면접 보러 와요" 하고 한 톤 밝은 목소리로 말했다. 나는 그게 무슨 뜻인지 알 수 없었다. 열아홉. 어렸을 때의 기억이 너무나도 많은 기타간토(北関東) 시골을 벗어난 지 2년째가 된 늦가을이었다.

　안경을 벗고 렌즈를 끼고 화장을 하고, 가진 옷 중 가장 화려한 검은 벨루어풍 미니스커트와 재킷 투피스를 입고 면접을 보러 갔다. 노래 주점이라는 곳에 발을 들인 건 그게 처음이었다. 카운터와 작은 테이블석 네 개가 있을 뿐인 좁은 가게 안. 보라색 원피스를 입은, 나카모리 아키나(1965년 출생의 가수 겸 배우-옮긴이)가 피곤에 찌든 듯한 느낌의 여성과 다나카 쿠니에(1932년 출생, 배우-옮긴이)를 똑 닮은 스리피스 슈트 차림의 남성이 카펫에 청소기를 돌리고 카운터 안에서 뭔가를 씻고 있었다.

"저어."

목소리를 내자 다나카 씨(가명)가 고개를 들었다.

"면접 보기로 한 오타키라고 합니다."

다음 순간, 다나카 씨의 얼굴에 뜬 '실망'이라고밖에 표현할 수 없는 표정은 지금도 잊을 수 없다.

제일 구석 자리에 앉자마자 면접이 시작됐다. 연령, 이름, 출신. 그 정도.

"노래는 할 수 있어? 한 곡 불러줄 수 있나?"

통신식이 아닌 레이저 디스크 방식의 노래 주점이었다. 노래방 책자를 펼쳐 미리 생각해둔 덴도 요시미의 '새벽'을 선곡한 뒤 자리에 서서 마이크를 들었다.

가창력은 썩 좋지 않다. 하지만 나는 웃으며 몸짓 손짓을 동원해 연기에 혼을 담아 완창했다. 자리에 앉자 어느샌가 아키나 씨(가명)가 와서,

"잘하네. 밝고. 젊고."

하며 담배에 불을 붙였다. 다나카 씨는 아직 이해하지 못한 표정이었지만

"잠깐 재킷 한번 벗어볼래?"

라고 했고, 내가 그 말에 따르자 얼굴이 금세 환해지더니

"자, 그럼 고용할까. 마마도 추천했고."

하며 한 손을 내밀어 악수를 청했다. 나는 그 손을 맞잡았다.

일주일에 세 번. 저녁 8시에서 새벽 1시까지. 나와 마마 외의 여자는 필리핀과 브라질과 중국에서 온 사람들이었다.

"마스터, 또 상당히 소박한 애를 들였네."

"싫더라도 봐주세요, 이, 가슴! 아니, 이거 본 순간 마음 정했다니까요."

첫날은 손님이 올 때마다 다나카 씨에게 불려가 이런 식의 핑퐁이 오가는 나의 '첫선'이 거침없이 진행됐다. 각오는 했지만 생각보다 더 힘드네. 일을 시작한 지 두 시간 정도 만에 내 볼은 끝없이 미소 짓느라 근육통이 와서 욱신거렸다.

열일곱 살 때부터 본격적으로 술을 마신 나는 유전인지 체질인지 제법 주량이 세다. 11시를 넘기면 손님도 취기가 돌아 거침없어지고, '소박한 애'가 '추녀'며 '촌년'이라는 말로 치환되기 시작했다. 나는 목각 인형처럼 생글생글 웃으며 그 자리에 있는 술을 닥치는

대로 마셨다.

그러다 날이 바뀌었을 즈음 기억을 잃었다.

눈을 뜨니 내 방에서, 옷도 화장도 렌즈도 그대로인 상태로 마룻바닥에 침을 흘리며 자고 있었다. 추위에 온몸이 떨렸고 몸을 일으키자 그 자리에서 구역질이 났다. 화장실로 기어가 게워냈다. 액체밖에 나오지 않았다. 그 말은 어젯밤 어딘가에서 질량이 있는 토를 했다는 뜻이다.

일할 때 가져간 핸드백 안에는 지갑도 핸드폰도 제대로 들어 있었다. 못 보던 휴대용 티슈까지.

평소라면 금융기관이나 유흥업소 광고가 찍혔을 곳에 낯선 글자가 적힌 이상한 종이가 들어 있다. 간자체. 중국말. 아마도 중국인을 타깃으로 한 PC방인지 뭔지의 광고다. 이런 걸 받은 기억은 없다.

두통과 메스꺼움이 다시 밀려와 티슈는 까맣게 잊고 욕실에서 신음하며 계속해서 토했다.

그날 저녁까지는 간신히 부활해 두 번째 출근. 옷은 무릎까지 내려오는 회색 원피스. 너무 수수한 것 같아 고등학교 시절 동네 패션몰에서 산 펜던트를 달았다. 가게까지 가는 내내 어젯밤 토를 어디에다 했나 하는 걱정뿐이었다.

주뼛주뼛 가게로 들어서자 아키나 씨만 오픈 준비를 하고 있었다.

"어제 괜찮았어? 잘 들어갔고?"

"네……. 죄송합니다. 뭔가 실수했을까요?"

"아니, 화장실에서 토하기만 했어. 무리해서 마시지 않아도 돼."

나는 고개를 꾸벅 숙인 뒤 탈의실로 들어갔다. 화장도 하고 옷도 입고 왔으니 운동화에서 구두로 갈아 신기만 하면 준비는 끝이었다.

탈의실 안에서는 여자 한 명이 연한 오렌지색 미니 원피스로 갈아입고 있었다.

"앗, 죄송합니다."

"안녕하세요."

무표정으로 그 말만 했다. 키가 훤칠하게 크고 머리칼이 긴, 모델 같은 비율의 그 사람은 이 작은 주점의 '넘버 원'이다. 어젯밤 '마리'라는 예명으로 소개를 받았다.

좁은 탈의실은 가방, 구두, 코트, 펄럭거리는 드레스, 종이 상자로 넘쳐난다. 마리 씨는 거울을 보며 머리핀을 잔뜩 써서 올림머리를 하고 있었다. 눈앞에 놓인 화장품 파우치 안으로 익숙한 휴대용 티슈가 엿보였다.

"앗."

무심결에 소리를 내자 거울 너머로 시선이 마주쳤다.

"어제, 그, 죄송합니다, 저."

아마 취했을 때 마리 씨가 가까이에 있었을 테다. 그러니 티슈를 준 것이다. 옷 같은 걸 더럽혔으면 어쩌지 하는 생각이 들었다.

하지만 마리 씨는 내게서 금방 시선을 떼더니

"아—."

라고만 하고 역시나 무표정으로 머리를 만졌다. 그 이상은 말을 걸 수 없었다.

그날은 금요일이라 어제보다 손님이 많았다.

"신입? 이게? 마스터, 우리 이러지 말자. 아무리 일본인이어도 이건 아니지. 내 테이블에는 예쁜 애만 데려오란 말이야."

"부장님 그런 말씀 하시면 안 된다니까요! 불쌍하잖아요."

"뭐야, 너, 못생긴 사람 좋아해?"

"또 그렇게 말씀하신다~ 이 정도 애라면 저는 완전 괜찮아요. 가슴도 크고, 편안한 느낌이잖아요?"

"못생겼기만 하잖아. 난 안 돼. 이건 무리야. 안 선다고. 너는 젊구나."

이런 대화를 눈앞에서 들으며 또 계속해서 마시고, 마시고, 마셨다.

남녀공학이었던 중학교 시절 난폭하고 머리 빈 남학생들이나 하던 이야기를, 돈도 지위도 있는 40, 50, 60대 남자가 즐겁게 하고 있다.

자존심이 토막 나면서도, 누구도 들이지 않는 머리 한구석에 쌓은 성 속, 회색으로 빛나는 성새 안의 내가 '이걸 보러 온 거야'라고 속삭인다. 이걸 보러 온 것이다. 이 굴욕을 맛보러 왔다. 언젠가 이 것도 전부 다 글로 엮어 돈으로 바꿔주겠다. 그러니 무슨 말을 들어도 괜찮다. 나를 더 모욕해봐. 할 수 있으면 해봐, 같잖은 것들아.

바짝 말라버린 개똥 위에 노란 토사물이 쏟아진다.

일을 마치고 가게에서 나와 몇 발짝 걷기만 했는데 구역질을 참아낼 수 없는 지경이 됐다. 나는 곧장 가까운 골목길로 들어가 엉거주춤한 자세로 질리도록 토했다. 한 켤레밖에 없는 펌프스에 점점이 비말이 튄다. 젠장. 젠장. 빌어먹을.

"쿄코."

뒤에서 여자 목소리가 들렸다.

"쿄코."

두 번 듣자 그게 내 예명이라는 사실이 떠올랐다. 다나카 씨가 후카다 쿄코(예쁘장한 얼굴과 글래머러스한 몸매를 가진 배우-옮긴이)에서 착안해 지어준 나의 밤 이름이다.

돌아보니 마리 씨가 있었다.

"괜찮아?"

머리를 내리고 저지로 갈아입은 마리 씨는 가게 안에서 볼 때보다 훨씬 어려 보였다.

"괜찮구먼유……."

퍼석퍼석한 목소리로 간신히 그렇게 대답하자 마리 씨는 미간을 찌푸리며 고개를 갸웃거렸다. 아차, 이건 사투리였다. 괜찮아요라고 정정하기도 전에 또 구역질이 올라와 다시 마리 씨에게서 등을 돌렸다.

무릎을 바들바들 떨면서도 더 이상 아무것도 나오지 않을 때까지 게워내는데 뒤에서 찰칵 하는 소리가 들렸다.

입을 닦고 손으로 벽을 짚으며 일어나니 마리 씨는 같은 자리에서 조용히 담배를 피우고 있었다.

"쿄코는 몇 살?"

머리가 핑글핑글 도는 통에 나이를 묻는다는 걸 이해하기까지 3초 정도 걸렸다.

"열아홉이요……."

"기특하네."

마리 씨는 그렇게 말하더니 처음으로 생긋 웃으며 휴대용 티슈를 내밀었다. 그러고는 내가 그것을 받아 들자 몸을 휙 돌려 어딘가로 가버렸다.

다음 날은 숙취를 질질 끌며 9시에 일어나 최악의 컨디션과 기분으로 낮 시간의 아르바이트를 간신히 소화했다. 낮에는 주 5일, 비디오 대여점에서 일한다. 영화가 좋아서라는 지나치게 단순한 동기로 시작한 아르바이트인데, 도쿄에 본가가 있는 아르바이트생과 기무라 타쿠야와 똑같은 머리 스타일을 한 역겨운 매니저 사이에서 일하는 데는 노래 주점과는 또 다른 굴욕감이 있었다.

이 세상 모든 게 진흙탕으로 보일 때가 있고 모든 것이 빛나 보일 때가 있다. 하지만 어느 쪽이 됐건 그 세상 속에서 나는 가장 비참한 존재라고 생각했다. 머릿속의 성에 영화와 책과 무슨 맛인지도 모르는 술을 쌓아두고, 이런 곳에서 끝날 사람이 아니라고 매일 자신을 타일렀다. 즉 나는, 어디에나 있는 평범한 열아홉 살이었다.

빨아서 말린 벨루어 투피스를 입고 세 번째 출근. '드래곤 퀘스트' 얘기를 하다가 "슬라임!"이라고 부르며 가슴을 움켜잡고, "이런 타입의 추녀는 성격이 좋아서 좋아"라며 들이대고, 집요하게 "열아홉? 거짓말. 서른 넘었지? 애 있지? 난 다 알아" 하며 추궁한다. 그 모든 것을 "아니에요~"와 "어머~"로 받아넘기며 마시고, 마시고, 마신다.

문득 옆자리를 보자 마리 씨가 담배 피우려던 손님을 향해 "담배 안 돼! 마리는 담배 싫어!"라고 화를 냈고 손님도 "어쩔 수 없지" 하고 웃으며 그 말을 듣는, 그런 광경이 펼쳐지고 있었다.

나는 일하는 동안에는 내 마음을 회색 성에 넣어두기로 했다. 가슴을 움켜잡히고, 추녀, 촌뜨기라고 하대당하는 인물은 나의 하인인 골렘이다. 아무에게도 존중받지 않는 대가로 2천 엔의 시급을 버는 이 목각 인형은 나의 사역마인 것이다.

컨디션 덕분인지 술에 익숙해진 건지 그날은 많이 취하지 않고 일을 끝낼 수 있었다. 일본인과 결혼해 어린 자녀를 둔 필리핀 국적의 유미 씨는 다른 직원들보다 두 시간 일찍 퇴근하고, 브라질인(실제로는 혼혈이라고 들었다)인 나쓰코 씨는 단골손님과 라멘을 먹으러 갔다. 탈의실로 들어서자 옷을 다 갈아입은 마리 씨가 혼자 사이다를 마시며 담배를 피우고 있었다.

"수고하셨습니다."

"응―."

돌아온 말은 그게 전부였지만 마리 씨는 웃고 있었다.

"쿄코, 이거 봐."

별안간 손짓해서 부르기에 나는 주뼛거리며 마리 씨에게 다가갔다. 마리 씨는 루이비통 핸드백 안에서 수첩을 꺼내 활짝 열었다. 사진이 끼워져 있다.

"……작네요."

"작아. 지금은 좀 더 커졌어."

그것은 마리 씨와, 마리 씨 무릎에 안긴 샛노란 롬퍼스를 입은 아기 사진이었다. 배경은 왠지 일본이 아닌 것 같았다.

"한동안 못 봤어. 전화는 하는데."

"귀엽네요."

급조한 멘트였다. 아이에게 관심이 없어서 아기 사진을 봐도 냉큼 "귀여워"라든가 "엄마 닮았네" 따위의 대사를 하는 걸 잊어버린다. 하지만 마리 씨는 기쁘다는 듯 웃더니

"응, 귀여워!"

하고 큰 소리로 말했다. 이어서 새 담배에 불을 붙인다.

"쿄코는 담배는 안 피워?"

"별로……."

시도는 몇 번 해봤지만 나와는 별로 안 맞는다는 생각을 했다.

"술은 그렇게나 마시면서."

쿡쿡 웃더니 마리 씨는 담배 한 대를 더 꺼내 내 입가에 갖다 댔다. 그 동작이 물 흐르듯 자연스러워 나는 하얀 필터를 물었고, 마리 씨가 가게 이름이 들어간 라이터로 불을 붙여주는 모습을 멀거니 바라보았다.

끝이 주홍빛으로 탄 담배를 물고 살짝 빨아들이자 입안에 연기가 고였다. 폐에 넣는다. 콜록거리지는 않았다. 값싼 위스키를 들이켜 열이 나듯 따뜻해진 신체에, 그것은 왜인지 무척이나 맛있게 느껴졌다.

"힘들지?"

연기를 몇 차례 내뿜더니 마리 씨가 그렇게 물었다.

"힘들어요."

나는 솔직하게 말했다. 마음은 어느 틈엔가 잿빛 성 밖으로 나와 있었다.

"힘든 일투성이."

노래하듯 부드러운 마리 씨의 음성으로 그렇게 듣자 힘든 것을 힘들다고 그대로 받아들일 수 있을 것 같은 기분이 들었다. 나는 힘들다. 돈이 없어서 힘들다. 나만 그런 게 아니라 집안도 빚더미에 앉아 있어서 힘들다. 가방끈이 짧은 것도 괴롭다. 못생겨서 괴롭다. 신인상 응모에 계속해서 낙방하는 게 쓰라리다. 존중받지 못하는 게 힘들다. 앞으로 내 앞날이 어떻게 될지 전혀 알 수 없어서 두렵다. 너무 괴롭다. 그래, 힘들다. 다른 누구도 아닌, 내가 힘들다.

마리 씨는 담배를 한 대 다 태우더니 마시다 만 사이다 뚜껑을 닫고 저지 주머니에 넣은 뒤

"안녕."

하고는 돌아섰다.

나는 가게를 나와 가까운 편의점에서 담배와 라이터를 샀다. 그 날은 유난히도 추워 그해 처음으로 입김이 허예지는 것을 보았다.

담배를 꺼내 물고 불을 붙인 뒤 하얀 입김과 함께 밤하늘에 연기를 뱉어낸다.

"힘드네."

한 번 더 소리를 내 말해보았다. 언젠가 이 기분을 웃으며 써 내려갈 수 있을 때가 왔으면 좋겠다고 생각하며, 열아홉 살, 폐 깊숙이 연기를 빨아들였다.

꿈에서 본 맛

문득 정신을 차리고 보니 눈앞에 새하얗고 작은 테이블이 있다. 짙은 안개 속에 있는 것마냥 주변 경치가 어슴푸레해서 아아 꿈이구나 하고 깨닫기 시작한다. 이렇게 되면 잠에서 깨는 건 시간문제지만 그전에 꼭 한 입 맛보고 싶다. 어느샌가 테이블 위에는 갈색 덩어리가 덩그러니 놓인 접시가 있었다.

덩어리는 마치 튀김처럼 얇고 갈색인 옷을 입고 있다. 두꺼운 춘권 정도의 크기. 하지만 자세히 보면 검은색과 카키색이 뒤섞인 얼룩 모양의 무언가가 달렸다. 파충류의 손 같은.

몽롱한 의식 한구석에 '징그러워……' 하는 느낌이 들었지만 꿈속의 나는 조금도 주저하지 않고 마치 악수를 하듯 그 손을 잡고, 접시에서 들어 올려, 얼굴로 가져오고, 그리고, 씹었다.

먼저 마늘과 간장의 구수한 냄새. 튀김이다. 앞니가 바삭한 옷을 찢고 탄력 있는 고기에 박히며 살코기에 묻혀 들어가는 감촉. 입안에 튀김옷의 맛과 기름과 육즙이 퍼진다. 닭보다 씹는 맛이 좋은, 바삭한 식감에 깔끔하게 잘리는 육질. 턱에 힘을 주어 꽉 깨물고 혀 위에 올려 맛을 본다. 비린내나 고기 잡내는 거의 느껴지지 않고, 삼키면 지극히 담백한 뒷맛을 남기며 산뜻하게 사라진다. 상당히 맛있다. 음, 싫지 않다. 밥반찬이라기보다는 술안주. 하이볼이나 사와에 잘 어울릴 것 같다. 조금 더 먹고 싶다. 조금 더.

"좀 더 먹고 싶었는데."

텅 빈 학생 식당에서 가라아게를 마요네즈에 찍으며 아침에 꾼 꿈을 이야기하자 친구인 하라 고베니는 샌드위치를 든 채 쿡쿡 웃기 시작했다.

"왜 그래."

"아니, 꿈에서까지 튀김이라니, 식탐 너무 심한 거 아냐?"

"너도 꿈에서 뭔가 먹거나 마신 적 있잖아."

"……없는데. 생각해보니까, 없어. 애초에 꿈을 잘 안 꿔."

고베니는 쇼트커트를 한 작은 머리를 든다. 푸른 돌이 박힌 고급스러운 귀걸이가 달랑달랑 흔들린다.

"요리하는 꿈도 안 꿔? 요리 좋아하잖아. 꿈에서 빵 구운 적 없어?"

"없어. 꾸더라도 일어나면 잊어버리고……. 그나저나."

고베니는 편의점 같은 데서 산 것이 아닌, 직접 만든 샌드위치를 씹으며 스마트폰을 톡톡 두드렸다.

"그 이상한 튀김, 혹시 이거 아니야?"

방향을 돌려준 화면을 보고 깜짝 놀랐다. 그야말로 꿈에서 먹었던 튀김과 똑같은 사진이다.

"이거야. 이, 손 달린 거!"

"악어 튀김이래. 먹어본 적 있어?"

"없어! 파충류 싫어하잖아. 으아, 정말 악어가 그대로……."

이미지 검색 화면에는 발톱을 기른 얼룩 모양의 파충류 팔이 한가득 떠 있었다. 악어의 발끝만 가죽을 남겨놓고 나머지는 살점을 훤히 드러낸, 조리 전 '날고기' 상태의 사진도 있었다. 닭으로 치면 날개 같은 부위일까. 왜 굳이 이렇게나 생생한 발과 발톱까지 통째로 요리하는 걸까. 추천 메뉴로 내건 레스토랑도 있는 모양이다.

"식당에서 먹으면 꽤 비싸네. 맛이 있을까?"

"먹어봤잖아."

"그건 꿈이었고. 진짜 맛이 어떤지는 모르잖아. 아, 속 안 좋아졌어. 왜 그런 꿈을 꿨지? 이런 요리는 사진으로도 본 적이 없는데……."

스마트폰을 고베니에게 돌려준다. 속이 메슥거리는 통에 남은 가라아게 정식은 도저히 먹을 수 없었다. 꿈에서 희미하게 본 것과 실제로(사진이지만) 본 것은 임팩트가 다르다. 오늘 밤에도 저게 꿈에 나오면 어쩌지……

맛국물 냄새가 났다. 말린 생선인지 가다랑어인지, 진한 해산물 냄새. 창문도 출입구도 아무것도 없는 하얀 벽에 둘러싸였다. 아아, 꿈이다. 또, 뭔가 먹는 꿈이다.

테이블 위에는 검은 그릇이 놓여 있다. 사발을 두껍게 빚은 듯 묵직한 모양이고 안에는 연노란색의 뭔가가 들었다. 그릇 테두리를 넘어 돔처럼 봉긋하게 부풀어 새하얀 김을 모락모락 내뿜는다. 뜨거울 것 같다. 나는 어느샌가 숟가락을 쥐고 있었고 그것을 노란 돔 안에 꽂아 넣었다. 부드러운, 아련한 느낌. 한 숟갈 뜨자 김과 맛국물 냄새가 더욱 진해졌다. 입에 넣는다. 폭신폭신 달콤하고 짭조름하고, 참기름의 향과 계란 맛이 난다. 자완무시(일본식 계란찜-옮긴이) 같은……. 하지만 그런, 푸딩 같은 식감은 아니다. 수플레 같기도 하고. 잘 모르겠지만 맛있어. 입에 넣으면 사르르 녹아버리는 게, 눈앞에 있는 걸 다 먹을 수 있을 것 같아…….

눈을 뜨자 입안에 아직 맛국물과 참기름 향이 맴도는 듯한 기분이 들었다. 혀로 입안을 더듬는다. 아무것도 없다. 그게 당연하지만.

"아…… 맞다, 아르바이트……."

나는 일주일에 사흘간 가까운 택배 물류 센터에서 아르바이트를 한다. 자리에서 일어나 무심히 주위를 둘러본다. 그 테이블도 검은 그릇도 온데간데없다. 미간을 찌푸리며 곰곰이 생각해보지만 지금껏 그런 음식은 먹은 적도 본 적도 없다.

고베니에게 이야기하면 또 웃을 것이다. 메시지를 보낼까 했지만 아르바이트에 지각할지도 모른다는 사실을 깨닫고 허둥지둥 침대에서 나왔다.

커다란 창고 안에서 하는 작업은 주로 검품. 여러 지역에서 실려 온 다양한 물건을 망가지지는 않았는지, 수량은 잘 맞는지 체크하는 따분한 일이다. 손님을 대하는 건 서툴기도 하고 묵묵히 작업만 하면 되니 마음 편해서 좋다. 하지만.

"엇, 웃코잖아. 지금부터 쉬는 시간?"

컨테이너 휴게실로 들어선 순간, 애초에 별로 높지도 않았던 텐션이 한 번에 5단 정도 내려간다. 같은 아르바이트를 하는 스즈키 씨가, 저걸 뭐라고 하더라, 검지와 중지를 나란히 붙인 손을 관자놀이 부근에서 팟, 흔드는 인사를 나를 향해 날렸으니까.

"안녕하세요……"

붙임성 있다고 느껴지지는 않으면서도 실례가 아닌 정도의 억지 미소를 지으며 꾸벅 인사한 뒤 그대로 컨테이너를 가로질러 화장실로 향했다. 하지만 스즈키 씨는 테이블 위에 있던 과자를 손에 들고 이쪽으로 다가왔다.

"이거, 에바타네 고모가 나가노에서 사 온 선물이래. 윳코 몫은 킵해뒀어. 단거 좋아하지? 여자니까."

쿠키 같은 것을 건넨다. 닭살이 돋으려는 걸 이를 악물고 참으면서 어정쩡하게 웃으며 받았다.

스즈키 씨는 몇 살인지는 모르겠으나(아마도 30대 초반 이상) 내가 다니는 대학교의 졸업생이었고, 아르바이트 첫날 그 사실을 알자마자 느닷없이 반말을 던졌다. 이상한 호칭으로 부르기까지 하면서. 딱히 나쁜 사람은 아니라고 생각하지만, 말이나 행동 하나하나가 묘하게 과장스러워 거부감이 든다. 제대로 이야기를 나눈 적도 거의 없으면서 오랜 친구인 양 허물없이 다가오는 것도 꺼림칙하다. 일 자체는 잘 맞고 좋아하는데, 여기에서 스즈키 씨를 마주치면 항상 우울해진다.

적당히 둘러대고 화장실로 뛰어든다. 이 화장실은 별로 깨끗하지도 않고 냄새도 나지만 휴식 시간이 끝날 때까지 여기에 있을 수밖에 없다.

스즈키 씨는 다른 아르바이트 직원이나 사원들에게는 거의 무시를 당한다. 그런 스즈키 씨가 내게 들러붙으니 다른 사람들이 점점 나도 멀리하기 시작했다.

"싫은데……."

남자는 불편하다. 무섭다. 특히 나는 퉁퉁하고 수수하고 굼떠서 그런지 무서운 느낌의 사람들만 접근해 온다. 호감이 있어 그런 거라 생각하면 괜찮을지도 모르지만 '이 녀석 정도라면 구워삶을 수 있을 것 같은데'라고 생각한다는 것쯤은 아무리 둔해도 안다. 고등학교 때 친구가 '갈색으로 염색하고 매니큐어 바르고 화려하게 꾸미면 그런 놈은 가까이 안 와'라고 말했지만 그럴 용기도 없다. 분명 안 어울릴 거고, 꼴사나울 테고. 역시 여기는 관두고 다른 아르바이트를 찾을 수밖에 없는 걸까.

그렇게 퇴근할 때까지 스즈키 씨와 얽히지 않기를 기도하며 일을 마쳤다. 하지만 작업복에서 사복으로 갈아입고 창고 밖으로 나온 순간 붙잡혀버렸다.

"윳코, 퇴근? 바래다줄게."

바래다준다니. 스즈키 씨는 자전거로 통근한다. 설마 뒤에 타라는 뜻인가.

"아뇨, 괜찮아요. 전 버스 타고 다녀서……."

"아, 맞다. 이거, 전에 보고 싶다고 했던 거야. 디스크에 흠집 안나게 조심해. 다 보면 소감 어땠는지 보내줘야 한다? 안에 연락처 적은 종이 넣어뒀으니까. 윳코는 여러 번 말해줘도 연락처 저장하는 걸 까먹더라."

그렇게 말하더니 파란 비닐봉지를 내밀었다. 안을 보자 DVD가 열 장 정도 들어 있다. 그러고 보니 예전에, 묻지도 않았는데 어떤 애니메이션 시리즈를 좋아한다며 자기 입으로 말한 적이 있었다.

하지만 나는 보고 싶다고 한 적 없는데…….

"그나저나 오늘 시간 돼? 가끔씩은 밥도 같이 먹어야지."

"아뇨, 그게…… 지금부터 약속이."

"뭐?"

느닷없이 스즈키 씨의 목소리 톤이 높아져서 깜짝 놀랐다.

"윳코, 너 말이야……. 나한테 거짓말하는 거 아니지?"

"무, 무슨 뜻이에요?"

약속이 없다는 사실을 들켜버린 것일까. 그때, 쥐고 있던 핸드폰이 울렸다. 메신저 알림음이다.

"방금 그거, 메시지? 누구한테 온 거야?"

정색을 하며 다가온다. 안 돼. 무서워. 왜 내가 이런 상황을 겪어야 하는 거야.

"저, 죄송합니다! 정말! 실례하겠습니다……!"

일단은 도망쳐야 한다는 생각에 뛰기 시작했다. 빨리 달리지도 못하니 쫓아오기라도 한다면 분명 따라잡힐 것이다. 하지만 스즈키 씨는 쫓아오지는 않는 듯했다. 버스 정거장까지 달려가니 때마침 버스가 왔고 행선지도 확인하지 않은 채 올라탔다. 자리에 앉자 심장이 벌렁거리며 식은땀이 축축이 배어 나왔다. 무슨 상황인지 모르겠다. 무섭다. 무서워. 혼자 사는 집으로 돌아가기가 무섭다. 뒤를 밟으면 어쩌지…….

그러다 문득 스마트폰을 보았다. 메시지는 고베니가 보낸 것이었고 〔오늘 우리 집에서 저녁 같이 먹지 않을래?〕라고 적혀 있었다.

고베니의 집은 대학교와 가장 가까운 역에서 상당히 떨어진, 조용하고 오래된 주택가에 있다. 학생인 주제에 무려 단층 주택 한 채를 통째로 빌려서 산다. 지어진 지 50년 정도 지났다는 낡은 건물인데 혼자 살기에는 과하다 싶을 정도로 방이 많고, 무엇보다 부엌이 넓다.

"요리를 마음껏 할 수 없다면 혼자 사는 의미가 없다고 생각했으니까."

역시 주방 멋지다, 하고 말하자 남색 앞치마를 두른 고베니는 웃으며 그렇게 말했다. 큼지막한 4구짜리 가스레인지, 넓고 깊은 개수대, 커다란 냉장고. 물론 작업 공간도 많다. 거기에서 홀홀 춤추듯 자유롭게 움직이며 분주하게 요리를 하는 고베니를 보자 마침내 공포가 잦아드는 것을 느꼈다.

"그래도 이렇게 주변에 아무것도 없는 곳에 살면 적적하지 않아?"

"조용해서 좋아. 역이나 학교 근처는 시끄럽잖아. 한 번씩 너도 이렇게 와주는데 뭐."

주방에는 큰 선반이 있고 거기에는 난 만져본 적도 없는 여러 조리 기구가 줄지어 있다. 믹서, 푸드 프로세서, 파스타를 만드는 기계와 고기를 다지는 기계까지 갖췄다. 죄다 뻔쩍뻔쩍한 것이 수

입 제품 같아 보이는 것도 많다. 고베니는 자신에 관한 이야기는 잘 하지 않지만 아마도 상당히 유복한 집안의 딸일 것이다.

넓은 집 안에는 가짓수는 적지만 물건들이 잘 정돈돼 있고, 곳곳에 작은 관엽식물이며 오브제가 놓여 있어 서양 영화에서 보던 방처럼 세련미가 느껴진다. 고베니 본인 또한 멋쟁이인 데다가 날씬하고 미인이라서 왜 나 같은 애랑 친구로 지내는지 아직도 모르겠다. 언뜻 보면 자신이 돋보이려고 일부러 그러나 싶을 수도 있겠지만, 고베니가 남자애와 대화를 하거나 미팅에 나가는 모습은 본 적이 없다.

"오늘 있지, 유키코한테 꼭 먹이고 싶은 걸 만들었어."

'손님은 앉아서 기다려'라는 말에 큼지막하고 낮은 밥상이 있는 다다미방에 책상다리를 하고 앉아 쿠션을 안고 있는데 주방에서 향긋한 냄새가 풍겨왔다. 튀기는 소리, 마늘 냄새.

"깜짝 놀랄걸. 후후후."

그렇게 말하며 고베니가 밥상 위에 올린 접시. 그곳에는 믿을 수 없게도, 그 악어 다리 튀김이 담겨 있었다.

"잠깐만. 엥? 이거 뭐야, 진짜 악어야?"

"맞아. 팔던데, 조리용 악어 다리."

"'팔던데'? 판다고 해서 사는 건 또 뭐야!"

"미안. 그래도 너한테 꼭 실제로 만들어주고 싶었어."

"왜……. 나 파충류 싫어한다고 했잖아."

"꿈에서 느낀 맛이랑 실제 맛이 같은지 확인하고 싶었어. 만약 똑같다면 진짜 신기한 일이잖아? 네가 가진 어떤 특수한 능력일지도 몰라. 확인해보고 싶지 않아? 진짜 맛이 어떤지."

확실히 그건 약간 궁금하긴 하다. 아니, 상당히 궁금하다.

결심을 하고, 눈을 질끈 감고, 젓가락으로 악어를 들어 아주 살짝 깨물었다.

"……"

씹는다. 여러 번 씹는다. 음미한다.

"어때?"

"……똑같아."

"꿈이랑 같아? 진짜?"

끄덕인다. 꿈에서 느낀 맛의 기억과 놀라우리만치 똑같았다. 맛뿐만이 아니라 식감과 향기도 그렇다.

"대단해. 먹어본 적 없는 요리의 맛을 꿈에서 느낄 수 있다니. 초능력이야."

"……설령 정말 그런 능력이 있다 해도 아무 쓸모도 없는 것 같아."

"쓸모가 있든 없든 간에 대단한 건 대단한 거야. 부럽다, 나도 유키코처럼 꿈에서 식사할 수 있으면 좋을 텐데."

"아, 그러고 보니까 오늘 아침에도 먹는 꿈 꿨어. 까맣고 커다란 그릇 안에 있는, 폭신폭신…… 아마도 계란 요리."

오늘 아침에 '먹은' 것을 자세히 설명하자 고베니는 또 스마트폰으로 척척 검색을 해보았다.

"혹시 그거, 이거 아니야? 한국 요리 '계란찜'. 자완무시 같은 계란 수플레."

화면에는 역시 꿈에서 본 것과 똑 닮은 요리 사진이 떠 있다.

"이거다…… 이거야. 뭐야, 무서워. 본 적도 먹은 적도 없어."

"그럼 다음에는 이걸 만들어봐야겠네. 먹으러 올 거지?"

"왠지 무서워. 뭐, 이건 별난 재료가 아닌 것 같으니까 먹어보고 싶긴 한데……."

"맛있어. 나는 엄청 좋아해. 만들기도 쉬운 것 같으니까 연습해둘게."

그러더니 고베니는 입가심이라며 연어 난반즈케(튀긴 생선과 채소를 초간장에 절인 음식-옮긴이), 호일에 싸서 구운 대파와 닭가슴살 볶음, 바지락국, 버섯을 넣고 지은 밥, 직접 만든 피클과 수제 행인두부를 자꾸자꾸 내주었다. 하나같이 너무나 맛깔스러워 국물 한 방울까지 남기지 않고 먹어치워버렸다.

"맛있어?"

"네가 해준 게 제일 맛있어. 발린 말이 아니라, 그 어떤 식당에서 먹는 것보다 입맛에 잘 맞아."

"후후후. 기분 좋다. 네가 워낙 맛있게 먹어주니까 나도 만드는 보람이 있어."

고베니는 디저트용으로 호지차를 우리며 미소 지었다.

"남자 친구 같은 사람한테 해주는 게 더 보람 있지 않겠어?"

뜨거운 물을 따르던 손이 멈칫한다.

"남자 친구 없잖아. 만들 생각도 없어."

"그래도……."

"유키코가 먹어줬으면 좋겠어. 넌 이 집에서 내 요리 먹는 거, 싫어?"

"싫을 리가 있나. 나야 좋지, 이렇게 맛있는 걸 잔뜩 먹을 수 있는데. 나는 요리도 안 하니까……."

우려준 차를 홀짝인다. 만약 고베니에게 남자 친구가 생겨 여기에서 고베니의 요리를 먹을 수 없게 된다면 분명 허전해지겠지.

"너는 남자 친구 안 만들어?"

"무리무리무리! 이렇기도 하고."

"이렇다니?"

"뚱뚱하고…… 얼굴도 좀 그렇잖아."

"귀여운데."

"약 올려? 됐어, 신경 *끄셔~*"

웃으며 장난치듯 응수했지만 따끔하게 가슴이 아려온다. 남자는 무섭다. 멀쩡한 사람이 좋아해준 적도 없다. 하지만 앞으로도 나는 계속 남자 친구 없이 살아가게 될까. 그렇다면 고베니에게 남자 친구가 생길 때 정말로 외톨이가 되겠구나.

"난 내가 만든 밥을 네가 먹어준다면 그걸로 행복해."

그렇게까지 말해주다니. 낯간지럽긴 하지만 기쁘다. 마침내 기분이 풀린 느낌이 들어 나는 크게 숨을 내쉬었다.

"왜 그래?"

"으음…… 그게, 아르바이트하는 데서 좀 거북한 일이 있었어."

스즈키 씨에 관한 것과 오늘 퇴근할 때 있었던 일을 대충 요약해서 이야기했다.

"불쾌한 사람이네."

고베니는 단칼에 그렇게 말하더니 차를 한 잔 더 우려주었다.

"넌 아르바이트 관두고 싶지 않지?"

"응……. 일 자체는 재미있고 출퇴근도 편하고 시급도 괜찮은 편이고. 가능하다면 계속하고 싶어. 그래도 그런 일이 반복될 것 같으면 관두는 게 좋으려나."

"관둘 거 없어. 그 불쾌한 사람이 잘못된 거니까."

고베니는 온순해 보이지만 딱 잘라 말하는 타입이다. 무엇이든 스스로 결단하고 호불호도 분명하다. 내가 고베니의 그런 면을 반만 닮았더라면 그런 성가신 사람과 얽히는 일도 없었을까.

"유키코 너는, 좀 더 자신감을 갖고 네 주장을 말해도 된다고 생각해. 아니, 자신감을 가졌으면 좋겠어. 하지만 내가 이런 말을 한들 '네, 그렇군요'가 안 되는 게 너잖아."

"응……. 네가 그렇게 말해주는 건 고맙긴 한데."

"됐어. 그런 점이 좋아."

좋다는 말을 들으니 상대가 고베니인데도 두근거렸다. 내가 남자였다면 분명, 고베니가 여자 친구였으면 좋겠다고 생각하겠지.

그렇게 차를 마시며 한동안 시시콜콜한 잡담을 나누다가, 남은 밥을 싸주는 것을 받아 들고 고베니의 집을 나섰다.

사방이 온통 어두워진 고요한 주택가를 터벅터벅 걷는다. 배는 부르지, 고베니는 다정하지, 집에 가서 목욕하고 나면 푹 잘 수 있을 것 같다. 전철에 올라탄 뒤 확인해보니 고베니에게서 〔애니메이션? DVD 놔두고 갔네〕라는 메시지가 와 있었다.

탕탕탕탕, 하는 식칼 소리. 갓 자른 부추의 강렬한 냄새. 고베니네 집 주방이다. 나는 식칼로 부추를 써는 고베니의 등을 보고 있다. 거침없고 일정한 리듬의 칼질. 옆에는 엄청나게 커다란 사발이 있다. 다음 순간 고베니는 사발 안에 든 것을 보여주었다. 아아, 또 꿈을 꾸고 있구나. 당혹스럽다. 끝끝내 고베니까지 등장했다.

사발 안에는 다진 고기와 양배추가 섞여 있었다. 고베니는 가는 손끝으로 하얗고 동그란 피를 가볍게 들더니 그 안에 다진 고기를 넣고 엄청난 속도로 모양을 잡으며 교자를 빚었다.

"맛있어."

고베니가 빙긋 웃으면서, 그러나 손으로는 기계 같은 스피드로 교자를 빚으며 말한다.

"아주 맛있게 만들어졌어."

나는 끄덕였다. 응. 고베니가 만드는 건 뭐든지 다 맛있어.

그러자 눈앞에 구워진 교자가 나타났다. 노릇노릇 맛깔스러운 빛깔에 바삭바삭한 날개도 있는 것이 보기만 해도 고소하다. 고추기름과 초간장 양념장까지 있어 나는 바로 탱글탱글하고 큼지막한 그것을 젓가락으로 집어, 먹었다.

"맛있어."

고베니가 또다시 말한다. 하지만 그 교자는 맛이 없었다. 고기에서, 잔뜩 든 부추와 마늘로도 감춰지지 않는 괴상하고 고약한 냄새가 났다. 식감도 질척거리는 게 영 이상하다. 그러면서도 질기고, 느끼하고, 묘하게 시큼하고, 하나만 먹었는데도 속이 쓰릴 지경이다.

"맛있지?"

고베니는 계속해서 교자를 굽는다. 넓은 주방 바닥이 점점 교자로 가득 찬다…….

학교에서는 고베니를 보지 못했다. 메시지를 보내도 읽었다는 표시가 뜨지 않는 것을 보니 아무래도 쉬는 모양이다. 감기라도 걸린 걸까. 어제는 괜찮아 보였는데. 오늘 아르바이트가 끝나면 DVD도 가지러 갈 겸 괜찮은지 보고 올까.

그래. 아르바이트. 그 일이 있었던 게 어제였던 터라 출근할 생각을 하니 마음이 무거웠다. 스즈키 씨와 마주치고 싶지 않다. 머릿속은 온통 그 생각뿐이었다.

그런데 스즈키 씨는 출근하지 않았다. 무단결석을 했다고, 다른 사원이 뱉어내듯 말했다. 파트타임 직원인 에바타 씨의 말에 따르면 스즈키 씨가 무단결석을 한 건 처음이라고 한다. 혹시 어제 나의 태도가 영향을 끼친 것은 아닐까. 그렇게 생각하자 또다시 찝찝해졌지만 그래도 스즈키 씨가 없으니 오랜만에 마음 편하게 작업할 수 있어서 내심 안도했다. 겁내지 않고 일을 할 수 있다는 건 멋진 일이다.

아르바이트가 끝난 뒤 [DVD 가지러 가도 돼? 혹시 감기 걸린 거야? 뭐라도 사 갈까?] 하고 고베니에게 메시지를 보냈는데 역시나 읽지 않는다.

망설이다가 결국 고베니의 집으로 향했다. 만약을 위해 도중에 편의점에 들러 이온음료와 요구르트를 사 들고. 역에서 집까지 걸어가는 동안 길은 점점 한적해졌고 듬성듬성 놓인 가로등만이 행선지를 비췄다. 풀벌레 소리가 또렷하게 들리자 잘 모르는 어느 시골 마을에 온 듯한 기분이 들었다. 정말 고요하다.

"고베니, 나야. 안에 있어?"

현관의 인터폰을 누른다. 주방 창문에 불이 켜져 있었다. 얼마 후 미닫이가 활짝 열렸다.

"유키코⋯⋯. 웬일이야?"

고베니는 앞치마를 두르고 있었다. 문 안쪽에서 부추와 마늘과 고기를 굽는 향긋한 냄새가 물씬 풍겨왔다.

"혹시, 오늘, 교자?"

고베니는 눈을 동그랗게 떴다.

"맞아. ……꿈에서 봤어?"

"응. 고베니가 교자를 엄청나게 많이 만드는 꿈."

"그랬구나……"

고베니는 왜인지, 발끝을 보듯 고개를 푹 숙이더니 이내 얼굴을 들고 빙긋 웃었다.

"들어와. 춥지?"

집 안에 들어서자 그곳에는 꿈에서 본 것과 거의 똑같은 광경이 펼쳐져 있었다. 테이블에서 바닥 위까지 작고 하얀 만두가 놓인 접시로 빼곡하다. 접시가 부족한지 쟁반까지 동원된 상태다.

"뭐야, 이렇게 많이 만들다니……. 손님 초대했어?"

교자 파티라도 하는 것일까. 10인분…… 아니 그보다 더 많은 교자가 고베니의 손에서 빚어지고 있다.

"그냥."

고베니는 그렇게 말하더니 가스레인지 위의 프라이팬 뚜껑을 열어 물을 부었다. 슈아, 하는 소리가 크게 들리고 다시 바로 뚜껑을 닫는다. 당연히, 빚은 교자를 굽는 것이겠지.

척척, 프라이팬의 상황을 살피며 교자를 빚는 고베니. 프로 요리

사처럼 군더더기 없는 움직임이다. 도마 위에는 아직 사용하지 않은 다진 부추와 양배추가 한가득하고 깊은 냄비 안에는 신선해 보이는 고기가 듬뿍 들어 있다.

"고기를 직접 다져서 하는 거야? 대단하네."

고베니는 묵묵히, 그저 계속해서 교자를 만들었다.

"요리에는 애정이 들어간다고들 하잖아."

"응? 응. 자주 들었어."

프라이팬 소리에 묻히지 않을 만큼 큰 목소리로, 고베니는 기쁜 듯이 말하기 시작했다.

"나, 그 말 싫어했어. 요리에 괜한 의미를 붙이는 게 싫었고, 맛이 있고 없고는 애정이랑 상관없다고 생각했거든. 요리는 그렇게 비과학적이고 애매한 게 아니니까."

끄덕인다. 고베니는 전에도 이런 말을 했었다.

"그런데 있지, 요즘에는 꼭 그런 것만도 아니라는 생각이 들어. 요리는 애정일지도 몰라. 요리 그 자체가 아니라, 만들고, 누군가가 맛있게 먹어줬으면 하는 그 마음은 분명 애정이 맞으니까. 요리를 할 때는 항상 마음속에 누군가를 떠올린다는 걸 깨달았어. 오늘도 재료를 고르고 다듬는 내내 그 사람이 머리에서 떠나지 않았어. 그 사람을 위해서 만든다고 생각하면 가슴이 두근거리고 기분이 좋아져."

"그 사람이라니……?"

고베니는 가스레인지의 불을 껐다. 큰 접시를 꺼내 프라이팬 위에 덮더니 순식간에 뒤집는다. 접시 위에 방사형으로 가지런히 줄을 선 노릇노릇한 교자가 얹혔다.

"먹어볼래?"

미소를 지으며 돌아본 고베니의 푸른 귀걸이가 흔들린다. 그런데 오늘은, 왜인지 한쪽 귀에만 걸려 있다.

"응⋯⋯."

나는 끄덕였다. 고베니의 요리는 뭐든 맛있으니까. 하지만, 어젯밤 꿈속에서는⋯⋯.

헤픈 여자 명인전(名人傳)*

동트기 전에 화장실에 가려고 일어났다가 멍하게 방을 둘러보았다. 커다란 텔레비전과 작은 냉장고. 코팅된 설명서에는 AV 시청은 물론 노래방이나 게임도 즐길 수 있다고 적혀 있다. 항상 의아하게 느끼는 부분인데, 모텔에 와서까지 노래 부르고 게임을 하며 노는 커플이 그렇게나 많은 걸까. 나는 침대와 욕조만 있으면 된다. 섹스를 위해 문을 연 방이니 여기에는 섹스만 있으면 된다.

다시 누울 기분이 나지 않아서 소파에 앉아 물을 마신다. 침대 위, 살짝 말린 이불 밖으로 시커먼 털에 뒤덮인 다리가 비어져 나와 있다. 어제는 웬일로 애플리케이션이 아닌 술집에서의 즉석 만

* 명인들에 관한 전기 또는 그 전기를 묶은 책-옮긴이.

남이었다. 네온핑크색으로 빛나는 잔을 한 손에 든 채 가슴을 딱 펴고 웃으며 "나 정강이 털이 엄청 풍성해. 이것만큼은 날 이길 자가 없지!" 하는데, 이렇게도 어필을 하네 싶은 게 재미있었다.

남자기만 하면 아무나 상관없냐는 질문을 가끔 받는다. 그런 건 아니지만 내 기준을 상세히 이야기한들 그런 질문을 하는 사람은 이해하지 못할 것이라는 것쯤은 알고 있다. 나의 취미는 섹스다. 취미 이야기를, 그것을 취미로 여기지 않는 사람에게 그럴싸하게 늘어놓기란 쉽지 않다. 분명 스포츠든 철도든 애니메이션이든 매한가지겠지.

정강이털남의 정강이 털은 정말 훌륭하리만치 풍성했고(어릴 때 키웠던 강아지를 몰래 이불에 넣었을 때가 떠올랐다) 섹스도 제법 좋았지만, 왼쪽 약지에 햇볕에 타지 않은 가느다란 자국이 있었다. 두세 번 더 만났다가는 성가신 일을 겪을 것 같다고 판단해 그대로 조용히 옷을 갈아입고 가만히 호텔을 빠져나왔다.

아침 햇빛은 여기저기에 토사물이 뿌려진 번화가도 평등하게, 산뜻하게 비춘다. 까마귀 울음소리와 밤사이 잠깐 내린 것 같은 비의 차가운 습기가, 어렴풋이 남은 졸음을 흘려보낸다. 이제 집으로 들어가 아침을 먹고 느긋하게 목욕을 한 뒤 빈둥거리고 그다음엔 어떡할까. 낮잠을 잤다가 기운이 있으면 밤에 또 섹스를 하고 싶다고 생각했다. 두 번 연속 모르는 상대를 물색하기에는 마음이 피곤할 성싶으니 같은 취미를 가진 친구에게 연락해보자.

그런 식으로 휴일 일정을 생각하며 걷는데 신기한 광경이 눈에 들어왔다. 골드 베이지 색상의 커다란 나일론 가방과 그 옆에 웅크려 앉은 여자. 내 또래인 것 같다. 스마트폰을 한 손에 들고 뭔가 난처해하는 표정을 짓고 있다. 주변에 다른 사람은 없다.

"저, 괜찮으세요?"

나도 모르게 말을 걸어버렸다. 여자는 쭈그린 상태로 고개를 벌떡 들며 말했다.

"가방이 망가져서요. 가드레일에 걸려버렸어요."

주위를 보니 땅에 놓인 나일론 가방은 확실히 옆구리가 일직선으로 찢어져 있었다. 수건이며 형형색색의 파우치가 내장처럼 튀어나왔다.

"저런, 큰일이네요……. 아, 맞다. 괜찮으시면 이거 쓰실래요?"

나는 내 가방 안에 손을 찔러 넣어 에코백을 꺼냈다.

"엇, 아뇨아뇨, 괜찮아요. 누가 데리러 오기로 해서."

"아, 그렇군요. 그런데 백엔숍에서 산 거라 그냥 쓰셔도 돼요."

여자는 작게 음, 하며 망설이더니 내 손에서 에코백을 받아 들었다.

"감사합니다. 그럼 고맙게 받아야지. 나도 에코백 갖고 다녀야겠다."

그러고는 파우치 하나를 열어 명찰 같은 카드와 펜을 꺼내더니 뭔가를 슥슥 적어 건넸다.

"이거, 메신저 ID예요. 이쪽에 자주 온다면 다음에는 차라도 대접할게요."

명함 앞에는 '아로마헤븐 TOKYO 아야메'라고 적혀 있었다. 그때 창문을 짙게 선팅한 자동차 한 대가 다가와 눈앞에 섰다.

"왔다! 그럼 잘 쓸게요. 정말 고마워요."

아야메 씨는 싱긋 웃더니 잽싸게 파우치들을 에코백에 옮겨 담고 손을 흔들며 자동차에 올라탄 뒤 멀어져갔다.

집으로 돌아와 목욕을 하고 컵우동을 먹고 멍하게 텔레비전을 보다가 침대에 파고들어 명함을 가만히 쳐다보았다. 스마트폰으로 검색하니 '아로마헤븐 TOKYO'는 파견형 풍속업, 출장 접대를 하는 곳이었다. 스태프 소개 배너를 클릭하자 아야메 씨를 금방 발견할 수 있었다. 한 손으로 입을 가려서 눈만 보였는데, 그 눈가도 화장이 짙어 알아보기 어려웠지만 아까 만났던 아야메 씨가 틀림없다는 느낌이 들었다.

나는 메신저 애플리케이션을 연 뒤 뭐라고 쓸까 고민하다가 아야메 씨에게 메시지를 보냈다.

"와, 반가워요! 전에는 고마웠어요."

약속 장소인 가나메초(要町)의 카페. 아야메 씨는 감색 셔츠 원피스에 하얀 청바지 차림, 헤어스타일은 느슨한 올림머리였다. 카페 안에서도 눈에 띌 만큼 예쁘장해서 왠지 긴장하며 옆에 앉는다.

"먼저 보자고 해놓고 늦어버려서 죄송해요."

"괜찮아요, 괜찮아요. 아, 이거 돌려주고, 이건 감사의 뜻."

작은 종이 쇼핑백을 내민다. 안에는 곱게 접힌 에코백과 쿠키 상자가 들었다.

"앗, 이런 것까지. 오히려 죄송해지잖아요."

미안스럽다. 하지만 아야메 씨가 그냥 받으라는 제스처를 반복하니 감사히 받기로 했다.

"그나저나, 솔직히 진짜로 연락이 올 줄은 몰랐네."

생글거림 뒤로 '목적이 뭐야?' 하는 뉘앙스가 느껴지자 콩닥거리는 마음에 물을 들이켠다.

"이상한 소리 해도 돼요? 저…… 이야기를 나눌 수 있으면 좋을 것 같아서."

"내가 접대 일을 해서?"

"아뇨, 그건, 음…… 네, 맞아요."

"흐음. 일하고 싶은 건가? 아니면 기자라서 취재하려고?"

카페 안은 한적하고 배경음악의 음량도 적당하며 직원은 떨어진 곳에 있다. 과감히, 하지만 조금만 목소리를 낮춰 털어놓는다.

"같은 취미를 가진 여자 친구가 없어요. 그래서, 혹시 이야기가 통할까 싶어서요."

"취미가 뭔데?"

"……섹스."

나의 복숭아 민트 티와 아야메 씨의 호지차 라테가 나왔다. 잠깐의 침묵이 흐른 뒤 둘이 거의 동시에 차를 한 모금 마신다.

"으음. 어떻게 얘기해야 좋을까. 쉽게 말하면, 난 섹스를 취미로는 안 해요."

꿀꺽. 목에서 침 삼키는 소리가 나자 아야메 씨는 응응 하며 끄덕인다.

"이쪽 일을 하다 보니 경험한 횟수도 당연히 많지만, 그냥 일이에요. 편의점 직원한테 '편의점이 취미인가 보네요'라고는 안 하잖아? 뭐, 개중에는 편의점을 너무 좋아해서 편의점 직원으로 일하는 사람도 있겠지만 적어도 난 아니에요. 보통이에요, 보통. 섹스에 관해서는."

"그러……시군요."

"취미와 돈 두 마리 토끼를 다 잡았다고 흔히들 착각하는데, 프로 의식의 범주에서 좋아하기는 하지만 취미는 아니야. 다른 직업에 종사하는 사람들과 마찬가지."

민트의 시원함이 위를 통해 온몸으로 화하게 퍼져나가면서 목윗부분이 불에 타듯 뜨거워지는 것을 느꼈다.

"죄, 죄송합니다. 제가, 너무나 실례되는 말을……."

"아냐아냐, 괜찮아요, 정말 자주 듣는 말이거든. 반대로 미안해요. 기대에 부응하지 못했네."

"죄송합니다! 정말, 무례했어요. 말씀하신 게 맞아요. 편견이었어요. 죄송합니다……."

"그렇게 자꾸 사과하지 마. 아무렇지도 않으니까."

아야메 씨는 손을 연신 내저었다.

"그나저나 사에코 씨의 취미가 섹스라. 주변에 취미가 같은 사람이 없구나."

"……그럴 거예요. 저도 그렇지만, 그런 건 주변에 얘기 잘 안 하잖아요."

"환경 영향도 있겠지만, 뭐, 그럴지도 모르지. 평소에는 낮에 일해?"

"네. 메지로에 있는 회사에 다녀요."

"취미라는 건 같이 즐기는 상대는 있다는 거잖아."

"뭐, 네. 그럭저럭."

"그럭저럭! 재미있다. 좋네."

얼굴을 마주 보며 웃는다.

"취미 자체는 즐기고 있고 취미 생활도 열심히 하지만, 뭐랄까, 혼자 취미에 매진하는 게 외롭게 느껴질 때가 있어요. 그렇다고 취미가 섹스라고 주변에 밝히자니 이것저것 성가시다고 해야 하나……."

"성가시겠지, 성가실 거야."

"동료 중에 밴드 열성 팬이 있는데, 하는 얘기를 듣다 보면 저도 다를 게 없다는 생각이 들어요. 밴드를 좋아하고 라이브를 좋아해서 공연장에 가서 신나게 놀고, 연간으로 따지면 상당한 일수를 라이브 하우스에서 보내고. 저한테는 그게 섹스일 뿐이라."

"라이브 하우스가 모텔이 될 뿐이다."

"맞아요, 그거예요. 하지만 그 얘기를 하면 분명 절 이상하게 볼 거라는 생각이 들어서 왠지 슬퍼요……. 저도 친구랑 취미 이야기로 신나게 수다 떨고 싶거든요. 이번 세트 리스트는 좋았다, 그 아이템은 별로다, 섹스를 주제로 그런 얘기를 하고 싶어요."

아야메 씨가 흐음, 하며 팔짱을 낀다.

"내 취미는 섹스가 아니지만 친구 중에는 있어. 다음에 같이 한잔할래?"

"어, 그래도 돼요?"

"사에코 씨 나쁜 사람은 아닌 것 같고, 뭔가 재미있기도 하고. 내친김에 지금 연락해볼까."

"네?!"

"잠깐만. 오늘 시간 되는지 물어볼게."

아야메 씨가 스마트폰을 만지는 동안, 나의 심장은 한없이 콩닥거렸다.

우리는 카페에서 선술집으로 자리를 옮겼고 아야메 씨의 친구, 이소야마 씨는 시간에 딱 맞춰 들어왔다.

"헤픈 여자들 소집이라며? 안녕하세요, 이소야마예요."

민속적인 느낌이 나는 벙벙한 원피스 차림에 안경을 낀 이소야마 씨는 난데없이 그렇게 말하더니 자리에 앉자마자 온더락 위스키와 매실주 소다를 주문했다.

"왜 두 종류를 시키세요?"

"매실주 소다는 체이서(독한 술 뒤에 마시는 물이나 음료수-옮긴이)예요."

왠지 보통 사람은 아닌 듯했으나 일단은 건배했다.

"이소야마는 대학 후배야. 같은 동아리였어. 그때부터 장난 아니었지. 허구한 날 하고 다니고."

"그랬었죠. 이렇게 즐거운 걸 남들은 왜 안 하는지 이해가 안 되더라니까요. 나중에야 알았지만 다들 하면서 숨겼던 거야. 사에코 씨라고 했나요? 나도 섹스 얘기할 수 있는 친구, 별로 없어요."

"그렇죠……. 저기, 섹스가 취미라는 게 알려지면 피곤한 소문이 따라다니지 않나요? 과거에 뭔가 안 좋은 일을 겪은 거 아니냐는 둥 첫사랑한테 속아서 그때부터 자포자기한 거 아니냐는 둥 허무맹랑한 스토리가 생기기도 하고."

그렇게 묻자 이소야마 씨는 잔을 탕, 내려놓더니

"뭔지 알아!"

하고 소리쳤다.

"이 취미는 그게 제일 성가셔. 해보니까 좋아서 계속하는 것뿐인데. 그치?"

나는 무의식중에 테이블 위로 몸을 한껏 기울였다.

"맞아요! 진짜 그래요. 사연 같은 거 없거든요. 그런 얘기 들으면 얼마나 난처한지 몰라요. 없는데, 아무것도."

"난처하지~ 그리고 같이한 상대한테도 설교를 듣는 경우가 가끔 있다는 게 짜증나. 계속 그렇게 살면 안 된다는 둥 나중에 너랑 결혼할 사람이 불쌍하다는 둥. 기가 찬다니까. 그런 말 들으면 기껏 섹스했는데 맛이 다 떨어지잖아."

응웅, 끄덕이고는 생맥주를 꿀꺽꿀꺽 마시며, 나는 처음으로 '취미 토크'를 할 수 있다는 사실에 감동했다.

그 뒤로도 아야메 씨의 일 이야기로 신나게 수다를 떨고 이소야마 씨와도 메신저 ID를 교환하는 등 너무나 즐거운 시간을 보냈다.

그런데, 슬슬 정리하고 일어날까 하던 차에 이소야마 씨가 벌게진 얼굴로 불쑥 내뱉었다.

"왜 우리는 만나기 힘든 걸까. 같은 취미를 가진 친구 말이야."

"……왜일까요."

"남자들은 쟤 여자 좋아한다, 인기 많다, 몇 명이랑 잤다더라, 헤프다더라, 그런 정보가 직장 같은 데서도 캐주얼하게 공유되는 경우도 곧잘 있지 않아? 그런데 우리는, 그런 정보가 공유됐다가는 사회적으로 그냥 매장되는 거나 마찬가지잖아. 이런 얘기를 하고 싶으면 SNS에서 익명 계정이라도 만드는 수밖에 없어."

"……그럴……지도 모르겠네요."

상상해봤다. 우선 지금 다니는 회사라면 상당히 힘들어지는 건 확실하겠다는 생각이 든다.

"재가 될 때까지 이 취미를 계속하고 싶은데, 옛날 사람들은 어떻게 도를 닦았을까아. 롤 모델이 안 보여. 있겠지만, 안 보여. 할아버지의 섹스 무용담 같은 건 여기저기서 들리는데."

재가 될 때까지.

"재가 될 때까지라……."

집으로 돌아와 욕조에 몸을 담그고 거울로 나의 알몸을 본다. 3킬로그램 정도 빼고 싶긴 한데 일단은 키도 체중도 평균이다. 얼굴도, 적어도 스스로는 마음에 든다. 하지만 앞으로 10년, 20년, 30년이 지나면 취미 활동을 지금처럼 왕성하게는 못 하지 않을까? 지금까지는 굳이 생각하지 않으려 했는데 갑자기 침울해진다. 테니스나 조깅이 취미인 사람은 이런 기분을 느낄까? 독서나 영화 감상이 취미인 사람은? 체력과 시력이 떨어져 젊을 때만큼은 취미를 즐기지 못하게 될 수는 있겠지만, 그것과, 나이 먹으면 섹스를 못하게 되지 않을까 하는 불안은 종류가 다른 것 같다. 그렇다. 이 취미에는 상대가 필요한 것이다. 인간 상대가.

이소야마 씨가 '헤픈 여자 모임'이라는 최악의 이름을 붙인 단체 대화방에서 소식을 주고받고, 나도 이소야마 씨도 제각각 취미 활동에 매진하고, 가끔 같이 술을 마시며 각자의 경험을 이야기했다. 세상에는 아직 내가 모르는 섹스가 있고 해본 적 없는 상대가 하늘의 별만큼 많다. 그 생각을 하면 역시 조기 은퇴는 할 수 없다는 의욕과, 그럼 어떡해야 하나 하는 불안이 동시에 끓어올랐다.

그러던 어느 날, 제법 쌀쌀해진 가을의 화창한 수요일. 나는 사이타마 교외에 있는 실버타운을 찾았다. 업무상 납품을 할 일이 있어서. 반입 작업은 금방 끝났고, 상대가 서류를 정리하는 동안 허락을 받고 시설을 잠깐 둘러보게 되었다.

정오를 조금 지났을 무렵, 점심시간이 끝났을 즈음 볕이 잘 들고 정원과 맞닿은 플로어에서 입주민 몇 명이 모여 담소를 나누거나 텔레비전을 보고 있었다. 그 정적인 모습은 왠지 화초를 연상시켰고, 특히 창가에 모여 차를 마시는 세 할머니의 온화한 표정과 작은 새 같은 웃음소리는 마치 그림책을 보는 듯했다.

그때 그중 한 명, 옅은 베이지색 무릎 담요에 포근한 꽃무늬 카디건을 입은 할머니가 내 쪽을 보더니 손짓하기 시작했다.

"이거 봐봐, 얼른."

가까이 가자 할머니는 방글방글 웃으며 중정을 가리켰다. 몸이 마른 줄무늬 고양이가 제집인 양 정원에 엎드려 털을 다듬는 데 여념이 없었다.

"귀여워라. 나, 고양이 너무 좋아. 강아지도 좋아하고. 동물은 다 좋아."

그치, 하고 할머니가 말하자 다른 두 사람도 간지럽다는 듯 웃으며 응응 하고 끄덕인다. 뭔가 어린 소녀들의 대화 같다.

"아가씨는 고양이 좋아해?"

"아, 네. 좋아해요."

"고양이 좋지……. 우리, 다음 생에는 다 같이 고양이로 태어날 거야. 그렇게 정했어. 그치이?"

싱거운 대화에 후후후, 하고 봄바람 같은 웃음이 번진다. 이렇게 소녀처럼 변하는 게 늙어간다는 것일까. 마음이 따스해지는 걸 느끼면서도 나는 이렇게 될 수 있을까, 이렇게 돼버리는 걸까, 하는 불안한 마음에 다시 그늘이 진다.

"어머, 또 고양이예요?"

몸을 돌리니 직원인 여성이 서 있었다. 직원이 디지털카메라를 들자 할머니들이 일제히 손가락으로 브이 자를 그린다.

"아가씨도 같이 찍자, 들어와."

"엥? 엥?"

어리둥절해하다가 얼떨결에 기념사진을 찍었다.

"죄송해요. 어르신들이 어떻게 지내는지 가족분들에게 알려드리려고 틈틈이 사진을 찍거든요. 보세요, 잘 찍혔네요."

직원이 보여준 사진에는 당황해서 표정이 이상해진 나와, 왜인지 젊은 애들처럼 브이 자를 옆으로 그린 할머니들과, 엉덩이를 핥는 고양이가 보기 좋게 한 프레임에 담겨 있었다.

"뭔가…… 좋네요, 평온하고."

"으응? 으음…… 하하하하."

직원이 웃더니 같이 걷기를 재촉한다. 나이 든 소녀들의 다과회에서 멀어지자 목소리를 낮춰 속삭였다.

"여기에서만 하는 말이지만 사실 그렇게 평온한 것도 아니에요. 밤에는 상당히 힘들어요."

"네? 밤이라니. 그게 무슨……."

"여기가 제 세 번째 직장인데, 어르신들은 어딜 가나 상당하더라고요. 감시하는 게 힘들 정도예요. 억지로 덤벼드는 거야 당연히 말할 것도 없는데, 커플이 돼서 서로 좋아서 그랬다고 하면 떼어놓기도 어렵다니까요. 저 세 분도 인기가 정말 많으세요."

인기가 많다……. 말하는 투를 보아하니 정신적인 부분만 이야기하는 것은 아닐 테다. 나는 가만히 세 사람을 돌아보았다. 아직도 엉덩이를 핥고 있는 고양이를 향해 손을 흔들기도 하고 우쭈쭈 하며 부르고 있었다.

일을 마치고 돌아가는 길. 나는 헤픈 여자 모임에 오늘 있었던 일을 보고했고, 회사 엘리베이터 홀에서 팔다리를 굽혔다 폈다 하며 스트레칭을 하기 시작했다. 일단 사지를 잘 단련해둬야지. 다가올 밝은 미래를 위해.

시온과 이야기하면

　이별의 타이밍을 생각하며 만난다는 건 얼마나 추접한 짓일까. 아침에 눈을 뜰 때마다 자신에게 말한다. 오늘은 말해야 한다고. 짧은 한마디, '헤어지자. 더는 만나지 말자'라는 말을 꺼내기가 이토록 벅차다. 내가 악역을 맡아야 이 관계가 끝난다는 걸 아는데, 그게 안 된다. 나는 겁쟁이다. 비겁한 사람이다. 해야만 하는 일을 자꾸만 미루는 구질구질한 여자다.

　"에리, 봐. 산꼭대기가 눈으로 덮였어. 머잖아 겨울이야. 시간 참 빠르지."

　시온은 베란다 난간 너머로 몸을 내밀며 먼 닛코 산맥의 산줄기를 손가락으로 가리켰다. 그런 말을 하면서 얇은 홈 웨어에 니트 숄을 둘렀을 뿐인 추워 보이는 모습으로, 긴 머리칼을 가을바람에 나부낀다.

"겨울 좋아. 춥지만 제일 좋은 계절."

아기처럼 반들거리는 시온의 이마와 도톰한 입술은 아침 해를 받아 반짝반짝 빛난다. 눈을 돌려야 한다고 생각하면서도, 너무나 어여뻐 그 반짝임을 머릿속에서 밀어낼 수가 없다.

시온이 이렇게 예쁘지 않았더라면 헤어지기도 더 수월했을 텐데. 나는 형편없는 생각을 한다. 생각하는 것만으로도 아무 쓸모가 없는 생각을 한다. 오늘은 확실히 말해야 한다. 확실히 결론을 내야 한다.

"에리."

시온이 내 어깨에 가만히 기댄다. 부드러운 손으로 나의 왼팔을 감싼다. 한 달 전부터, 시온은 이 왼손에 새 반지가 끼워졌다는 걸 알았지만 아무 말도 없었다. 내가 그걸 언급하지 않기를 바란다는 걸 알고 있으니까.

"에리, 너무 좋아. 너와 함께 경치를 보는 게 좋아. 장 보러 가는 것도 좋아. 네가 뭔가를 해줄 필요는 없어. 같이 있을 수 있다면 그걸로 충분해."

시온의 말에 거짓이 없다는 것도 내게 아양을 떠는 게 아니라는 것도 안다. 시온은 처음부터 이랬다. 그냥, 곁에서, 나와 같은 걸 보고, 나와 함께 기뻐하고, 나와 함께 슬퍼해준다.

그런 그녀를 나는 버리려 한다.

산책 갈까 묻자 시온은 기뻐하며 옷을 갈아입기 시작했다. 장볼 겸 동네를 어슬렁거리는 게 전부라고 말해도 "어떤 게 나아?" 하며 몇 번이나 옷을 갈아입는다. 아름다운 시온에게는 아무 옷이나 다 잘 어울린다. 그녀는 옷을 많이 갖고 있다. 매일 보는 패션쇼도 전혀 싫증 나지 않는다. 하지만 이런 기쁨도 버려야 한다.

걸어서 갈 수 있는 범위의 가게는 슈퍼와 코인 세탁소 정도. 나는 인구 10만 명 정도의 이 작은 지방 도시에서 태어났고, 아마도 죽을 때까지 여기에서 살 것이다.

"불과 얼마 전까지 여름이었는데."

마른 잎으로 가득 찬 공터 앞을 지나며 시온이 묻는다.

"손 잡아도 돼?"

끄덕거리자 조금 서늘한 손가락이 내 왼손을 파고들었다.

지금밖에 없다. 말하려면 지금뿐이다.

"시온."

"응, 에리."

"나, 결혼해."

먼 산에서 불어온 차가운 바람이 고엽의 바다를 바스락거리며 훑었다.

"알아."

"그래서 너랑 헤어져야 돼. 이제 못 만나. 앞으로는 이렇게 같이 지낼 수 없을 테니까. 처음부터 이러면 안 됐어. 난 벌써 서른이고,

원래는 더 일찍, 더 일찍……."

코끝이 찡해지며 슬픔이 구역질처럼 몸 안에서 솟아올랐다. 제일 아픈 건 시온일 텐데.

"아기가 생겼어. 그러니까 더 이상, 널 못 만나. 만나면 안 돼. 미안해. 정말 미안해."

걸을 수가 없어 멈춰 서자 시온도 섰다.

"왜 헤어져야 하는 거야?"

시온이 고개를 꺄우뚱하니 황갈색 머리카락 끝이 찰랑거리며 모래처럼 지면으로 떨어지고, 겨자색 원피스가 태양 빛을 받아 비단처럼 반짝인다.

"에리가 어디에 있든 어떤 생활을 하든 나는 곁에 있을 거야. 지금까지도 계속 그래왔잖아. 왜 안 되는 거야?"

시온의 차가운 손이 내 볼을 어루만진다. 끝끝내 넘쳐버린 눈물은 바람에 금방 말랐다.

"결혼해서 아이를 낳고, 나, 어른이 돼야 해. 진짜 어른. 시온이랑 친구로 지내면 안 돼. 이웃 사람이나 남편의 동료와 어울리며 지내야 돼. 시온은, 나의."

쉬잇, 시온이 속삭인다.

"자, 에리, 나를 봐. 기억해?"

고개를 들자 눈앞에서 시온은 흐늘흐늘 녹아내리더니 검정 연미복을 입은 커다란 보라색 고양이로 변신했다.

"내가 널 처음 만났을 때의 모습. 세 살이었지. 그리고 이게 다섯 살. 좋아했던 애니메이션 히어로의 모습. 여덟 살 때 같은 반 아이가 내 존재를 알고 놀려서 울었잖아. 그때부터 점점 안 만나줬지만, 넌 다시 날 떠올렸어. 어른이 되고도 내가 필요하다고 말해줬어. 에리, 계속 함께였는데 어째서 못 만난다고 하는 거야?"

시온은 다시 지금의 시온으로 돌아와 나의 손을 꼭 잡았다. 그 모든 것이, 내가 그렇게 해주기를 원했기 때문에 그렇게 된 것이다. 우습다. 유치하다.

"어른은 상상 속 친구와 놀지 않는단 말이야!"

길 건너편에서 우체국 오토바이가 달려왔고, **혼자 길가에 멈춰서서 우는 나**를 의아스럽게 쳐다보며 멀어져갔다.

"그런 건 누가 정했어?"

"몰라. 그냥 그런 거야. 어른은 이런 짓 안 해."

"그렇지 않아. 나쁜 게 아니야. 아무도 금지하지 않았어. 네 마음은 너만의 것이잖아. 그러니까 나도, 에리만의 것이야."

시온은 나를 안았다. 실체가 없는 몸으로. 내가 그러길 원하니까.

"나는 에리만의 영원한 친구. 어떤 순간이든 에리를 사랑해줄 수 있는 건 나뿐이야."

시온의 손이 내 반지를 만졌다.

"누구와 결혼하든, 누구를 낳든, 세상이 끝나는 순간까지 에리를 사랑하는 건 나뿐이야. 다른 누군가의 사랑은 절대적이지 않아……."

빨래를 널기 위해 베란다로 나서자 닛코 산맥에 눈이 쌓인 광경이 보였다. 오늘은 정말로 날씨가 좋다.

"나오! 자! 고마어!"

나오는 요즘 소꿉놀이에 푹 빠졌다. 시어머니가 사주신 가게 놀이 세트로 같은 동작을 반복한다. 누군가에게 사과와 바나나 장난감을 건네고, 누군가에게 나무 블록이나 인형을 받는다.

나오가 바나나를 건네는 그 아무것도 없는 공간 바로 옆에, 연보랏빛 바다표범처럼 부드럽고 커다란 생물이 누워 있다.

"나오의 친구도 정말 좋은 녀석이야."

시온은 그렇게 말하며 바다표범의 모습으로 내게 손을 흔들었다. 나는 웃는다. 시온은 아직 나를 사랑해준다. 그게 제일 소중하다는 것을 마침내 깨달았다. 시온이 나를 사랑해주지 않는다면 나는 아무도 사랑할 수 없다. 나오는 커서도 지금 친구를 기억할까? 만약 그렇다면, 언젠가 나와 시온의 이야기를 들려주고 싶다고 생각했다.

카나는 다리가 없다

"야, 너, 장 보는 데 대체 몇 시간이 걸린 거야? 시계는 있지? 시계 볼 줄 알지? 나간 게 몇 시였더라? 아니, 미안하다고 할 게 아니라. 네가 몇 시에 나갔고 지금은 몇 시냐는 질문을 하고 있잖아. 질문에 대답부터 하란 말이야. 것보다 지금 이러는 거 자체도 낭비야. 낭비하고 있네, 내 시간을. 내 시간을!"

핸드폰 너머로 들려오는 카나의 목소리에, 나는 몇 번이나 작게 끄덕거립니다. 한 손에 든 슈퍼 비닐봉지의 손잡이가 손가락을 파고들어 무척이나 아픕니다. 내용물은 전부 카나가 정한 것입니다. 슈퍼 한 곳에서는 전부 살 수 없어서 조금 먼, 다른 곳까지 갔더니 시간이 걸려버렸습니다. 하지만 그건 변명이니 말하지 않습니다. 저는 카나의 말을 잠자코 듣습니다. 손가락이 아픕니다.

5분 넘게 그 자리에 멈춰 서서 카나의 말을 듣고, 마지막으로 "빨리 들어와"라는 말이 떨어지자 마침내 저는 전화를 끊고 움직일 수 있었습니다. 들어오라는 말을 들으니 기쁩니다. "이제 오지 마"라는 말을 듣는 게 제일 무섭기 때문입니다.

카나와 제가 사는 건물에는 1층에 안내 직원이 상주해서 쇼핑이나 세탁 준비를 도와주기도 하지만, 카나는 그런 서비스를 이용하는 걸 꺼려 생활에 관해서는 제게 말을 합니다. 아침에 눈을 떴을 때부터 자기 전까지, 단발적으로 끊임없이 튀어나오는 카나의 요청을 그때그때 메모하고 오전에 한 번 저녁에 한 번 물품을 사러 나가는 것은 저의 중요한 업무입니다.

카나는 기분이 좋을 때 제게 "얼른 갔다 와. 나는 다리가 없으니까"라고 말합니다. 자동차나 자전거 등의 이동수단이 없다는 뜻이 아니라 말 그대로 카나에게는 다리가 없습니다.

비닐봉지를 들고 집으로 돌아오자 카나는 소파에 앉아 텔레비전을 보고 있었습니다. 아침에 입힌, 카나가 좋아하는 검은 레이스로 된 튜닉 드레스 끝자락 아래로 보기 흉하게 허벅지를 내밀고, 매끈한 그 끝을 팔걸이에 걸친 채 흔듭니다.

"화장실."

카나가 텔레비전에 시선을 고정한 상태로 말합니다. 저는 '네'라고 대답하고 바로 준비를 시작합니다.

카나를 만난 건 중학생 때입니다. 그때부터 이미 카나는 다리가 없었습니다. 사고인지 병인지 태어날 때부터 그랬는지, 그런 설명은 담임 선생님도 해주지 않았습니다. 카나 스스로도 말하지 않았습니다. 카나는 절대 웃지 않고, 누가 말을 걸어도 제대로 대답도 하지 않고, 휠체어로 사람을 치면서 이동했고, 어쩌다 한번 말을 하면 기관총처럼 욕을 살포했습니다. 그 누구도 카나와 친구가 되려 하지 않았고 카나 또한 아무에게도 관심을 가지지 않았습니다. 저 말고는.

"야, 또 틀렸잖아. 누가 감자칩 사 오라고 했어? 내가 말한 건 고구마칩이야. 너 진짜 귀 안 좋구나. 제대로 들었다면 이런 거 틀릴 리가 없는데. 똑바로 안 하지? 대충 하면 된다고 생각하지? 그렇지?!"

과자 봉지가 날아옵니다. 저는 죄송하다고 사과한 뒤, 목에 건 메모장에 '감자칩'을 추가합니다.

저는 카나와 같은 고등학교에 갔고, 졸업 후 간병복지전문학교에 입학해 각종 자격증을 취득한 뒤 지금까지 여기에서 카나와 둘이 살고 있습니다. 생활비는 카나의 부모님이 전용 계좌로 매달 보내주십니다. 부모님을 만나 뵌 건 딱 한 번인데, 카나보다 더 표정이 없고 말도 없는 분들이었습니다.

화장실은 쓸 때마다 깔끔하게 청소해놓으라고 당부해서 저는 하루에도 몇 번이나 화장실 청소를 합니다. 방도 거실에서부터 침실, 창고, 복도, 쓰지 않는 방까지 깨끗하게 청소합니다. 카나는 제가 그러는 동안 텔레비전을 보거나 노트북으로 인터넷을 합니다. 인터넷 쇼핑을 할 때도 있습니다. 뭘 하든 간에 카나는 용무가 있으면 절 부릅니다. 저는 뭘 하고 있었든 간에 바로 응합니다. 그게 우리 사이에 있는 유일하고 절대적인 룰입니다.

이 룰은 서로 합의해서 정한 게 아닙니다. 카나를 처음 만난 열두 살 4월 1일 입학식 그날부터, 말 한마디도 섞지 않았을 때부터, 이 룰은 당연한 듯 우리 사이에 존재했습니다. 카나는 제게 명령하고 저는 그걸 듣고. 하늘에서 비가 떨어지고 연기가 하늘로 올라가듯 지극히 당연한 진리처럼 한순간에 제 머릿속에 새겨졌습니다. 카나의 요구 사항을 이루고 있을 때, 저는 절실하게, 나는 정말로 이것을 위해, 오직 이걸 하기 위해서 이 세상에 태어났다고 느낍니다.

그러던 어느 날, 두 번째 화장실 청소를 끝냈을 때 카나가 저를 불렀습니다.

"이거 봐봐."

카나는 인터넷 브라우저를 손가락으로 가리켰습니다. 그곳에는 반라며 전라 상태인 여자들 사진이 떠 있었습니다. 성인 사이트 같

앉습니다. 그리고 그 화면의 여자들은 하나같이 카나처럼 다리가
없거나 팔이 없었습니다.

"알고 있었어? 결손 페티시라고 한대. 에로 영상까지 있어,
여기."

재생된 화면에는 한쪽 다리가 없는 여자와 사지 멀쩡한 남자가
성행위를 하는 모습이 찍혀 있습니다.

"야."

카나는 화면을 스크롤하며 작은 배너를 클릭했습니다.

"여기, 모델 모집한대."

뭐라고 답해야 좋을지 몰라 잠자코 있는데 카나가 혀를 찼습니다.

"이런 추녀가 예쁜 척하고 젖꼭지 드러내는 거 바보 같지 않아?
이 정도 가지고 최고로 귀엽네, 여신이네 이런 리뷰 달리는 거, 아
무리 취향이 괴상하다 해도 시야가 너무 좁은 거 아냐?"

역시나 뭐라고 해야 할지 몰라서 아무 말도 안 했더니 카나는
미간을 잔뜩 찌푸리며 저를 노려보았습니다.

"나, 이 모델 할래."

목을 타고 신물이 쭈욱 올라왔습니다. 그래도 저는 룰이니까
"네" 하고 대답했습니다.

"영상을 찍어도 좋겠어. 재미있을 것 같잖아? 여기 이 남자, 역
시 결손 페티시일까? 메스꺼워. 변태라는 소리잖아."

카나가 차례차례 클릭하는 영상을, 저는 조용히 감상했습니다.

"나, 이 모델 할래."

카나는 같은 말을 반복했습니다. 카나는 거짓말은 절대 안 합니다. 한번 입 밖으로 뱉은 말은 반드시 실행에 옮깁니다. 카나가 그렇게 정했다면 제가 할 일은 오직 하나, 카나가 원하는 게 이뤄지도록 돕는 것뿐입니다.

"하지만 첫 섹스가 에로 영상 촬영인 건 싫어. 그러면 다리가 없는 여자의 섹스가 아니라 처녀 섹스 쪽에 더 포커스가 맞춰질 것 같아. 그건 싫어. 섹스를 먼저 해야겠어."

제가 잠자코 있자 카나는 새로운 탭을 열더니 검색창에 '출장호스트'라고 입력했습니다.

"남자를 불러야겠다. 어떤 게 좋을까. 생긴 건 다 고만고만하네. 잘생긴 사람은 하나도 없잖아. 아니, 일단 머리 스타일이 불쾌해. 왜 죄다 앞머리를 기르는 거야?"

"카나."

카나는 눈을 동그랗게 뜨고 저를 보았습니다. 제가 카나에게 말을 거는 경우는 거의 없으니까요.

"당신과 섹스할 남자 고르는 거, 제게 맡겨주세요."

사흘 뒤 오후. 저는 집에서 한 정거장 떨어진 동네의 카페 겸 레스토랑에서 출장 호스트와 대면했습니다. 나이는 저와 카나보다 세 살 위. 연상인 쪽이 더 능숙하지 않을까 하는 카나의 의견을 반영해 정했습니다. 저는 세이야 씨라는 호스트에게 가짜 이름으로 소개한 뒤 섹스를 하고 싶다고 말했습니다. 사전에 메일과 전화로 연락할 때도 상황은 설명했는데, 세이야 씨는 다소 놀란 듯한 기색을 보였습니다. 그래도 이건 제 업무인걸요.

저는 미리 알아둔, 카페 바로 뒤에 있는 모텔로 이동해 세이야 씨와 섹스를 했습니다. 첫 섹스입니다. 사전에 생각해뒀던 체크 포인트를 머릿속으로 되뇌며 세이야 씨의 성행위를 머리에 새겼습니다.

삽입 시간은 제법 길었던 것 같습니다. 저도 세이야 씨도 오르가즘은 못 느꼈지만 대실 시간이 끝나 섹스를 종료했습니다. 샤워를 하고 옷을 갈아입은 뒤, 세이야 씨는 왜인지 무람없이 제 머리카락을 만졌습니다. 저는 이 사람은 카나와 성교시킬 수 없다고 생각해 후보 리스트에서 삭제했습니다.

그 뒤로 2주 동안 저는 다섯 명의 출장 호스트와 면담하고 섹스를 했습니다. 그중 네 번째였던 히로키 씨가 합격이라 판단하여 다시 사이트를 통해 연락한 뒤 제 진짜 목적을 설명했습니다.

히로키 씨는 실례가 되지 않을 선에서 표정을 굳히더니 한 번은 요청을 거절했습니다. 그것은 상정하지 못한 부분이었던 터라 그 자리에서 저와 섹스했을 때 요금의 열 배를 제시했습니다. 히로키 씨는 카페 테이블을 사이에 두고 한동안 침묵한 뒤 작은 목소리로 승낙해주었습니다.

그날은 하늘이 활짝 갠 화창한 날이었습니다. 평소보다 일찍 청소를 마치고, 창문을 열어 환기하고, 카나를 목욕시키고, 머리카락을 빗어주고, 옷 갈아입는 것을 돕고, 가벼운 식사를 준비하고, 히로키 씨의 연락을 기다렸습니다. 1층 안내 데스크에는 히로키 씨가 온다고 미리 말해두었습니다.

카나는 평소보다 말이 없었고 머리를 빗을 때도 옷을 입힐 때도 아무 불평을 하지 않았습니다. 긴장했다는 사실을 알아채고는 왠지 화가 나고 울고 싶은 기분이었습니다.

기묘한 시간이 흘렀습니다. 카나는 텔레비전도 보지 않고, 인터넷도 하지 않고, 조용히 침대 위에 앉아 바람을 맞고 있습니다. 이걸 해달라고도 저걸 사 오라고도 하지 않고 제게 억지를 부리지도 않습니다. 세상에서 소리가 사라져버린 듯한 착각이 들었습니다.

히로키 씨는 제시간에 딱 맞춰 왔습니다. 복장과 헤어 스타일은 사전에 카나의 취향을 듣고 전달했는데 그 조언에 충실한 차림새로 와주었습니다. 우선 제가 맞이한 뒤 요금 전액이 든 봉투를 건네고 침실로 안내했습니다. 카나가 항상 사용하는 침실이 아니라 제 침실입니다. 카나는 자신의 침실에 다른 사람을 들이기 싫어했기 때문입니다.

히로키 씨는 싹싹하면서도 예의 바르게 카나에게 인사했고 카나는 말없이 끄덕였습니다. 다른 물건 없이 침대만 있는 제 방에서 새 속옷과 파란 미니 원피스 잠옷을 입은 카나는 요정, 또는 요괴처럼 보입니다. 카나는 매끈한 허벅지 끝을 과시하듯 다리를 꼬는 듯한 자세를 취했습니다.

같이 목욕할까? 하고 묻는 히로키 씨를 향해 카나는 고개를 가로저었습니다.

"괜한 옵션은 필요 없어. 섹스만 하고 싶어."

히로키 씨가 몸을 돌려 저를 보았습니다. 저는 끄덕인 뒤 침실에서 나가려 했습니다.

"잠깐."

카나가 나를 가리킵니다.

"너, 어딜 도망기려는 거야."

그날, 카나의 눈이 처음으로 저를 보았습니다.

저는 꾸벅 고개를 숙이고 침대 옆까지 갔습니다. 히로키 씨가 목소리를 낮춰 "셋이서?"라고 묻습니다.

"아니. 하는 건 나랑만. 얼른 시작해."

짧은 침묵이 흐른 뒤 히로키 씨는 알겠다고 답한 뒤 옷을 벗기 시작했습니다. 카나의 시선이 히로키 씨의 균형 잡힌 몸으로 향합니다. 며칠 전 내 몸을 만지던 손이 카나의 어깨에 닿았습니다.

"그건 필요 없어."

카나는 키스를 거부한 후 잠옷을 벗기는 히로키 씨의 손을 시선으로 좇다가, 이내 침대 옆에 선 저를 올려다보았습니다.

카나가 한 손을 제게 내밉니다.

저는 조용히 그 손을 잡았습니다. 카나는 눈을 감고, 그리고, 섹스가 끝날 때까지 한 번도 눈을 뜨지 않고, 소리도 내지 않고, 내내 제 손을 잡고 있었습니다.

섹스가 끝난 뒤 옷을 다시 입은 히로키 씨에게 다시 한번 감사 인사를 하며 현관까지 배웅했습니다. 히로키 씨는 뭔가 하고픈 말이 있는 듯한 표정이었지만 아무 말도 않은 채 작은 목소리로 "그럼 실례하겠습니다" 하고는 돌아갔습니다. 참으로 좋은 사람을 골랐다고, 저는 속으로 자화자찬했습니다.

바로 침실로 돌아가 카나를 안아 들고 욕실로 들어갔습니다. 머리카락과 몸을 한 번 더 조심스레 씻긴 뒤 여느 때처럼 좋아하는 가운을 입히고 머리카락을 말리는데, 카나가 제 손을 쿡쿡 찔렀습니다.

"산책하고 싶어."

외출을 요구한 것은 약 1년 반 만이었습니다.

바깥은 해가 저물어 조금 쌀쌀했습니다. 니트 카디건을 입은 카나가 탄 휠체어를 밀며, 저는 넓은 보도를 천천히 걷습니다.

"집에 가면 그 모델 신청 메일 보낼 거야. 첨부할 사진 찍어줘."

저는 네, 하고 답합니다.

그러자 카나가 갑자기, 어깨 너머로 제 손에 손을 얹었습니다. 저는 바로 휠체어를 세우고 그 손을 잡았습니다.

해 질 녘의 바람이 부드럽게 불어오며 샴푸 향기가 나는 카나의 머리칼을 하늘하늘 어루만집니다. 그것은 꿈처럼 어여쁜 광경이었습니다.

"전부 다, 잘될 것 같은 기분이야."

카나가 또렷한 목소리로 그렇게 말합니다.

"있지, 전부 다 잘될 거야. 전부 다. 뭐든지."

저는 네, 하고 대답합니다. 카나는 거짓말만은 절대 하지 않습니다. 그러니까 전부 다 잘되겠지요. 전부 다. 뭐든지.

Faraway

뼈가 부러진 뒤로 방구석에 틀어박히게 되었다.

가뜩이나 일하기 싫었는데 아르바이트를 하던 창고에서 점장님이 설탕이 든 박스를 내 발등으로 떨어뜨린 바람에 뼈가 우지끈. 아르바이트라 산업재해에는 해당되지 않으니 위로금으로 그냥 넘어가자는 선택지가 달린 골절이었기에 어느덧 노동 의욕은 마리아나해구보다도 깊은 곳으로 가라앉아버렸고, 거의 다 나은 지금도 본가에서 빈둥거리고 있다. 빈둥거리는 꼬락서니다.

일하기도 싫지만 애초에 사람을 만나는 것 자체도 좋아하지 않는다. 그래서 막상 방에 틀어박히고 보니 이 생활이 쾌적하기 이를 데 없어서, 언제 어떻게 그만둬야 하는지 알 수 없는 상태가 되고 말았다.

집에서 가장 햇볕이 잘 드는 곳은 1층 거실이다. 유리문을 열고 툇마루에 1인용 매트를 깔고 파자마 차림으로 아무렇게나 드러누웠다. 5월의 포근한 햇살이 맨발바닥을 따스하게 데워준다. 작은 정원에는 엄마가 정성을 쏟는 이름 모를 꽃들이 쪼르르 피었고 그 노란 꽃잎에 또 이름 모를 나비들이 팔랑팔랑 상황을 살피듯 다가갔다 멀어졌다 한다. 귀를 기울이면 먼 대로변에서 오토바이가 달려가는 소리, 개가 짖는 소리, 까마귀가 떠드는 소리 따위가 들려온다. 바람은 뭐가 그리 조심스러운지 산들산들 보드랍게, 훤히 드러난 내 정강이에 무리 지어 난 털 한 가닥 한 가닥 사이를, 숲속의 나무를 흔들듯 빠져나간다. 배 속에서는 먹은 지 얼마 안 된 바나나와 요거트와 토스트와 꿀과 홍차가 찬찬히 용해되고, 작게 트림을 하니 바나나와 꿀이 있는 남쪽 나라를 연상시키는 냄새가 비강을 역류한다. 식구들은 다들 일터와 학교로 나갔고 나는 혼자 있다. 매트 위에서 기지개를 켜자 쾌감의 잔물결이 견갑골에서부터 전신으로 퍼져나가며 마지막으로 발끝을 바르르 진동시킨다. 잠자리에서 일어난 게 불과 약 한 시간 전인데도 끔벅끔벅 눈꺼풀이 감긴다. 나의 잠을 막을 수 있는 것은 아무것도 없다. 눈꺼풀이 원하는 대로, 스르르 눈을 감고 그대로 잠에 빠져든다.

정신이 들고 보니 나는 툇마루에서 잠든 나를 공중에서 내려다보고 있었다. 처진 배와 두꺼운 발목은 인간이라기보다는 짐승이 누워 있는 듯한 실루엣을 만들어내고, 그 주위로 나비들이며 나뭇잎이 살랑살랑 춤을 춘다. 마치 열반도(涅槃圖) 같다. 어쩌면 이건 꿈이 아니라, 이대로 죽어서 유령이 되어 내 시체를 보고 있는 건 아닐까. 아아, 그렇다 해도 기분이 좋다. 덥지도 춥지도 않고 괴롭지도 아프지도 않다. 계속 이대로였으면 좋겠다……

찌잉, 찌잉. 전자음이 울리는 벨 소리에 열반 같았던 잠이 깨졌다. 당연히 아무도 없는 척하려 했지만 행여나 가족 중 누군가가 주문한 택배가 왔다면 난처하다. 택배를 받아두는 것만으로 어찌어찌 이 집에서의 지위를 확보하는 처지니까. 느릿느릿 일어나 현관 렌즈를 내다보았다.

서 있는 사람은 택배 기사님이 아니라 고등학교 때부터 친하게 지내는 친구인 키미였다.

"아무도 없나……."

문을 연 순간, 키미의 미간에 깊은 주름이 새겨졌다.

"우아, 키미 오랜만이네."

"지금 감탄사가 나와? 얼굴이 그게 뭐야. 씻기는 했어?"

"아마 5일 전쯤에는 씻었을걸."

"미친……."

키미는 가까운 곳에 있는 메지로 슈퍼의 비닐봉지를 들고 있었다. 좋은 냄새가 난다.

"너 사회생활은 언제 할 거야? 뼈 다 붙지 않았어?"

봉투에서 메지로의 명물인 멘치가스 도시락(계란이 들어 있어서 맛있다)과 페트병에 든 홍차가 두 개씩 나왔다.

"전자레인지."

"부엌에 있어."

"그 정도는 네가 해 오라는 뜻이야."

별수 없이 도시락을 2분 정도 데워 와서 키미와 마주 앉아 말없이 먹었다.

"대학교는 어때?"

"졸업한 지가 언젠데. 나 취직했잖아. 너 정말 괜찮아?"

"몹시 쾌적하게 하루하루를 보내고 있는데, 괜찮은지는 잘 모르겠어."

"나, 곧 이 동네 떠나."

도시락을 반 정도 먹었을 때 키미가 그렇게 말했다.

"자취하려고?"

"응. 회사에서 가까운 곳으로 이사해."

"잘됐네. 예전부터 혼자 살고 싶어 했잖아."

키미는 미간을 찌푸린 채, 남은 도시락을 싹싹 비웠다.

"어쨌든 다친 거 다 나았으니까 아르바이트 찾아봐. 아저씨 아주머니 안쓰럽지도 않냐."

키미는 도시락을 다 먹고는 이제 간다며 일어섰다. 현관까지 나가 배웅한다.

"그리고, 눈썹이랑 인중이랑 정강이 털 정도는 밀어. 너 지금 엄청 지저분해 보이니까."

결국 키미는 마지막까지 오만상을 찌푸리며 돌아갔다.

털이라. 그러고 보니 골절된 이후로 한 번도 안 밀었고 한동안은 거울도 보지 않았다. 세면대 앞으로 가서 불을 켠다. 눈썹은 눈 위에서 덥수룩하게 영역을 넓혔고 인중과 턱에는 썩 볼만한 수염이 자랐다. 원래 잔털 색이 짙은 편이었다. 집 밖으로 나가야 할 때는 손질이 어찌나 귀찮은지 말도 못 했다. 팔, 손가락, 정강이에도 어지간한 남자에게 지지 않을 만큼 털이 자라 있다.

불현듯 생각했다.

이런 잔털은, 여자의 몸에서는 얼마나 길고 진하게 우거질까?

서둘러 방으로 들어가 까마득한 옛날에 헌책방에서 산 『세계의 불가사의와 수수께끼 백과사전』이라는 아동용 책을 꺼냈다. 페이지를 훌훌 넘기자 '세계에서 수염이 가장 긴 남자' 사진이 나타났다. 터번을 감은 인도인 같아 보이는 노인의 턱에서 구렁이처럼 길고 긴 수염이 자라 있다. 총 5미터, 40년 이상 계속 길렀다고 적혀 있었다.

해상도가 그다지 높지 않은 사진이어서 수염 외의 다른 털이 얼마나 자랐는지는 알아볼 수 없었다. 하지만 사람의 털은 자란다. 생각보다 끝없이 자라는 것이다.

길러보자. 나도.

말은 그렇게 했지만 잔털을 적극적으로 기르려면 무얼 해야 하
는지는 모른다. 일단 성과를 확인하기 위해 관측 정점(定點)으로서
왼쪽 무릎에서 가장 튀어나온 지점에 조르륵 자란 털을 '기준모'로
정하기로 했다. 무릎에 자를 대고 길이를 측정하니 현재 1.8센티미
터. 그리고 턱에 난 수염 중 가장 긴 털은 0.8센티미터라는 것을 알
수 있었다.

"된장국 재료를 뭐로 정할지 생각하는 게 제일 귀찮다니까."

파트타임 일을 마치고 돌아온 엄마가 식재료를 냉장고에 넣으
며 중얼거린다.

"미역이 좋은데."

"너 해조류 싫어하지 않았어?"

"엄청 좋아하는 건 아니지만 싫어하지도 않아."

"그래? 그럼 미역이랑 두부로 할까……."

저녁 준비를 하는 엄마의 등을 보며 거실 소파에 눕는다. 키미
가 있었다면 분명 못났다, 도와드리기라도 해라, 하며 화를 내겠지.
안다. 알지만 이 못난 게으름이 왜인지 너무나 아늑해서, 나는 또다
시 꾸벅꾸벅 졸음에 빠져들고 만다. 온몸의 살이 부드럽게 풀리며
뼈 없는 연체동물이 된 것 같다. 피부 아래에 피나 내장이 아닌 말
랑한 젤리가 있는 모습을 상상했다. 어떤 맛이 좋을까. 빨간 체리,

초록 키위, 노란 파인애플, 파란⋯⋯ 그 파란 젤리랑 빙수는 무슨 맛이지? 블루 하와이. 하와이의 맛. 하와이란 그렇게나 달콤한 맛이 나는 곳인 걸까. 설탕 해변, 젤리로 된 바다, 사탕 꽃, 초콜릿 섬⋯⋯.

　정신을 차리자 나는 또 낮잠을 자는 나를 내려다보고 있었다. 적당히 가라앉은 낡은 소파에 몸을 맡기고 집 안 가득 퍼지는, 고기를 매콤달콤하게 볶는 냄새에 둘러싸인 채 언제 켰는지 모를 텔레비전에서 흘러나오는 기분 좋은 소리에 귀를 기울이고 있다. 그것은 파도 소리였다. 잔잔한 바다의, 밀려왔다가 멀어지는, 평온하면서도 낮은, 영원히 이어질 파도 소리. 내 몸은 어느 틈엔가 하얀 모래에 반쯤 묻혔고 모래사장 위를 쓸고 간 파도 끝의 하얗고 자잘하게 인 거품이 설탕 과자처럼 녹아 없어진다. 파도는 점점 나를 녹이고 깎더니 이윽고 모래사장과 구별되지 않을 만큼 형체가 사라져가고⋯⋯.

　집에 틀어박힌 이후로 눈을 뜨면 일단 시계부터 확인하는 버릇이 생겼다. 그렇지 않으면 지금이 아침인지 저녁인지 밤인지 전혀 알 수가 없었기 때문이다. 방금도 눈이 뜨여서 시계를 찾으려 했다. 아직 눈꺼풀 안쪽에는 졸음이 들러붙어 있다. 그때 깨닫는다. 시간을 확인해서 뭐 하겠는가. 아무 일정도 없고 해야 하는 일도 없다. 시계를 봐도 지금이 몇 시인지 알게 될 뿐이다. 의미가 없다. 시계

찾기를 관두고 다시 눈을 감았다. 이불 속에 파고들자 나의 체온과 체취가 감싼다. 그것은 너무나도 아늑하고 안심할 수 있는 냄새였다. 더 큰 만족감을 얻기 위해 숨을 쉬며 두 손바닥으로 얼굴을 비빈다. 폭신폭신한 감촉이었다. 폭신폭신.

한동안 얼굴을 만지작거리다가 이불을 젖히고 나왔다. 불을 켜고 상당한 수고를 들여 손거울을 찾아내 들여다보니 새까만 털로 뒤덮인 얼굴 같은 것이 보였다.

코 아래, 볼, 미간, 입 주변, 턱을 중심으로 5센티미터 정도 길이의 털이 밀집해서 자라 있다. 만져보자 촉감이 묘했다. 머리카락보다는 두꺼운데 그러면서도 부드럽다. 내 몸에 있는 털과는 다른 감촉이었다. 음모만큼은 아니지만 전체적으로 고불거리기도 했다.

손가락과 손등, 그리고 팔다리도 마찬가지였다. 옅은 부분과 짙은 부분으로 얼룩진 그것은 피부병에 걸린 강아지처럼 흉해 보인다. 기준모로 정했던 무릎의 털도 다른 털에 파묻혀버렸다. 미역된 장국 한 그릇을 먹었기로서니 설마 이렇게까지 털이 자랄 줄이야.

오후 시간은 오롯이(눈을 뜬 게 딱 12시였다) 엄마의 패닉 상태를 지켜보는 데에 썼다. 처음에는 장난치지 말라고 화를 내다가, 여기저기에 난 털을 당겨보고, 어째서인지 울더니, 지금은 담배에 불을 붙여 담배 연기를 내뿜으며 조용히 나를 응시하고 있다.

"아프다든가 속이 안 좋지는 않고?"

"응. 조금 졸리긴 한데 완전 개운해."

소파에 드러누우며, 바람 없는 방 안에서 연기가 천장으로 똑바로 올라가다가 이내 안개처럼 퍼져 사라지는 것을 본다. 자꾸만 졸음이 쏟아져서 힘껏 하품을 한다.

"곰 같네……."

엄마는 반으로 준 꽁초를 재떨이에 비벼 끄더니 머리를 북북 긁었다.

"일단은 목욕 좀 해. 너한테서 누린내 나는 것 같아."

내심 귀찮았지만 엄마의 마음을 또 아프게 할 수는 없으니 얌전히 그 말에 따랐다.

맨몸 상태로 찬찬히 몸을 살펴보자 털은 등과 엉덩이에도 확실하게 나 있다는 걸 알 수 있었다. 손바닥 발바닥만 전처럼 매끈하다. 일단은 평소처럼 머리부터 감으려 하다가 퍼뜩 멈췄다. 어중간하게 어깨까지 기른 머리카락과, 목이며 어깨에 난 새로운 털이 뒤섞여 어디까지가 머리카락이고 어디부터가 몸의 털인지 종잡을 수가 없었던 것이다. 이럴 때 샴푸는 어디까지 해야 하나. 잠깐 고민하다가 머리카락도 몸도 보디 워시로 한 번에 씻었다.

거품을 씻어내고 욕조에 몸을 담그자 털들이 물속에서 수초처럼 잘방잘방 남실거렸다. 그걸 보고 있는데 또다시 졸음이 쏟아졌다. 왜 이렇게 졸린 거야……

다음 날, 다시 점심이 지나고 눈을 뜨니 이번에도 피부의 감각이 어제와는 달라졌다는 것을 알아챘다. 손거울을 보자 털은 어제보다 더 빽빽해져 이제는 눈알밖에 보이지 않았다. 얼룩덜룩했던 부분에도 까만 털이 들어차서 나는 완전한 털북숭이가 되어 있었다. 덥다. 털이 이렇게나 빽빽이 났는데 옷까지 입었으니. 잠시 생각한 뒤 옷을 다 벗고, 그대로 거실로 향했다.

엄마는 이제는 침착했다. 장을 보고 오겠다며 평소처럼 집을 나섰고 평소보다 조금 늦게 귀가했다. 메지로 슈퍼의 비닐봉지 외에도 다른 쇼핑몰 봉투를 들고 왔다.

"밥 먹을 때 뭐 묻으면 성가시잖아."

그렇게 말하고는 커다란 오렌지색 반다나를 목에 둘러주었다. 그리고 반려동물용 빗으로 전신을 빗자 나의 털은 눈에 띄게 반지르르해졌다. 식사 메뉴는 다진 닭고기와 으깨듯이 볶은 계란을 얹은 덮밥이다. 젓가락을 쥐기 힘들어진 탓에 숟가락으로 섞어 먹었다.

"어쩔 수 없지."

뭐가 어쩔 수 없다는 건지는 잘 모르겠지만, 엄마는 그렇게 말하더니 내 머리의 털을 몇 번 쓰다듬었다.

밤이 되자 키미가 왔다. 거실로 들어서기 전에 현관에서 엄마가 무어라 이야기를 한다. 집으로 뛰어든 키미는 홑눈꺼풀인 커다란 눈에 눈물을 그렁그렁 머금고 있었다.

"바보야! 그러니까 사회생활 다시 하라고 했지! 인간으로 살기를 포기하면 어떡해!"

키미는 울면서 소파에 누운 내 머리를 세게 때렸다. 울지 말라고 말하고 싶었지만 입을 열기가 너무나도 귀찮아 중얼중얼 신음소리만 냈다. 하지만 키미는 울음을 그치지 않았고, 별수 없이 엄마가 집까지 바래다주었다.

그 이후로 거의 매일, 키미는 퇴근하면 우리 집에 왔다. 두 번째 때부터는 엄마처럼 패닉에 빠지지 않고 손수 과자를 주거나 손을 부드럽게 쓰다듬어주었다. 나는 여전히 하루의 대부분을 자면서 보냈고, 먹고 자고 화장실에 가는 것 외에는 거의 아무것도 하지 않는 나날을 지냈다. 그럼에도 집 안에서 나의 지위가 왠지 향상된 기분이 들었다. 골절되기 전에는 거의 말을 걸어오지 않았던 아빠가 괜히 한마디씩 건네거나 선물로 케이크를 사오게 되었다. 택배도 못 받게 됐지만 아무도 화내지 않는다. 키미도 예전처럼 꾸짖는일이 줄었고, 대신 배의 털에 얼굴을 묻고 직장에서 겪은 일을 조금씩 털어놓게 되었다. 키미는 이사할 집을 아직 정하지 못했다고했다.

"반려동물을 들일 수 있는 좋은 방을 찾았어."

얼마 후 키미가 커다란 양과자점 상자를 들고 우리 집에 와서 그렇게 말했다.

"같이 살아줬으면 해."

엄마와 아빠와 키미가 꼬박 하룻밤을 새우며 이야기를 나눈 끝에 나는 6월, 장마가 잠깐 갰을 무렵 난생처음으로 집에서 나가 살게 되었다. 이사 트럭의 짐칸에 실린 내 목에는 엄마가 새로 맞춰준 꽃무늬 수건이 묶여 있었다.

"언제든지 놀러오세요. 저희도 뵈러 올게요."

키미가 엄마 아빠를 향해 정중히 인사하자 두 사람은 눈물을 글썽이며 끄덕였다. 땡볕 더위가 오기 진 특유의 비를 머금은 바람에 털이 산들거린다.

키미의 방에도 햇볕이 잘 들면 좋겠는데. 나는 박스들로 둘러싸인 짐칸 안에서 아늑한 자리를 찾아 몸을 둥글게 말았다. 더 이상 자신을 내려다보는 꿈은 꾸지 않았고, 지금 드러누운 이곳이야말로 지상낙원이라는 걸 너무나도 잘 안다. 털은 마치 수신기처럼 그 순간순간, 살아 있는 모든 시간에 존재하는 찰나의 행복을 느끼고 그것만으로도 내 머릿속을 충족시키며 풍요로운 잠을 선물해주는 듯했다. 과거도 미래도 없고 지금 알 수 있는 건 이 순간, 바로 지금뿐. 아무 걱정도 불안도 없다. 다 잃었다. 나의 털에 감싸인 채, 나는 달리는 트럭 안에서 눈을 감았다.

타임 애프터 타임

화장대 앞에 앉아서 자아, 하고 혼잣말을 한 뒤 에쓰코의 손이
순간 멈췄다. 화장하는 순서를 떠올리기까지 시간이 조금 걸렸다.

시어머니가 해주신 혼수인 커다란 화장대에는 적갈색 레이스가
걸려 있고 그걸 젖히면 향수와 오래된 화장품 냄새가 뒤섞여 피어
오른다. 에쓰코는 이 옻칠이 된 중후한 화장대가 별로였다. 제일 큰
다다미방에 버젓이 놓인 그 모습은 여기에서 8년 동안 병상 생활
을 했던 시어머니를 떠올리게 한다. 하지만 이거 말고는 화장할 때
쓸 만한 거울이 없다. 거울뿐만 아니라, 이 집 안에 에쓰코가 쓰려
고 주문한 것이라고는 세탁기와 조리 도구가 전부였다.

옷은 벌써 갈아입었다. 꼬박 한 달 반을 고민한 끝에 두 정거장
떨어진 역과 붙어 있는 빌딩까지 가서, 쇼윈도가 온갖 꽃과 오브제

로 장식된 휘황찬란한 여성복 매장 앞을 어슬렁거렸다. 그러다 점원이 말을 걸자 어색하게 웃으며 자리를 떴고, 결국 가까운 패션센터에서 구입한 트위드풍 투피스를 선택했다. 어두운 회색에 약간 밝은 회색이 섞인 그 투피스 안에 하얀 블라우스를 입는다. 10년 전, 동네 코러스 그룹에 합류하지 않겠냐는 권유를 받았을 때 산 옷이다. 그로부터 얼마 지나지 않아 시어머니가 목욕탕에서 쓰러지는 바람에 간병 생활이 시작됐고, 결국 한 번도 밖에서 입지 못하고 옷장 안에 고이 모셔두기만 했다.

화장을 어느 정도로 해야 그런 자리에서 실례가 되지 않을지 알 수가 없다. 하지만 딸이 3년 전에 한국 여행을 갔다가 기념품으로 사다 준 BB크림을 바르고, 눈썹 사이사이를 메우고, 약국에서 산 중저가 립스틱을 바르자 그것만으로도 어두웠던 거울 속 에쓰코의 얼굴이 평소와 완전히 달라 보였다.

'내 평소 얼굴.'

거울 속의 자신과 눈을 맞추며 문득 생각했다.

'어땠더라……'

부엌에서 소리가 났다. 서둘러 화장 도구를 정리한다.

"벌써 저녁 먹으려고요?"

활짝 열린 냉장고 앞에 남편 준이치의 커다란 등이 있다. 엉거주춤한 자세로 말없이, 손도 움직이지 않고 냉장고 안을 가만히 노려만 보다가 아무것도 꺼내지 않은 채 탁, 문을 닫는다.

"나라즈케(술 찌꺼기에 월과나 무를 절여 만든 장아찌-옮긴이) 어디 갔어?"

'냉장고 안에 있어요. 제대로 찾고 물어봐요.'

평소라면 에쓰코도 그 정도 대꾸는 한다. 하지만 오늘은 달랐다. 잠자코 냉장고를 열어 반찬 통에 든 나라즈케를 꺼낸 뒤 접시에 담기 위해 식기 수납장으로 향했다.

"그거면 됐어."

준이치는 마치 부하의 실수를 꾸짖듯이 말하며 반찬 통을 낚아채더니 그대로 부엌에서 나갔다.

가스레인지 위에는 어묵 전골이 든 대형 냄비가 놓여 있다. 다시 데우기만 하면 바로 먹을 수 있도록 아침부터 준비해두었다. 하지만 준이치는 혼자서는 가스레인지 스위치를 돌리는 일조차 하지 않는다. 예전에 코러스 그룹 연습을 마치고 귀가했을 때, 준비해뒀던 저녁에는 손끝도 대지 않은 채 준이치는 컵라면을 먹고 시어머니는 초밥을 만든 적이 있었다. 그 초밥을 두고 이러쿵저러쿵 말다툼을 하는 두 사람을 보고, 에쓰코는 까닭도 없이 확 그냥 죽어버릴까 생각했던 것을 똑똑히 기억한다.

딸인 유키미에게 퇴근하면 집에 들러달라고 부탁했지만 그것도 내심 불안했다. 유키미는 준이치와 수년간 대화다운 대화를 하지 않았다. 준이치의 저녁상을 부탁하려고 전화했을 때도 따발총처럼 "뭐어? 뭐야 그게? 다 큰 어른이니까 식사 준비는 자기 손으로 하게 해 바보도 아니고 엄마는 왜 매번 아빠가 하라는 대로 하는 거야 이제 할머니도 안 계시니까 눈치 볼 필요 없잖아 엄마가 그러니까 그 인간도 시간이 아무리 지나도 어린애같이 집 안에서 자기 멋대로 굴면서 거드름 피우는 거 아냐 그냥 놔두고 나가버려도 돼 왜? 엄마는 왜 그렇게 부지런하게 수발을 드는 거야? 엄마가 얻는 게 뭔데! 만날 무시당하기만 하고! 진짜 바보 아니야?"라고 하며, 준이치를 향한 불만을 언제부터인가 에쓰코를 비난하는 화살로 바꾸어 쏟아내고서야 끝이 났다.

'그래도 속정은 깊은 아이니까.'

유키미의 험한 말씨는 사회인이 되고도 고쳐지지 않았지만 요즘 젊은 아가씨다운 강인함과 자립심의 표현이겠거니 하고 에쓰코는 생각했다.

가방과 구두까지 갖출 여유는 없었기에 언제 샀는지도 모르는 오래된 것을 다용도실에서 끄집어냈다. 현관의 전신 거울에 비친 자신의 모습이 몹시 뒤죽박죽이었지만 다른 선택지는 없다. 검고 작은 핸드백을 들고 하얀 펌프스를 신고 집을 나선다.

버스 안에서 세 번이나 핸드백을 열어 동창회 안내장을 꺼내 보았다. 고등학교를 졸업한 지도 어언 30년.

'삼십, 년.'

그 말을 머금고 입안을 적시듯 가만히 중얼거려본다. 에쓰코는 열여덟에 공립고등학교를 졸업하자마자 가까운 공무소에서 사무직으로 3년간 일했다. 3년차 가을, 사장님 소개로 여섯 살 연상인 준이치를 만났고 이듬해에 결혼해 일을 그만둔 뒤 유키미를 낳고, 그러고는 여태까지 집에서 전업주부 생활을 하고 있다.

'복받은 거야.'

라고 생각하며, 에쓰코는 자신의 지난 30년을 돌이켜보았다. 준이치는 말 없고 무뚝뚝하지만 속 썩이며 놀거나 도박을 하지는 않았고, 먹고살 수 있을 만큼의 급여를 매월 벌어다준다. 아이는 하나밖에 생기지 않았지만 유키미는 도쿄에서 계약직으로 일하며 자기 앞가림을 하고 있다. 시어머니 간병은 힘들었지만 그것도 이제는 끝났다. 텔레비전에서 매일 보는 비참한 사건이나 질척질척한 인간관계와도 연이 없이, 평온하게, 무탈하게, 고요하게 마흔여덟까지 살아올 수 있었다.

'복받았어.'

한 번 더 마음속으로 중얼거린다.

토요일 버스는 평일보다 더 붐비기 마련인 터라 정거장마다 정차했다. 큼지막한 헤드폰을 쓴 고등학생 정도로 보이는 남자아이가 대각선 앞쪽에 앉는다. 헤드폰 선 끝은 스마트폰에 연결되어 있었다.

'저걸로 음악도 들을 수 있구나.'

에쓰코의 가슴이 살짝 아려왔다.

약속 장소에는 정해진 시간보다 조금 일찍 도착했다. 시내에 한 채뿐인 료칸의 연회장. 직원 안내에 따라 어둑어둑한 복도를 걸으니 안쪽 장지문 너머에서 형광등의 하얀빛이 넘쳐 나오는 게 보였다. 심장이 두근거렸다. 동창회에 나가는 것은 처음이다. 지금까지는 연락이 와도 자신의 출산이나 유키미의 수험 생활, 간병 등으로 타이밍이 맞지 않아 참석할 수가 없었다.

'다들 날 기억하고 있을까.'

전날 밤, 에쓰코는 준이치가 잠든 뒤 슬며시 졸업 앨범을 열어 동창들의 얼굴과 이름을 복습했다. 여자애들은 이제 대부분 성이 바뀌었겠지. 고향에 남은 사람은 에쓰코를 포함해 열 명 정도다. 따로 연락하고 지내는 사람은 거의 없다.

장지문을 열자 널찍한 방 한구석에 작은 그룹이 모여 있었다.

"앗."

무심코 작은 목소리가 튀어 나가버렸다. 그룹의 중심에 있는, 까맣고 세련된 슈트 차림에 예쁜 매니큐어를 바른 날씬한 여성.

'키리노.'

공들여 화장한 얼굴이었지만 바로 알 수 있었다. 트레이드 마크였던 쇼트커트도 그대로였다.

'키리노 나오미.'

에쓰코의 마음은 단숨에 30년 전으로 날아올랐다. 옷깃에 남색 라인이 들어간 교복. 키리노 나오미는 스커트를 길게 늘어뜨리고 짧은 머리카락에 파마를 해서 선생님에게 자주 혼났었다. 학교에 립스틱을 가져왔다가 들키는 바람에 따귀를 맞기도 했다. 그리고 당시 유행하던, 카세트테이프를 들을 수 있는 워크맨을 항상 가지고 다녔다.

"어머."

무리 속에서 긴 속눈썹과 짙은 아이섀도로 꾸며진 눈길이 에쓰코를 응시했다.

"혹시……."

나오미를 제외한 다른 동창들은 에쓰코를 보며 애매한 미소를 띠고 있다.

"야마구치 맞지? 야마구치 에쓰코."

에쓰코는 내심 놀라면서도 수줍게 웃으며 끄덕였다. 다른 동창들도 이제야 알겠다는 표정으로 "야마구치 오랜만이야" 하며 처음부터 알았다는 듯 목소리를 높인다.

30년 전과 달리 사교적인 분위기를 풍기는 나오미는 부드럽고 밝은 표정으로 생글생글 웃었다.

"저어."

입을 연 순간 복도에서 우르르하는 발소리와 큰 목소리가 들려왔다. 장지문이 힘차게 열리더니 부반장이었던 나라, 인기 많았던 가와모토, 그 외에도 많은 사람이 안으로 들어온다. 오! 하는 남자들의 커다란 목소리, 꺄~ 하는 여자들의 활기찬 목소리. 넓은 연회장이 가득 차더니 순식간에 삼삼오오 작은 무리가 만들어진다. 나오미도 다시 사람들에게 둘러싸이면서 에쓰코는 잊어버렸다는 듯 환담을 시작했다.

얼마 후 다들 식사가 차려진 테이블 앞에 앉았고 동창회 간사이자 이 료칸의 사장이기도 한 에다모토가 건배사를 하며 술자리가 시작되었다. 에쓰코는 오른쪽 자리의 배구부 모리, 수학을 잘했던 왼쪽 자리의 요시다와 무난하게 근황 이야기를 나눴다. 모리는 현재 시가가 있는 니가타에서 살고 요시다는 부모님께 얹혀살며 독신 생활을 만끽하는 중이라고 한다. 두 번 갔다 왔다며, 결혼반지가 없는 손으로 대머리를 휙휙 쓰다듬는 그의 표정은 밝았다.

이윽고 모리와 요시다 모두 다른 동창이 부르자 자리를 떴고, 에쓰코는 무료하게, 조용히 눈앞의 요리를 입에 넣었다.

'맛있다. 이런 식사 오랜만이야.'

에쓰코는 술을 못 마신다. 건배용으로 맥주를 3센티미터 정도 따른 컵을 한쪽에 두고 얌전히 회, 생선구이, 완자 꼬치를 먹는다. 그러고 있으니 자신이 씹는 소리만 귓전에 울리고 주변의 소란스러움은 훌쩍 사라져버린 듯한 기분이 들었다.

"야마구치."

탁, 누가 가볍게 어깨를 두드렸다. 놀라서 고개를 드니 나오미였다.

"이게 얼마 만이야. 잘 지냈어?"

입안 가득 완자를 오물거리던 에쓰코는 말없이 끄덕였다. 그 모습을 보고 나오미가 웃기 시작한다.

"하나도 안 변했네."

가는 손가락으로 앞머리를 가볍게 쓸어 올리는 나오미는 생기발랄하고 세련미가 넘쳤다. 에쓰코는 갑자기 어색하기도 창피하기도 한 기분이 들었다. 무엇보다, 30년 동안 나오미에게 해야 했던 말을 하지 않은 상태였다.

"야마구치, 쭉 여기 살았다며? 나 동창회에 나온 건 처음이거든."

"저도…… 처음이에요."

"그래?"

"네……."

더 제대로 이야기를 해야 한다는 생각에 초조했지만 그럴수록 말이 나오지 않았다. 옛날부터 그랬다. 그때 누군가가 나오미를 부르는 소리가 들렸다. 나오미는

"미안해. 나중에 다시 얘기하자."

라고 깍듯하게 한마디 하며 일어나더니 가버렸다.

'바보 같아. 제대로 사과할 수 있는 기회였는데.'

에쓰코는 젓가락을 상에 내려놓고 고개를 떨어뜨렸다. 고등학교 때도 이렇게 대화를 잘 이어나가지 못하는 일이 허다했다.

나오미와 처음 이야기한 것도 졸업을 코앞에 둔 겨울이었다. 불

량해 보이고 항상 남자들에게 둘러싸여 있던 나오미와, 수수하고
눈에 띄지 않았던 에쓰코는 그전까지 한마디도 섞은 적이 없었다.

"고마워. 감사의 표시로 이거, 줄게."

그때 나오미의 표정, 목소리의 억양까지 선명하게 되살아나자
에쓰코는 순간 현기증을 느꼈다. 30년.
'그렇게나 옛날이었구나.'
그때 교실에서도 이런 식으로, 나오미와 다른 아이들의 목소리
를 들으며 자리에 앉아 있었다. 괴롭힘을 당한 기억은 전혀 없지만
왜인지 항상 혼자 조용히 지냈다. 중학교에서도, 초등학교에서도,
그리고 취직한 공무소에서도. 결혼해서 가정을 꾸린 뒤에도.
땡땡, 하고 컵을 때리는 소리가 났다. 대화 소리가 잦아들고 모
두가 주목한다. 에다모토가 1차가 끝난 것을 알리며 2차 장소는 마
쓰마에가 운영하는 가까운 노래방이라고 안내했다.
다들 기분 좋게 취한 발걸음으로 하나둘씩 일어나 연회장을 빠
져나간다. 대부분이 2차까지 가는 모양이었다.
에쓰코는 제일 마지막으로 나왔고 그대로 조용히 복도를 걸어
구두를 신고 료칸을 나왔다. 조금 떨어진 앞에서 2차 장소로 향하
는 무리가 뭉쳐 걷고 있다. 왠지 묘한 기분이었다. 30년 전에도 축
제나 체육대회에서 이런 광경을 본 것 같다. 어느샌가 모두가 에쓰

코를 두고 먼저 움직인다.

"야마구치."

화들짝 놀라 돌아본다. 바로 뒤에 나오미가 있었다.

"키리노……."

"화장실 다녀온 사이에 다들 가버렸네. 너도 2차 가?"

조금 망설이다가, 고개를 좌우로 흔든다.

"키리노는……?"

"나도 안 가."

똑 부러지는 그 말에 에쓰코는 놀랐다. 나오미는 동창회 내내 화제의 중심이었기도 해서 2차에는 당연히 갈 줄 알았으니까.

"2차 때는 내가 없어야 분위기가 더 좋을 거야."

"왜……?"

"그래야 원 없이 뒷담화를 할 수 있잖아."

나오미는 가까이 있던 자판기에 기대더니 가방 안에서 담배를 꺼냈다.

"나, 여기로 돌아왔어."

"그렇구나……."

빨간 매니큐어를 바른 손가락이 가느다란 담배를 잡는다. 나오미는 아마도 졸업 후 도쿄의 디자인 전문학교에 진학했을 터였다. 멋쟁이인 데다가 다른 애들은 아무도 모르는 영화나 팝 가수를 잘 알았던 나오미는, 분명 도쿄에서 멋진 디자이너로 성공해 다시는 이 동네로 돌아오지 않을 거라 생각했다.

"저기, 나, 키리노에게 내내 하고 싶었던 말이 있는데…….. 그, 카세트테이프 말이야."

기회는 지금뿐이다. 에쓰코는 핸드백 손잡이를 꽉 움켜쥐었다.

고등학교 3학년 겨울. 점심시간이 끝나기 직전에 교실 안이 술렁거렸다. 불시에 소지품 검사를 한다고 한 것이다. 금지된 만화책이나 화장품을 갖고 있던 아이들이 허둥대기 시작했다.

그때, 나오미가 갑자기 에쓰코의 어깨를 두드렸다.

"야, 미안한데 이것 좀 숨겨주라. 너라면 야노 쌤도 검사 대충 할 거 아냐."

여태껏 멀찍이서 볼 뿐이었던 나오미가 갑자기 말을 걸자 에쓰코는 진심으로 놀랐다. 하지만 그대로 워크맨과 카세트테이프를 받아 들어 잽싸게 도시락 가방 안에 숨겼다. 나오미의 말대로, 담임인 야노 선생님은 에쓰코 때는 형식적으로 가방과 책상 안만 훑을 뿐 도시락 가방까지는 보지 않았다.

"고마워. 감사의 표시로 이거, 줄게."

방과 후, 나오미는 에쓰코의 손에 '숨겨준' 카세트테이프를 쥐여주었다. 새빨간 머리카락에 화려한 화장을 한 외국인 여자 사진이 있었고 타이틀을 적는 곳에는 컬러풀한 사인펜 글자로 'Cyndi Lauper my best'라고 쓰여 있었다.

"그 카세트테이프, 생각해서 준 건데…… 바로, 그, 잃어버렸어. 그래서, 미안한 마음에 말하려고 했었는데……."

에쓰코는 집으로 돌아가 설레는 마음으로 그 테이프를 라디오 카세트에 꽂았다.

전자음을 타고 애절한 여자 목소리가 흘러나왔다. 처음 듣는 음악. 가사가 영어라서 무슨 말을 하는지 알 수 없었지만 무척이나 좋은 곡이라는 것은 알 수 있었다. 분위기가 고요히 고조되며 어딘가 쓸쓸함이 느껴지는 멜로디가 이어진다. 저도 모르는 사이에 에쓰코는 눈물을 글썽이고 있었다.

그때, 갑자기 노래가 끊겼다. 삭정이 같은 손이 라디오 카세트의 콘센트를 뽑아 든 것이다. 화들짝 놀라 굳어 있는데 에쓰코의 할머니가 말없이 손바닥을 내밀었다. 에쓰코가 잠자코 카세트를 빼서 내밀자 할머니는 그걸 낚아채더니 카세트 케이스 안의 사진을 보고 인상을 찌푸리며 둘 다 어딘가로 가지고 가버렸다.

"괜찮아. 너한테 준 거니까."

나오미는 웃더니, 연기를 빨았다가, 뱉었다.

"워크맨이라. 오랜만에 듣네."

"키리노는 항상 팝송 같은 멋진 음악 들었잖아."

"뭐야, 창피하니까 하지 마."

창피하다고? 왜일까. 에쓰코는 고개를 갸웃거린다.

"다 오빠한테 물려받은 거야. 학교에서는 있어 보이는 척했지만 센스 같은 그런 거 전혀 없어."

"그래도…… 디자인 학교 갔잖아?"

"그거 말고는 이 동네를 떠날 방법이 없었단 말이야. 공부도 못했고. 이름만 쓸 줄 알고 입학금만 내면 들어갈 수 있는 전문학교야."

나오미는 씁쓸하게 웃으며 에쓰코를 힐끗 보더니 자신의 발끝을 보았다.

"그러다가 결국, 이 꼴."

"이 꼴이라니……."

"다른 사람들한테 못 들었어?"

나오미는 눈을 동그랗게 뜨고 물었다.

"나, 파산 신청했어."

이번에는 에쓰코가 놀랄 차례였다.

"파산, 신청?"

"그래. 도쿄 올라가자마자 바로 학교를 안 가게 됐고, 당연히 취직도 못 했고, 내내 물장사만 했는데 이 나이가 된 거야. 더 이상 일을 못 하게 됐지. 그래서 당시 동료 권유로 영양제 판매원 일을 시작했는데 그게 소위 말하는 다단계였어. 얼마 전에 무슨 법 위반으로 적발돼서 30년 동안 쌓은 인맥도 다 날리고 빚만 남았지. 이야기 끝."

나오미는 단숨에 거기까지 말하더니 담배를 빨고, 아직 충분히 길게 남은 그것을 땅에 버렸다.

"몸이 망가져서 기초생활수급자라도 되려고 했더니 부모님이 아직 살아 계셔서 안 된다더라. 부모님이랑은 연을 끊은 상태였는데, 아버지 간병할 생각이 있다면 돌아와도 좋다고 해서."

경직된 에쓰코 앞에서 나오미는 다시 미소를 지었다.

"모든 걸 다 잃었다라고들 하잖아."

혼란스러운 머리로 그 말을 받아들이고 수 초 후. 동의를 구한다는 것을 깨닫고 에쓰코는 꾸벅 고개를 끄덕인다.

"그거, 의외로 어렵더라고. 필요한 건 점점 사라져가는데, 싫은 것과 필요 없는 건 마지막까지 진득하게 들러붙어서 안 떨어져. 모든 걸 잃고 홀가분해지는 거, 잘 안 되더라. 잘 안 돼."

자동판매기의 하얀빛에 비친 나오미의 미소는 종이에 그린 듯 밋밋해 보였다. 다시 새 담배를 꺼내 불을 붙인다.

"그랬, 구나…… 힘들었겠다……."

"글쎄. 대충대충 산 것에 대한 업보 아닐까. 뭐, 충분히 내키는 대로 살았으니 이제는 여기에서 소문 덕지덕지 묻히고 살아야지."

연회장에서 나오미를 둘러쌌던 동창들의 얼굴이 떠올랐다. 다들 친절하게 웃고, 나오미도 밝게 대하고 있었는데.

"넌 좋아 보여서 다행이야."

"응……."

"행복해?"

"응…… 아마도……."

어째서 이렇게 실없는 대답밖에 못 하는 것일까. 에쓰코는 자신의 빈약한 말주변을 원망했다. 뭐든, 무슨 말이든 해야 하는데. 나오미에게 하고 싶은 말이 더 있었는데 아무것도 떠오르지 않는다.

이럭저럭하는 동안 나오미는 이번에도 아직 긴 담배꽁초를 땅에 버리더니 높은 굽의 힐로 밟아 뭉갠 뒤 에쓰코 쪽으로 몸을 돌렸다.

"갈게. 이야기 나눌 수 있어서 좋았어. 바이바이."

나오미는 옛날처럼 살짝 삐딱한 웃음을 지으며 손을 흔들고는 발길을 돌려 등을 보이고 걷기 시작했다.

'앗.'

그 뒷모습을 본 순간, 에쓰코는 벼락을 맞은 듯한 직감을 느꼈다. 생각도 제대로 하지 않고 무작정 뛰기 시작했다.

"안 돼!"

나오미가 돌아본다.

"키리노, 안 돼!"

달려가서, 익숙하지 않은 펌프스라 넘어질 뻔 휘청거리며 나오미의 팔을 붙든다.

"엇, 뭐야, 왜 그래?"

돌아본 나오미의 얼굴은 어째서인지 전혀 모르는 사람으로 보였다.

"……죽으면 안 돼! 안 돼!"

립스틱이 군데군데 지워진 나쓰미의 입술이 떡 하고 벌어졌다.

"뭐? 잠깐, 무슨 소리야?"

"그야, 키리노…… 그야……."

아주 잠깐 달렸을 뿐인데 심장이 뒤집힐 것 같아서 에쓰코는 거친 숨을 몰아쉬며 말이 되지 않는 말을 이어가려 했다.

"왜 이래, 나 안 죽어. 대체 무슨 생각을 하는 거야?"

"그야, 그야 키리노……."

에쓰코는 흠칫 놀랐다. 오렌지색 치크가 벗겨지며 드러난 나오미의 거친 피부 위로 물방울이 흐르고 있었다.

"키리노, 우네……."

나오미는 뚝뚝, 고요히, 얼굴도 찌푸리지 않고 소리도 내지 않고 눈물을 흘렸다. 바로 옆의 핸드폰 매장 앞에서 전단지를 나눠주던 젊은 남자가 중년 여성 둘을 의아하다는 표정으로 보고 있다.

"……너도 내가 바보 같지?"

에쓰코는 필사적으로 고개를 저었다.

"거짓말."

"거짓말 아니야……."

진심으로, 나오미는 줄곧 동경의 대상이었다. 그 카세트테이프를 받았을 때도 얼마나 기뻤는데.

"됐어. 바보 맞는데 뭘. 그래도 안 죽어. 그럴 용기가 있었다면 진즉에 도쿄에서 죽었지. 굳이 이런 짜증 나는 동네에 와서 죽겠냐."

코를 훌쩍이는 나오미에게, 에쓰코는 허둥지둥 가방에서 휴대용 티슈를 꺼내 내밀었다. 나오미는 그것을 받지 않고 코웃음을 치며 손등으로 거칠게 얼굴을 닦았다. 눈물 섞인 화장이 여윈 볼에 지저분한 무늬를 그린다.

"키리노."

에쓰코는 나오미에게 가장 하고 싶었던 말이 뭐였는지 마침내 떠올렸다.

"키리노, 친구가 돼줘. 나, 이 동네에 친구가 한 명도 없어. 30년……태어난 이후로 쭉."

나오미는 눈을 깜빡인 뒤 기가 차다는 듯 작게 웃었다.

"바보 같다. 야마구치, 나보다 더 바보였네."

한 번 더 코를 훌쩍이더니 나오미는 공기가 빠져나간 듯한 목소리로 자꾸만 웃었다.

"이 나이에 친구라니. 너, 그러다 남들 입에 오르내릴 거야. 나 같은 사람이랑 다니면."

그 말은 고등학생 때도 들은 기억이 있다. 선생님도, 부모님도, 할머니도, 나오미와 가깝게 지내지 말라는 말을 몇 번이나 했었다. 그때 에쓰코는 고분고분 그 말에 따랐다. 그래버렸다.

"상관없어. 소문 같은 거, 안 무서워."

그때, 핸드폰 매장에서 큰 소리로 음악이 흐르기 시작했다.

"이제는 고등학생도 아닌데 뭐. 나, 어른이 됐어⋯⋯. 정말이야."

그것은 30년 전 딱 한 번, 한 곡밖에 듣지 못했던 카세트테이프에 담긴 그 멜로디였다.

에쓰코와 나오미의 시선이 마주친다.

서로가 보내온 세월이 서로의 눈동자 속에 투영된다. 어쩌다 이렇게 멀리까지 와버렸을까. 태어나서 지금까지 살아온 동네인데, 에쓰코는 자신이 마치 외국이나 다른 별에 서 있는 듯한 기분에 휩싸였다. 여기는 어디일까. 나오미도, 자신도, 대체 어째서 이런 곳까지 와버리고 만 걸까.

영문도 알 수 없이 시간에 휩쓸리고, 사람에 휩쓸리고, 표류하고. 그리고 다시, 해후하고.

마침내, 스피커에서 넘쳐흐르던 신디 로퍼의 갈라진 목소리에 맞추듯 에쓰코의 손에 나오미의 손이, 처음으로 가만히 포개졌다.

희곡 | 속이 시커먼 열 명의 여자

무대

중앙에 벽과 문이 있는 설정. 마주 보고 오른쪽을 백 야드, 왼쪽을 매장 안이라 한다.

등장인물

· 메지로 슈퍼 종업원

이치카와 유미(32) 계약직 사원

구보타 리츠(42) 파트타임 반찬 코너 담당

이쓰미 아유미(28) 아르바이트 계산대 담당

니시나 쓰유코(20) 아르바이트 진열 담당

오노우에 사토시(44) 점장

· **손님**

　미치노쿠 엘렌(34)

　나가노 유카리(36)

　미즈키 하나에(21)

　미즈키 유노(4)

· **좀도둑 단속 담당 직원**

　누노야 마이(45)

· **경찰관**

　효도 마키(25) 순경

　메지로 슈퍼 매장 내부. 멀리서 구급차 사이렌 소리가 들리다가 서서히 멀어진다.

　매장 안. 가게 구석에서 모녀 사이인 미즈키 하나에와 유노가 상품을 본다. 엄마인 하나에는 고개를 숙이고 서서 넋이 나간 상태다. 퍼석한 머리카락이 얼굴을 덮어 관객석에서는 얼굴이 잘 보이지 않는다.

유노　　어엄마, 이제 가자아—

하나에　유노, 조용히 해.

유노	가자니까아…….
하나에	조용.
유노	엄마아…….
하나에	입 다물어!
유노	…….

백 야드. 점원인 이치카와 유미가 마이크를 들고 안내 방송을
시작한다.

이치카와   에, 환영합니다, 환영합니다, 오늘 같은 궂은 날씨
에도 메지로 슈퍼 히가시가오카 지점을 찾아주셔
서 진심으로 감사합니다. 오늘 화요일은 고객 사은
데이로, 도시락 코너에서 '산뜻하고 신선한 팔딱팔
딱 해산물 카레 덮밥' 398엔, 398엔, 생활 잡화 코
너에서 주방용 고무장갑을 정가인 780엔에서 단돈
500엔, 500엔에 제공하고 있습니다. 이 기회를 놓치
지 마시기 바랍니다.

마이크를 내려놓은 뒤 문을 열고 인사한 후 가게 안으로 들어간
다. 걷다가 손님인 미치노쿠 엘렌과 스치듯 지나가자 그 자리에 서
서 인사한다.

이치카와　어서 오세요.

엘렌　네~ 안녕하세요~

뒤이어 손님인 나가노 유카리와 지나친다. 마찬가지로 멈춰 서서 인사.

이치카와　어서 오세요.

나가노　…….

나가노는 이치카와의 인사를 무시한다.

통로 반대쪽에서 계산대 담당 아르바이트 직원인 이쓰미가 다가와 이치카와와 스쳐 지나간다. 가볍게 끄덕이며 인사를 나누는 두 사람.

이쓰미　휴게 시─작입니다.

이치카와　수고하셨─습니다.

이치카와는 선반의 상품을 정리하기 시작한다.

백 야드. 이쓰미가 안으로 들어서자 그늘에서 점장이 나타나 음흉하게 히죽거리며 이쓰미 어깨에 손을 올린다. 이쓰미는 어색하게 억지 미소를 지으며 피하려 하지만 점장은 집요하게 다가붙는

다. 두 사람은 백 야드에서 쫓고 쫓기는 공방을 계속한다.

　　매장 안. 앞치마를 두르고 식칼을 손에 든 반찬 코너 담당 구보타 리쓰가 이치카와에게 달려온다.

리쓰	저기, 이치카와 치프, 잠깐만. 점장님 지금 어디 있는지 알아? 확인할 게 있어서.
이치카와	아, 구보타 씨. 점장님이라면 백 야드에……. 잠깐, 뭐 하시는 거예요! 매장 안에 식칼 가지고 들어오시면 안 된다고 여러 번 말씀드렸잖아요.
리쓰	아아, 미안, 미안. 깜빡했어. 헤헷.
이치카와	웃음이 나와요? 손님이 다치기라도 하면 어떡하려고요?
리쓰	괜찮다니까. 얼마나 잘 다루는데. 나 이래 봬도 식칼 잡은 지 20년 된 선수다? 것보다, 오늘 특가 도시락 좀 이상하지 않아?
이치카와	특가 도시락이라면 '산뜻하고 신선한 팔딱팔딱 해산물 카레 덮밥' 말씀이세요?
리쓰	그래그래. 아니, 애초에 이름부터가 이상하잖아. '산뜻하고 신선한 팔딱팔딱 해산물 카레 덮밥'. 덮밥인데? 산뜻하지가 않단 말이야. 기름지다고. 게다가 카레야. 얼마나 걸쭉한데.

이치카와 저한테 그러셔도 별수 없어요. 도시락 이름은 본사에서 정하니까요.

리쓰 그리고 생선 튀김을 두고 보통 팔딱팔딱이라고 표현하나? 백번 양보해서 회라면 또 몰라. 팔딱팔딱. 그런데 일반적으로, 사람들이 튀김 먹으면서 '아 오늘 튀김은 팔딱팔딱 신선하네~'라고는 안 할 것 같은데. 어떻게 생각해?

이치카와 그렇게 말씀하셔도……. 그, 점장님한테 확인하고 싶으시다는 게 도시락 이름이에요?

리쓰 아니아니. 뭔가, 보리멸이 이상해.

이치카와 보리멸?

리쓰 그래. 생선. 튀김용 보리멸이 뭔가 평소랑 달라. 몸이 두껍다고 해야 하나, 크다고 해야 하나, 보리멸이 아닌 것 같아. 점장님은 둔하니까 발주를 잘못한 거 아닌가 싶어서.

이치카와 보리멸이 아닌 다른 생선일지도 모른다는 말씀이세요?

리쓰 장담할 수는 없지만 어쩌면 그럴지도 몰라.

이치카와 자, 잠깐, 그럼 안 되는데. 만약 정말 보리멸이 아닌 생선이라면 큰일 나요! 어쩌지……. 식품표시법 위반이고, 구매한 고객을 찾아내서 회수하고 환불해주고 사과하고, 그리고 또, 본사에 보고해서 홈페이지에 사과문 올리고……. 아~~! 야단났네! 엄청난 일이 벌어져버렸어!

리쓰　　잠깐, 잠깐, 치프 진정해. 정신 차려! 아직 확실한 건 아니니까. 일단 바로 점장님한테 확인하고 올 테니까 조금만 기다려. 알았지!

리쓰, 잔달음질로 백 야드로 향한다.

백 야드. 리쓰가 안으로 들어서고 이쓰미를 쫓던 점장을 목격한다. 점장은 당황하지만 바로 이쓰미를 밀치고 아무 일도 없었던 척한다. 그걸 본 리쓰는 격앙된 어투로 점장에게 따지고 든다.

매장 안. 불안한 모습으로 백 야드 문을 지켜보는 이치카와. 엘렌과 나가노, 미즈키 모녀는 쇼핑을 계속하는데, 조금 떨어진 곳에서 나타난 좀도둑 단속 담당인 누노야가 그 모습을 지켜본다.

백 야드. 결국 뒤얽혀 싸우기 시작한 리쓰와 점장. 리쓰는 기세를 주체하지 못하고 손에 든 식칼로 점장을 찔러버린다. 피를 흘리며 고통에 몸부림치다가 바닥에 풀썩 쓰러지는 점장.

이쓰미　　*끼…… 끼야!!*

매장 안. 백 야드에서 들린 비명에, 가게 안에 있던 모두가 깜짝 놀라 움직임을 멈춘다.

엘렌　　뭐지? 왜 그래? 무슨 일 생겼어?

이치카와　　화, 확인하고 오겠습니다. 소란을 피워 죄송합니다.

이치카와가 엘렌에게 꾸벅 고개를 숙인 뒤 백 야드로 간다. 문을 열기 전에 다시 몸을 돌려 매장 안을 향해 깊숙이 허리 숙인 후 문을 연다.

백 야드.

이치카와　　무슨 일이에요, 뭔가 엄청난 소리가 들렸는데……

이쓰미는 바들바들 떤다. 리쓰는 피 묻은 식칼을 든 채 멍하게 서서 발치에 쓰러진 점장을 본다.

이치카와　　히익……!

리쓰　　아니야, 치프. 사고야. 사고라니까?

이치카와　　구보타 씨, 대체, 이게…….

이치카와, 조심스레 점장 곁으로 다가서서 발끝으로 쿡쿡 찌른다.

이치카와	주…… 죽었잖아요. 죽은 거죠?!
리쓰	아니, 아직 숨이 붙어 있지 않을까 생각하는데…….
이치카와	생각한다는 게 무슨 소리예요! 확인 안 하셨어요?! 맥박이나! 호흡 같은 거! 뭘 멍 때리고 있는 거예요!
리쓰	뭐어? 그렇게 잘났으면 치프가 확인해!
이치카와	제가 왜?!
리쓰	나는 파트타임이야. 치프는 직원이지?
이치카와	이 상황에 그런 게 무슨 상관이에요! 애초에 저, 계 약직이거든요!
리쓰	아, 그래? 그래도 어쨌든 우리보다 위잖아, 치프니까.
이치카와	그, 그럼…… 확인할게요.

다시 조심조심 다가가 아까보다 더 세게 발끝으로 점장의 시체
를 찔러본다.

이치카와	……죽은 것, 같아요.
리쓰	데드?
이치카와	데드…….
리쓰	점장 오브 더 데드…….
이치카와	그 말은, 이건——— 살인?
이쓰미	싫어! 살인자!

리쓰   잠깐만, 이쓰미! 살인자라니, 갑자기 그건 좀 아니지
           않아?!

이치카와   어떻게 된 일입니까, 구보타 씨. 왜 점장님을 죽인
           거예요?! 역시 생선 발주를 잘못했던가요? 아니면
           '산뜻하고 신선한 팔딱팔딱 해산물 카레 덮밥'이 그
           렇게나 마음에 안 드셨어요?

리쓰   아니야! 그러니까, 사고야. 액시던트. 해프닝이라고.
           찌를 생각으로 찌른 게 아니야. 알겠어? 그치, 이쓰
           미도 봤지? 봤잖아?!

이쓰미   저, 저…… 저는…….

리쓰   똑똑히 말해. 나 일부러 찌른 거 아니잖아?! 거기에
           서 다 봤잖아. 오히려 나쁜 짓을 한 건 점장이잖아?
           이쓰미를 덮치려고 했잖아. 그 변태 영감한테 당할
           뻔했잖아. 그걸 내가 도와줬잖아? 그렇지? 그렇잖
           아. 봤잖아! 그게 맞잖아!

이쓰미   저…… 몰라요! 아무것도 못 봤어요! 관계없어요! 전
           관계없는 일이에요!

이쓰미, 쓰러져서 운다.
매장 안. 엘렌이 계산대에 서서 계산을 한다.

엘렌   아, 봉투 필요 없어~ 포인트 카드 있어~ 자, 여기
         2천…… 아, 3엔 있어 있어 잠깐만. 네, 고마워요. 그럼
         수고~

가게를 나서려는 엘렌. 그때 누노야가 다가온다.

누노야   잠깐 보시죠.

엘렌   네?

누노야   상품 중에 계산 안 한 거 있죠?

엘렌   뭐?

누노야   으음. 잠~깐 사무실까지 와줘야겠는데.

엘렌   무슨 소리? 무슨 소리?

누노야   됐고, 큰 소리 내지 말고 사무실로 따라와요. 그 가
         방 안에 든 거 확인할 테니까.

엘렌   엥? 아줌마, 혹시 엘렌을 도둑이라고 생각하는 거
         야? 너무하네! 그런 짓 안 해! 절대 안 해!

누노야   시끄럽게 하지 말고. 연간 검거 건수 300건을 자랑
         하는 이 베테랑 단속반 누노야의 눈은 못 속이지. 켕
         기는 게 없다면 짐 확인해도 되죠?

엘렌   그게 뭐야! 순 트집이야. 너무해. 엘렌 지금까지 살
         아오면서 도둑질 같은 건 한 번도 안 했어. 신께 맹

세해.

누노야   그러엄, 짐 확인해도 괜찮은 거지?

엘렌   아니! 아무 짓도 안 했는데 왜 그런 걸 해야 돼?!

누노야   정 그러면…… 경찰 부를 수밖에 없는데?

엘렌   뭐어?

누노야   괜찮아요? 경찰 불러도. ……곤란해지잖아요. 곤란해
지죠? 경찰 오면. 곤란해지죠? 당신 같은 사람은 특
히 더.

엘렌   ……불러.

누노야   엥.

엘렌   경찰이든 군대든 다 불러! 엘렌 아무 짓도 안 했으니
까. 아무 짓도 안 했으니까 안 무서워!

누노야   잠깐, 이렇게 나오기야?! 이 사람 낯짝 두꺼운 것 좀
보게. 진짜 경찰 부른다!

경찰 제복을 입은 효도 마키가 엘렌과 누노야를 향해 다가온다.

효도   저기, 실례합니다. 히가시가오카 서(署) 소속입니다만.

누노야   어맛, 빠르다!

효도   저, 무슨 일이십니까?

누노야   아니, 역시 시민의 안전을 지키는 히가시가오카 서

의 순경님, 설마 신고를 하기도 전에 와주실 줄이
야……. 훌륭해요! 감동입니다! 정말 항상 신세 지고
있습니다아~ 그럼, 네, 이쪽이 그 사람입니다.

누노야, 엘렌을 효도 앞으로 밀어낸다.

효도   그 사람이라니……. 무슨 말씀이시죠?

누노야   그러니까, 좀도둑이요! 자꾸 발뺌하면서 인정하지를
                    않아요. 그런데 제가 분명히 봤다니까요. 이 사람 가
                    방에 계산 안 된 상품이 있냐고요!

효도   좀도둑? 그렇군요……. 흐음.

효도가 엘렌을 머리끝에서 발끝까지 차분히 뜯어본다.

효도   상품 확인은 됐나요? 뭘 훔쳤습니까?

엘렌   안 훔쳤다니까! 도둑질 같은 거 안 했어!

누노야   아뇨, 이 눈으로 똑똑히 봤어요. 이 사람 가방 안
                    에…….

누노야, 엘렌의 가방 안에 손을 집어넣더니 안에서 주방용 고무
장갑 패키지를 꺼낸다.

누노야　　그래! 이거예요! 오늘 메지로 슈퍼 히가시가오카 지점 특가 상품 주방용 고무장갑 정가 780엔! 오늘만 단돈 500엔!

엘렌　　이게 뭐야! 몰라, 엘렌은 그런 거 안 넣었어!

누노야　　그러엄 어째서 이게 당신 가방 안에 있는 거야? 경찰 앞에서 증거가 나왔잖아. 체포야, 체포!

엘렌, 체포라는 말에 몸이 굳는다.

효도　　뭐, 서에 가서 이야기를 들어봐야겠는데, 그전에 일단 이 매장의 점장님이 이 사람에 대해 확인을 해주셔야 합니다.

누노야　　앗, 그렇죠. 당장 불러오겠습니다, 당장! 잠깐만 기다려주세요!

누노야, 뛰어가서 백 야드 문을 열려고 한다.

이치카와　　으악!!

문이 열리려는 것을 알고 이치카와가 그 즉시 손잡이를 잡아 누른다.

누노야   어라? 안 열리네……. 저기, 실례합니다! 점장님, 안에

계세요?

백 야드. 문을 사이에 두고 이치카와와 누노야가 손잡이를 서로
팽팽하게 당긴다.

리쓰   치프, 뭐 해?

이치카와   뭐 하냐뇨! 이런 상황을 다른 사람이 보면 큰일이잖

아요!

리쓰   그럼 계속 그렇게 문 잡고 있을 거야?

이치카와   누구 때문에 이러는데요!

리쓰   잠깐, 나 때문이라는 거야? 아까부터 말했지만 이건

사고라니까!

이치카와   그럼 다른 사람이 봐도 돼요? 거기에 있는 그…… 그

걸…….

리쓰   점장 시체.

이치카와   사람이 애써 완곡하게 표현했는데! 봐, 이쓰미 씨 또

울잖아요. 정말 조심성 없는 분이네요.

리쓰   시체를 시체라고 하지 뭐라고 해. 어쩔 수 없잖아,

부정할 수 없는 사실인데. 치프야말로 정말 항상 체

면만 신경 쓴다니까. 좀스럽다고 해야 할지, 옹졸하

다고 해야 할지.

이치카와 이 상황에서 어떻게 대범할 수가 있어요?! 애초에 구보타 씨, 이런 거 남편과 아이가 알면 슬퍼할 거예요!

리쓰 뭐? 가족 얘기는 왜 꺼내, 상관없잖아! 그러면 어라? 나 대신 독신인 치프가 점장을 찔렀다고 해줄 거야?

이치카와 그런 말이 왜 나와요! 어쨌든 지금은 이걸 타개할 방법을 생각해야 돼요. 만약 다른 사람에게 들켜서 경찰이라도 오게 되면 큰일이에요. 매장은 휴업할 테고, 그러면 지금 내놓은 신선 식품은 전부 손실을 보고, 다음 주 세일용으로 발주한 뽕깡(중국 화남·대만산 귤의 일종—옮긴이)이랑 빨래집게도 바로 취소해야 하고, 방송국이랑 신문사에서 취재하러 올 거고, 본부에도 설명해야 하고, 아아아아아아! 진짜! 돌겠네! 무슨 짓을 저지른 거예요?! 이제 제 꿈도 꽝이에요, 말짱 꽝!

리쓰 꿈? 꿈이 뭔데.

이치카와 당연하잖아요. 정규직 되는 거! 3년간 무지각, 무결근, 주말 공휴일 출근, 서비스로 일찍 출근, 서비스로 야근해서 드디어! 드디어 조금만 있으면 정규직이 될 수 있을 것 같았는데! 가게에 경찰이 들락거리는 사건이 벌어지면 말짱 도루묵이라고요!

리쓰   알, 알겠으니까 진정해. 일단 지금 우리가 입 다물면 경찰은 안 올 테니까.

누노야   아무도 없어요? 히가시가오카 서에서 경찰관이 오셨는데요!

이치카와·리쓰   왜?!

리쓰, 이치카와와 함께 손잡이를 붙든다.

리쓰   어떻게 된 일이야?! 치프 당신, 신고했어?

이치카와   안 했어요! 그럴 여유가 있어 보였습니까?

리쓰   그럼 누가…….

이치카와와 리쓰, 이쓰미를 천천히 돌아본다. 이쓰미, 겁에 질린 표정으로 세차게 고개를 가로젓는다.

리쓰   이쓰미, 너, 신고했어……?

이쓰미   안, 안 했어요. 저, 아무 짓도 안 했어요.

리쓰   그럼 왜 경찰이 온 거야! 설마…… 이쓰미 당신, 너만 피해자인 척해서 책임을 회피하려는 속셈은 아니겠지?

이쓰미   책임 회피라니, 그런……. 애초에 저, 처음부터 아무
        짓도 안 했고…….

리쓰   어머, 자기는 아무 잘못도 없다? 애당초 네가 점장
        한테 추파를 던진 게 잘못 아니야?

이쓰미   추파?! 저 그런 짓 안 했어요! 구보타 씨도 아까 점장
        님한테 그러셨잖아요, '어디 어린 아르바이트생한테
        손을 대, 이 쓰레기 같은 색깔 자지 기름진 대머리
        대사증후군 망할 중년!'이라고…….

리쓰   틀렸어. 내가 한 말은 '쓰레기 같은 색골 자지 기름
        진 대머리 대사증후군 망할 중년'. 깔이 아니라 골.

이쓰미   골?

리쓰   골!

이치카와 색깔이든 색골이든 됐고, 지금 이 상황을 어떻게 할
        지나 생각하세요!

리쓰   그런 말 할 거면 치프가 솔선해서 리드해. 치프니까.

이치카와 그런 말 하실 거면 저보다 훨씬 나이 많은 구보타
        씨가 아이디어를 내셔야 하는 거 아닙니까?

리쓰   그게 무슨 소리야? 내가 할망구라고 말하고 싶은
        거야?

누노야   저기요, 거기 누구 있죠? 열어주세요. 순경님이 기다
        리고 계세요. 빨리 안 열어주면 곤란해요~

이치카와와 리쓰가 얼굴을 마주본다.

이치가와 어쨌거나 계속 이렇게 버틸 수도 없는 노릇이에
          요. 경찰이 왜 왔는지는 모르겠지만 일단은 숨깁시
          다……. 저걸.

리쓰   점장 시체.

이치카와 그래요. 저, 드라마에서 본 적 있어요. 살인은 시체가
          발견되지 않으면 입건하기 어렵대요.

리쓰   그게 진짜야? 어떤 드라마였는데? 월요 명작 극장?

이치카와 해외 드라마예요. 저 텔레비전 없어서 요즘 넷플릭
          스밖에 안 봐요.

리쓰   호오. 있지, 진열 담당 아르바이트생인 쓰유 짱도 비
          슷한 말 했었는데, 왜 텔레비전 없다는 걸 묘하게 자
          랑하듯이 말하는 거야?

이치카와 따, 딱히 자랑한 거 아닌데요.

리쓰   아직도 지상파 텔레비전만 보는 할망구는 시대에
          뒤처졌다는 뜻?

누노야, 필사적으로 문을 열려고 한다.

누노야 아오! 뭐야 이거, 어떻게 된 거야 대체. 왜 안 열려!

이치카와	구보타 씨, 나이 얘기는 일단 접어둡시다. 지금은 긴급 사태예요. 점장님을 숨기자고요.
리쓰	그런데 어디에…… 아, 생선 박스. 생선 매장 상자가 있어. 여기에 넣어두자. 얼음도 들었으니까 안 썩을 거야. 이쓰미, 다리 좀 같이 들어줄래?
이쓰미	시…… 싫어……. 만지고 싶지 않아……. 무서워…….
리쓰	무슨 소리야! 나 혼자서는 이 영감탱이를 들 수 있을 리가 없잖아! 냉큼 도와.
이쓰미	자, 자수하는 게 좋지 않아요? 이런 거, 끝까지 숨길 수는 없어요. 어떻게든 발견될 거예요. 숨기면 형벌이 더 무거워지지 않아요? 지금이라면 일이 커지기 전에 끝낼 수 있지 않을까요……?
리쓰	또 그렇게 도망가려고 한다! 그렇게 약해빠졌으니까 이 자식도 만만하게 본 거 아냐. 자, 잘 들어. 우리 작은애, 올해 고등학교 수험이야. 중요한 시기야. 이럴 때 만약 내가 교도소에 들어가게 되면 어떻겠어? 큰일이겠지? 일가족이 뿔뿔이 흩어지고 구보타 가문은 끝장나는 거야. 아이도 남편도 내 인생도 싹 다 디 엔드.
이쓰미	그래도 저는…….
리쓰	이쓰미, 나는 널 지키려다 이렇게 된 거야. 거기에

311

아무 책임도 안 느껴? 조금이라도 미안하다든가 면목 없다든가 고맙다든가, 아무 생각도 안 들어?

이쓰미   그래도…….

리쓰   아~ 그래. 끝까지 나랑 상관없어요 태도로 나온다 이거지. 좋아, 차라리 잡혀가지 뭐. 그러면 조사할 때 이쓰미랑 점장 얘기도 나올 텐데. 뭐라고 말을 해줄까.

이쓰미   협박, 하시는 거예요?

리쓰   협박이라니 그런 남부끄러운 소리는 하지도 마. 이쓰미, 너랑 나는 이미 한배를 탔어. 말하자면…… 유대가 생겼다고 해야 할까.

이쓰미   유대…….

리쓰   그래, 유대. 중요하잖아, 유대.

이쓰미, 끄덕이더니 느릿느릿 일어나 겁내면서도 리쓰와 함께 점장의 시체를 들어 생선 매장 스티로폼 박스 안에 밀어 넣는다.

리쓰   좋아, 들어갔다! 치프, 열어도 돼!
이치카와   네!

이치카와가 문에서 손을 뗀다. 누노야가 문을 열려던 기세에 떠

밀려 백 야드에 넘어질듯 휘청거리며 들어온다.

누노야　　으악! ……까, 깜짝이야…….

이치카와, 리쓰, 이쓰미 세 사람은 직립 부동으로 생글생글 억지
웃음을 지으며 누노야를 쳐다본다.

리쓰　　어머나, 좀도둑 단속반 누노야 씨잖아. 무슨 일이야?

누노야　　무슨 일이냐뇨! 빨리 점장님 불러와주세요!

이치카와　　아, 저기, 그, 점장님은 지금, 부재중입니다.

누노야　　부재? 어디 갔는데요?

이치카와　　그건 그, 저, 음, 아~ ……모르겠어요.

누노야　　……뭔가 수상한데. 이 베테랑 좀도둑 단속반 누노야
　　　　　　마이의 감이 불온한 공기를 느끼고 있어.

이치카와　　수상한 거 없어요! 그렇죠, 구보타 씨?

리쓰　　그럼. 수상한 거 없고말고. 그렇지, 이쓰미?

이쓰미, 말없이 끄덕거린다.

누노야　　진짜예요? ……하지만 역시, 뭐언가아 이상하단 말
　　　　　　이야아…….

누노야, 팔짱을 끼고 세 사람을 뚫어져라 쳐다보며 백 야드를 서성거리기 시작한다. 누노야가 생선 상자 쪽에 가까워질 때마다 세 사람은 움찔움찔 놀란다.

이치카와   누노야 씨!

누노야   으악, 뭐예요, 갑자기 큰 소리로.

이치카와   점장님은 안 계시지만 용무가 있다면 제가 대신하겠습니다!

누노야   이치카와 치프가? 하지만 괜찮을까? 다른 직원은 없어요? 남자 직원이라든가.

이치카와   지금은 저밖에 없어요. 계약직 여사원인 저밖에 없어요.

누노야   곤란한데……. 그럼 잠깐 확인해볼게요. ……잠시만요! 저기, 잠깐 이쪽으로 와주실 수 있어요?!

누노야, 효도 순경을 부른다. 효도가 엘렌의 손을 끌고 백 야드로 들어온다.

누노야   기다리시게 해서 죄송해요. 저어, 점장님이 안 계신다네요. 그래서 말인데, 여기 계약직 사원인 이치카와 치프밖에 없어서요. 괜찮을까요?

효도   아아, 그렇군요. 점장님은 전화로도 연락이 안 되
       나요?

이치카와 그게, 그, 저.

누노야   아, 그러고 보니 제가 번호를 알아요.

누노야가 핸드폰을 꺼내 든다. 이치카와, 리쓰, 이쓰미는 얼굴을
마주 본 다음 생선 상자를 쳐다본다.

리쓰   잠깐! 잠깐잠깐잠깐잠깐!

리쓰가 누노야의 손을 잡는다.

리쓰   점장님, 오늘 전파가 안 통하는 곳에 가니까 전화 못
       받는다고 했었어! 확실히 들었어, 내 귀로 들었어!

누노야   전파가 안 통하는 곳? 거기가 어딘데요?

리쓰   엇.

누노야   거기가 어디냐니까요. 이 현대 사회에서 그런 곳 잘
       없어요, 전파가 안 통하는 곳.

리쓰   사…… 산 정상. 산꼭대기. 어엄~청 높은 곳.

누노야   산꼭대기?! 점장님 등산해요?!

리쓰   요즘 자연을 만끽하는 기쁨에 눈을 떴다고 했어.

누노야	얼마 전에 무릎 상태가 안 좋다고 했는데……
리쓰	무릎? 무릎 말이지, 그거, 나았대. 수소수 마시고 나았다나 봐.
누노야	수소수가 무릎에도 좋구나……
리쓰	그리고 녹즙.
누노야	녹즙도……
리쓰	좌우지간 지금은 전화 연결도 안 되고 점장님이랑은 연락이 일절 안 돼. 절대로, 완벽하게, 뭐가 어떻든, 아~~~예.
누노야	알, 알았어요. 그럼 이떡할까요.

누노야, 몸을 돌려 효도를 본다.

효도	으음, 그럼 계약직 사원이라도 괜찮습니다.
이치카와	죄송합니다……. 정직원이 아니라서…….
효도	일단, 이쪽 사모님이 물건을 훔치셨다는데요.
엘렌	그러니까! 안 훔쳤다고!
누노야	거참 끝까지 이러시네! 당신 가방 안에서 상품이 나왔잖아. 빼도 박도 못 하는 증거가 있다고. '빼도 박도 못 한다'는 말이 무슨 뜻인지는 알아?
엘렌	그 정도는 알아! 아줌마, 엘렌을 바보 취급하는 거야?

누노야	저기, 아까부터 자꾸 아줌마라니 너무 무례한 거 아냐? 정말, 뻔뻔한 데다가 예의도 모르다니. 이래서……
엘렌	이래서 뭐? 무례한 건 그쪽이야! 엘렌 엄청 화났어. 절대로 절대로, 도둑질 같은 거 안 했으니까. 멍청아!
누노야	잠깐, 뭐야 그 태도! 이런 거, 어떻게 생각해요?
효도	뭐, 한 사람도 처음에는 다들 안 했다고 말하니까요.
엘렌	진짜로 안 했다니까!
이치카와	저기, 저는 어떻게 하면 되나요?
효도	아아, 죄송합니다. 일단 이…… 어라?

효도, 뭔가를 알아차린 듯 이치카와의 발치를 본다.

이치카와	왜, 왜 그러세요?
효도	바닥에 뭔가가 넘쳤네요.
누노야	정말이네. 어으, 더러워. 이게 뭐예요? 흙탕물? 꼭 피 같네.
이치카와	피?! 피라니, 그런, 그런 게 있을 리가 없잖아요. 그 죠?!
리쓰	맞아. 이런 곳에 피 같은 게 있을 이유가 없잖아?!

이쓰미, 말없이 격하게 끄덕거린다.

누노야   백 야드도 평소보다 더 어수선하고, 역시…… 이상해.

이치카와·누노야   이상하지 않아요!

누노야   부정하는 게 더 이상해! 잠깐, 순경님, 순경님도 이
            상하다고 생각하죠?

효도   으음, 그건…….

(SE: 무전기가 울리는 지직, 삐- 하는 소리)

효도, 무전을 받는다.

효도   네, 효도입니다. 네, 그 메지로 슈퍼에…… 뭐?! 죽었
            다고……?

효도의 '죽었다'라는 말에 백 야드 안의 사람들이 놀라며 주목
한다.

효도   네, 네……. 예, 알겠습니다. 확인되는 대로 즉각 보고
            하겠습니다.

효도, 무전을 끊더니 이치카와 쪽으로 몸을 돌려 험악한 표정으

로 다가선다.

효도   이치카와 씨라고 하셨죠. 점장님이 안 계시니 어쩔
        수 없네요. 잠깐 여쭤볼 게 있습니다.

이치카와   뭐, 뭔데요, 저는, 아무것도…….

(SE: 자동차의 급 브레이크 소리, 뒤이어 무언가에 충돌하는 소리, 유리가
깨지는 소리가 울린다)

매장 안. 미즈키 모녀와 나가노가 소리와 함께 비명을 지르며
날렵하게 물러서고 나가노는 그 자리에 엉덩방아를 찧는다.

리쓰   뭐야?! 무슨 소리지?!

이치카와   매장 안에서 나는 소리예요.

효도   다들 여기 가만히 있어! 제가 확인합니다.

매장 안.

유노   으앙! 으아아아앙!

유노가 소리를 내며 운다. 하나에는 유노의 손을 잡고 어안이
벙벙해진 표정이다.

나가노는 바닥에 엉덩방아를 찧은 상태로, 서서히 호흡이 거칠어진다.

효도   이게 무슨……. 매장 입구에 택시가 들이받았어!

유노   으아아앙!

효도   앗. 왜 그러니 아가야, 어디 아파?

효도가 울고 있는 유노에게 다가가자 하나에가 멈칫하며 뒷걸음질한다.

효도   으악! 잠깐, 어머님, 상처가 심하네요! 괜찮으세요? 구급차 부를까요?

하나에   아뇨, 그, 괜찮아요…….

효도   괜찮지가 않은데요. 얼굴도 심하게 멍들었고, 팔에도, 목에도……. 온몸에 멍투성이잖아요. 아까 그 택시에 받히셨습니까?

효도가 하나에의 머리카락을 쓸어 올리자 눈두덩과 볼에 큰 멍이 드러난다.

하나에   됐어요……. 신경 쓰지 마세요…….

효도   그럴 수는 없습니다. 일단 구급차 부르겠습니다.

백 야드에서 누노야와 리쓰와 엘렌이 겁먹은 표정으로 얼굴을 내민다.

리쓰   으아, 이게 뭐야! 난장판이 됐잖아!

누노야   엄청나다, 방송에 나오는 장면 같아!

두 사람에 이어 이쓰미와 진열 담당 아르바이트 직원인 니시나 쓰유코도 백 야드에서 얼굴을 내민다. 니시나, 스마트폰으로 사고 현장 사진을 찍는다.

니시나   또 대박 사진 건졌다. 이거 올려도 괜찮을까⋯⋯. 2만 리트윗 정도는 거뜬하겠지만 부계정에서 난리라도 나면 귀찮아지는데⋯⋯.

리쓰   엇, 쓰유 짱? 진열 담당 쓰유 짱이잖아. 잠깐 너, 왜 여기에 있어?

니시나   왜냐뇨. 아침부터 쭉 백 야드에 있었어요. 할인 고무 장갑 가격표 붙이고 있었는데.

리쓰   저언혀 몰랐어. 너 존재감 정말 없구나.

니시나   예, 예, 그러세요.

리쓰   ……잠깐만, 아침부터 쭉 있었다는 건……. 너 설
             마…… 설마 백 야드에서 우리를…….

얼굴을 마주치는 리쓰와 니시나. 니시나가 의미심장하게 씨익
웃는다.

엘렌   앗…… 큰일이다!

엘렌이 갑자기 매장으로 달리기 시작한다.

누노야   뭐야! 도망가려고?! 누가 좀 잡아봐!

엘렌, 누노야를 무시하고 바닥에 주저앉아 과호흡을 일으키기
시작한 나가노에게 달려든다.

엘렌   괜찮아, 처언천히 숨을 들이쉬고, 멈추고, 내쉬
             고……. 진정해. 괜찮아.

엘렌, 나가노의 등을 문지른다. 서서히 차분해지는 나가노.

엘렌   진정됐어? 엘렌도 그거였어. 과호흡. 고통스럽지?

그래도 금방 나을 거야. 괜찮아?

나가노, 겸연쩍은 표정으로 끄덕인다.

(SE: 무전기가 울리는 지직, 삐- 하는 소리)

효도　　　이상하다……. 소방서 연락이 안 되네. 무전기가 고

　　　　　장 났나. 핸드폰 갖고 있는 분 계십니까?

누노야가 효도에게 달려가 핸드폰을 내민다.

누노야　　네네네! 제 핸드폰 써주세요!

효도　　　아, 감사합니다. ……어라, 전파가 안 터지네.

누노야　　네에? 그럴 리가 없어요. 아침에는 잘만 됐는데…….

(조명이 꺼진다)

누노야　　엑?! 뭐야, 뭐 한 거야?

리쓰　　　정전! 정전이다!

이치카와　이런! 냉동식품 다 녹겠네!

니시나가 스마트폰으로 손전등을 켠다. 어둠 속에 니시나의 얼
굴만 보인다.

리쓰   아, 쓰유 짱 머리 좋다. 나도 핸드폰, 핸드폰을······.

다들 제각각 핸드폰으로 손전등을 켜자 무대 전체가 어렴풋이
밝아진다.

니시나   바깥 가로등도 꺼진 걸 보니 이 일대가 다 정전됐나
          봐요.
이치카와   어떡하지······. 냉동식품······.
효도   그나저나 빨리 구급차 불러야 하는데. 누구 핸드폰
          터지는 사람 없습니까?"

일동, 고개를 가로젓는다.

리쓰   앗.
이치카와   왜 그러세요?
리쓰   저 개인택시, 본 적 있어. 우리 매장에서 자주 도시
          락 사는 기사님이야.

리쓰, 택시가 멈춘 곳으로 다가가 핸드폰을 갖다대며 차 안을
들여다보는 동작을 한다.

리쓰 역시 맞네. 꼼짝도 안 하는데, 이 아저씨 큰일 난 거 아냐? 죽었나?

멀찍이서 둘러싸고 쳐다보던 이쓰미가 갑자기 울기 시작한다.

이쓰미 이제 싫어! 무서워! 왜 이런 일을 겪어야 하는 거야. 죽고, 죽이고, 지긋지긋해! 가고 싶어……. 집에 가고 싶어!

효도 죽고, 죽이고…… 지긋지긋? 잠깐, 방금 그 말 무슨 뜻이지?

리쓰 이쓰미 무슨 소리를 하는 거야! 그, 그게, 얘 지금 머리가 복잡한가 봐요. 멘탈이 약한 애라.

이쓰미 그만해. 더 이상 못 참겠어! 구보타 씨 비정상이에요. 어떻게 아무 일도 없었던 척할 수 있어요? 난 이제 못 해요. 입 다물고 숨기는 거 못 하겠어요.

리쓰 바보 같은 소리 하지 마. 단독 행동 하면 가만 안 둬. 네가 하려는 짓이 뭔지 알기나 해?

이쓰미 가까이 오지 마, 이 살인자!

효도 살인자?

누노야 살인자……?

숨을 멈춘 채 말문이 막힌 리쓰와 이치카와.

백 야드. 생선 상자의 뚜껑이 움직이더니 안에서 점장이 꾸물거리며 기어 나온다.

효도   살인이라니, 무슨 뜻입니까? 더 자세히 말씀해주시겠어요?

효도가 이쓰미에게 다가간다.

리쓰   그만해! 아무것도 아니니까!

리쓰, 이쓰미에게서 효도를 떼어내려 한다.

효도   잠깐! 당신, 이러시면 안 됩니다. 공무집행방해예요.

이쓰미   점장님, 계세요!

이쓰미의 절규에 일제히 조용해진다.

이쓰미   점장님, 계신다고요. 여기에…….

효도   무슨 뜻이죠? 아까는 없다고 하셨잖아요.

누노야   아. ……점장님이다.

백 야드에서 점장이 나온다. 흐리멍덩한 표정으로 입을 벌린 채 피투성이가 된 셔츠 차림으로 신음하며 천천히 천천히 매장 안으로 들어온다.

이쓰미　　점장님! 다행이다! 살아 계셨군요!

이치카와　점장님……?

리쓰　　　점장님! 어떻게?!

점장, 딱딱한 움직임으로 이쓰미 쪽을 보더니 가까이 다가가 두 어깨를 붙들고 끌어안으려 한다.

이쓰미　　응? 잠깐, 왜, 왜 이러세요…….

리쓰　　　아— 또 저런다! 도대체 머릿속에 뭐가 든 거야 저 썩을 영감탱이는!

리쓰, 점장에게서 이쓰미를 떼어낸 후 손바닥으로 뺨을 때리려 한다. 그러자 점장은 리쓰의 팔을 붙잡고 몸을 끌어안는다.

리쓰　　　잠깐, 멍청아, 안 돼, 이런 데서…….

점장, 리쓰의 목덜미를 물어뜯는다. 리쓰의 셔츠가 피로 물든다.

리쓰   끄아아아아! 아야! 아야아야아야! 뭐 하는 짓이야, 이
                    쓰레기가!

리쓰, 점장을 걷어찬다. 점장, 그 기세에 밀려 뒷걸음질로 백 야
드에 들어가 헛발을 디디며 엎어진다. 팔다리를 스멀스멀 움직이
더니 서서히, 벌레처럼 일어나려 하는 점장.

리쓰   아파! 젠장! 뭐야 이게!

이치카와   구보타 씨 괜찮으세요? 으앗, 피가 많이 나요…….

리쓰   아파서 미칠 것 같아. 죽을 것 같아. 구급차 불러줘.
                    빨리.

효도   그러니까 무전기도 전화도 연결이 안 된다니까요.
                    것보다 뭐예요, 저거. 저 사람이 점장?

누노야   안색이 창백했잖아. 그러고 보니, 등산 갔다며?

효도   셔츠에 피가 묻어 있었죠. 대체 무슨 일이 있었던 겁
                    니까?

리쓰   아, 진짜! 시끄럽네! 그게 중요한 게 아니라 저 지금
                    심하게 다쳤거든요! 사람이 부상을 입었는데 아무
                    생각도 안 들어요?

누노야   엄청 쌩쌩하잖아요.

리쓰   겉보기에는 그래도 상처가 심해! 내면을 헤아리란

말이야!

(SE: 덜컹덜컹, 뭔가를 흔드는 소리)

이치카와 저기…… 무슨 소리 안 들리세요?

(SE: 덜컹덜컹 소리)

엘렌 아! 자동차 안! 아저씨가 나오려고 해!

누노야 정말, 기사님이 문을 열려고 하네.

이치카와 다행이다, 의식이 돌아왔군요.

효도 안쪽에서는 안 열리나 보네요. 도와주고 오겠습니다.

효도, 택시에 다가간다.

효도 괜찮으십니까? 지금…… 히이익!

효도, 날카로운 비명을 지르며 뒷걸음질 친다.

누노야 왜, 왜 그러세요?

효도 이게 뭐야……. 이게 뭐냐고!

(SE: 덜컹덜컹 소리. 점점 격렬해진다.)

효도 이, 이 사람…… 죽었어!

일동 에엥?!

효도 목뼈가 부러졌어……. 그런데 움직여!

이치카와   그…… 그런 게 가능할 리가 없잖아요. 이상한 말 하
             지 마세요. 이 매장에 죽은 사람이 있을 리가 없어요!

효도   그럼 와서 이걸 봐봐!

이치카와, 침을 꿀꺽 삼킨 뒤 결심한 듯 택시로 다가간다.

(SE: 덜컹덜컹 소리)

이치카와   으악!

효도   봐, 정확하게 부러졌잖아. 누가 봐도 말도 안 되는
             방향으로 꺾였잖아. 이건 죽은 거야!

이치카와   그럼 어떻게 이렇게 문을 세게 흔드는 거예요!

니시나   ……리빙 데드…….

이치카와·효도   뭐라고?

니시나   워커예요. 좀비요. 살아 있는 시체! 아까 점장님 행
             동도 그거라면 설명이 돼……. 좀비 팬데믹이 시작된
             거예요! 마침내 왔다! 아포칼립스가! 살아 있는 죽
             은 자가 세상을 뒤덮어 인류를 멸망시키는 빅 이벤
             트가 시작됐다! 생과 사의 경계선을 넘어 평온한 일
             상을 파괴하기 위해, 만원(滿員)이 된 지옥에서 그들
             이 찾아왔다! 지금까지 온갖 좀비 영화, 좀비 드라
             마, 좀비 서바이벌 가이드를 섭렵하며 축적한 지식

을 써먹을 찬스가 온 거야! 드디어 왔어, 이 시대가! 고마워, 로메로(좀비 영화의 아버지라 불리는 미국의 영화 감독—옮긴이)! 고마워, 다라본트(영화 〈미스트〉 감독—옮긴이)! 고마워, 맥스 브룩스(영화 〈월드워 Z〉 원작 소설 작가—옮긴이)!"

리쓰 무슨 소리인지는 전혀 모르겠지만, 쓰유 짱이 이렇게 눈이 초롱초롱한 건 처음이야······.

효도 좀비라니, 무슨 만화도 아니고.

니시나 아뇨, 이건 분명히 좀비예요. 좀비가 아니라면 어떻게 목이 뚝 부러진 사람이 저렇게 활발하게 움직일 수 있겠어요. 점장님이 왜 갑자기 구보타 씨를 물어뜯었겠어요. 암만 봐도 좀비예요! 다들, 좀비 영화 안 보셨어요?!

니시나의 물음에 일동, 고개를 가로로 흔든다.

니시나 아오, 정말! 일반인은 이렇다니까······. 그래가지고들 앞으로 닥칠 아포칼립스에서 어떻게 살아남으려는 거예요!

(SE: 격렬하게 덜컹거리는 소리)

효도 그, 그래도······ 역시 못 믿겠어, 좀비라니······. 이건 분명, 너무 심한 부상을 입어서 착란 상태가 온 거야. 아까 점장도 그래. 분명해……. 이런 황당한 일이, 이 동네에서 일어날 리가 없어……. 여긴 일본의 평범한, 평화로운 시골이니까…….

니시나 아아, 진짜! 명확한 증거가 눈앞에 있는데 왜 좀비라는 걸 안 믿는 거예요? 엄청난 일인데! 엄청난 일이 일어났는데! 저기요, 도저히 안 되겠어서 하는 말인데요, 아까 구보타 씨를 문 점장님은 한 번 죽었어요!

효도 엥?

니시나 내가, 두 눈으로 똑똑히 봤으니까요. 점장님이 식칼에 찔려서 죽는 걸.

일동, 백 야드 안에서 바르작거리는 점장과, 자신의 어깨를 누르는 리쓰를 차례로 쳐다본다.

리쓰 무, 뭐? 왜 나를 봐. 나는 상관없잖아! 뭐…… 뭐야. 하지 마, 보지 마……. 보지 말라고! 내가 구경거리야?!

고함지르는 리쓰. 엘렌과 나가노가 백 야드를 가리킨다.

엘렌　　　다들 잠깐만! 점장님이 일어날 것 같아.

점장, 엘렌의 말대로 거의 다 일어난 상태다. 일동 겁에 질린다.

이치카와　　어떡하죠, 저대로 일어나면 또 사람을 무는 거 아니
　　　　　　에요?

니시나　　점장을 막으려면 머리를 파괴하는 수밖에 없어요.

일동　　　에엥?!

니시나　　머리에 구멍을 내거나 목을 잘라버리는 방법뿐이에
　　　　　　요. 순경님, 권총 갖고 계시죠? 그걸로 한 방 쏘면 오
　　　　　　케이예요.

효도　　　그런 거…… 그런 건 무리야……. 다른 방법은 없어?!

니시나　　그럼…… 일단 백 야드에 가둬두거나…….

이치카와　　그렇게 얌전하게 가둬놓을 수가 있는 거예요?

니시나　　좀비는 도구를 쓸 수 없으니, 문을 닫고 바리게이트
　　　　　　를 만들어서 막아두면 한동안은 괜찮을 거예요.

이치카와　　그, 그럼 그렇게 합시다. 점장님은 잠깐 백 야드에
　　　　　　계시게 하는 걸로…….

리쓰　　　누가 가두려고. 저 괴물을 누가 백 야드에 가둬?

일동, 효도를 빤히 쳐다본다.

효도, 마른침을 꿀꺽 삼킨 뒤 전력 질주해 백 야드의 문을 닫고 냉큼 돌아온다.

효도　……이번 사건은 저 혼자서 대응하기 어려울지도 몰라요. 지원을 요청하겠습니다. 지원을 기다렸다가 다 같이 해결하시죠.

니시나　하지만 무전도 핸드폰도 안 되잖아요. 어떻게 연락해요?

효도　제가 메지로 슈퍼에 왔다는 건 서에서도 압니다. 복귀가 늦어지고 연락도 안 되면 누군가가 확인하러 올 거예요……. 아마도.

이치카와　저기, 근데 애초에 왜 저희 매장에 오셨어요?

누노야　그야 좀도둑을 잡기 위해서죠!

효도　아뇨, 그건 아닙니다. 오늘 새벽, 서 내에서 사무원 한 명과 순경 두 명, 경사 한 명이 거의 동시에 통증을 호소하며 쓰러졌어요. 네 사람의 공통점은…… 이 메지로 슈퍼였죠.

이치카와　공통점……?

효도　도시락이요. 네 사람 다, 점심때 이 메지로 슈퍼에서 구입한 도시락을 먹었습니다. 그것도 다 똑같은 특가 도시락을.

이치카와·리쓰   '산뜻하고 신선한 팔딱팔딱 해산물 카레 덮
밥'······.

효도   맞습니다. 그거예요. 그 '산뜻하고 신선한 팔딱팔딱
해산물 카레 덮밥'을 먹고 수 시간 뒤, 네 사람은 복
통과 전신 마비 증세를 호소하기 시작했습니다. 그
리고······ 전원 사망했어요.

이치카와   설마! 그럼, 저희 '산뜻하고 신선한 팔딱팔딱 해산물
카레 덮밥'을 먹고 죽었다는 건가요?!

효도   단정할 수는 없지만 가능성은 높아요.

이쓰미   저기······.

이쓰미가 주뼛거리며 손을 든다.

리쓰   왜 그래, 이쓰미.

이쓰미   저기, 오늘 제가, 저 택시 기사님 계산을 해드렸는데
요, 사셨어요······. '산뜻하고 신선한 팔딱팔딱 해산물
카레 덮밥'······.

니시나   그럼 맞네요. 황당하게도 슈퍼의 특가 도시락에서
좀비 팬데믹이 시작되다니!

엘렌   도시락, 이건가? 이거 먹으면 죽는 거야?

엘렌, 진열대에서 도시락을 가지고 온다.

효도   이치카와 씨. 이 도시락에 이물이나 독극물이 혼입
           됐을 가능성은?

이치카와   글쎄요……. 갑자기 물어보시면……. 평소대로 들여와
           서 평소대로 매장에서 조리하고, 진열하고, 팔고……
           앗!

이치카와, 리쓰 쪽을 본다.

이치카   구보타 씨가 말씀하셨죠. 도시락에 들어간 보리멸이
           이상하다고.

리쓰   그랬지. 확실히 이상했어. 하지만 설마 그런, 보리멸
           이 이상하다는 정도로 사람이 죽다니…….

엘렌   보리멸? 이 도시락에는 보리멸 없는데.

누노야   저기요, 보리멸은 생선 이름입니다아. 보리랑 멸치
           가 아니라요오. 아시겠어요?

엘렌   그 정도는 알아. 이 생선 튀김, 이거 보리멸 아니야.
           이거, 복어야.

이치카와·리쓰·효도·니시나   복어?!

엘렌   나 생선 잘 알아. 이거, 복어 튀김이야. 보리멸이랑

달라.

니시나   역시……. 수수께끼는 풀렸다!

니시나, 안경을 쓱 올린다.

니시나   사망 원인은 틀림없이 테트로도톡신…… 복어의 독. 그리고, 좀비가 된 원인도 이 복어 독과 관련이 있어!

이치카와   그 말은……?

니시나   좀비의 기원이라 불리는 아이티에서는 부두교의 사제가 복어 독을 쓴 약, 이름하여 좀비 파우더를 써서 좀비를 만든다는 전설이 있지. 이 '산뜻하고 신선한 팔딱팔딱 해산물 카레 덮밥'을 먹은 사람은 그 복어 독 때문에 죽고, 다시 살아났다…….

이치카와   그, 그럼 점장님은? 점장님은 아마 안 먹었을걸요? '산뜻하고 신선한 팔딱팔딱 해산물 카레 덮밥'.

니시나   생선 상자예요. 점장 시체를 숨긴 상자, 그거, 잘린 복어가 들어 있던 상자 아니에요?

리쓰   그렇다면 상자 안에 남아 있던 독이 점장을 좀비로 만들었다는 뜻?

니시나   틀림없어요. 이건 상당히 희귀한 좀비 발생 패턴이에요! 와, 대박, 두근거려……!

리쓰와 이치카와, 얼굴이 새파래져서 마주본다.

리쓰　　치프, 오늘, 도시락 얼마나 나갔지?

이치카와　이백…… 오십 개 정도…….

리쓰　　그럼, 이백오십 명이, 좀비로……?

니시나　그게 끝이 아닐 거예요. 팬데믹이라니까요. 옳아요. 좀비에 물린 사람도, 또 좀비가 된다고요!

일동, 리쓰를 쳐다본다.

리쓰　　잠깐…… 잠깐만. 뭐야 그게, 그런 말 들은 적 없어! 그게 뭐야. 장난치지 마. 내가 괴물이 된다고? 저 쓰레기 때문에? ……거짓말하지 마! 아냐, 그럴 리가 없잖아. 쓰유 짱, 농담이지?

니시나　대체로 세 패턴이에요. 하나, 물리자마자 좀비로 변신. 둘, 물린 뒤 서서히 좀비로 변신. 셋, 물려서 죽은 후에 좀비로 되살아나는 것. 구보타 씨가 이 중 어떤 패턴일지는 솔직히 잘 모르겠네요.

(SE: 탁탁, 뭔가를 때리는 소리)

일어난 점장이 백 야드의 문을 두드린다.

이치카와　……누군가가 백 야드 문을 두드리는 것 같아요.

리쓰　누군가라니, 한 명밖에 없잖아.

(SE: 탁탁, 뭔가를 때리는 소리가 복수로 들림)

이치카와　잠깐만……. 구보타 씨, 바깥 좀, 봐요…….

리쓰　허…….

이치카와, 리쓰, 가게 바깥(관객석)으로 고개를 돌린다.

이치카와　밖에…… 밖에 사람이 잔뜩 있어…….

리쓰　가게를 에워쌌어……. 열 명, 스무 명…… 백 명, 아니, 더 많아!

(SE: 유리를 두드리는 소리와 복수의 신음 소리)

이치카와　왜 이렇게 사람들이 몰려왔지? ……앗, 설마, 도시락 때문에 따지러 왔나?!

리쓰　치프, 잘 봐. 따지러 온 사람이라면 차라리 나을지도…….

이치카와　무슨 의미예요. 이 업계의 재앙은 지진·천둥·화재· 따지러 온 고객이잖아요?

리쓰　아니, 저기 봐, 저 사람은 머리에 낫이 꽂혔고, 죄다 얼굴색이 썩은 양상추 같은 색깔이잖아. 저거 다…… 좀비 아니야?

니시나   (넋을 잃고) 대단해……. 이렇게나 좀비가 많다니……. 정말 아포칼립스가 시작됐구나……. 꿈을 꾸는 것 같아…….

효도   이게 뭐야! 이러면 여기에서 밖으로 나갈 수가 없잖아. 왜 슈퍼를 포위한 거지?!

니시나   좀비는 생전의 관습을 죽은 후에도 반복해요. 지금 가게를 둘러싼 건, 분명 생전에도 여기에서 쇼핑을 했던 단골손님들일 거예요.

이치카와   아…… 맞아. 이마이 씨 사모님, 주유소의 고바야시 씨, 다나카 씨 댁의 할아버님까지…….

이쓰미   우리, 여기에 갇혀버린 거예요? 싫어…… 집에 가고 싶어. 집에 가게 해주세요!

이치카와   이쓰미 씨 진정해. 분명 어떻게든 될 거야. 봐, 경찰관도 계시잖아. 그치?

효도   아, 네, 조금만 기다리면 구조대가 반드시 올 겁니다.

니시나   ……과연 그럴까요. 경찰서 안에서 사망자가 나왔다면서요. 그 말은, 지금쯤 경찰서는…… 좀비 소굴이 됐을지도.

효도   뭐……? 억측으로 그런 소리 하지 마! 당신 아까부터 지나치게 경솔한 말만 하고 있어. 자꾸 장난치면 체포한다!

니시나	가능성을 얘기한 것뿐이에요…….
이쓰미	그만해! 온통 알 수 없는 얘기들뿐……. 다들 이상해! 뭐가 어떻든 상관없으니까 날 집에 보내줘!

이쓰미, 울기 시작한다. 전염되듯 유노도 울기 시작한다. 하나에, 조용히 웅크려 앉아서 유노를 안아준다.

엘렌	엘렌도 집에 가고 싶어. 켄이 분명 걱정할 거야.
누노야	켄?
엘렌	남편이야. 엘렌, 유부녀야.
누노야	흐음…….
엘렌	과호흡인 이 사람도 집에 보내야 해. 너무 안쓰러워. 아직 상태가 안 좋아 보여. 분명 가족들도 걱정할 거야.

엘렌, 나가노의 등을 문지른다.

누노야	상당히 친절하네. 도둑질이나 하는 주제에.
엘렌	그러니까 엘렌은 안 했다고! 도둑질은 나쁘다는 거, 어렸을 때부터 배웠어. 신이 보고 계셔. 엘렌은 나쁜 짓 하지 않아. 그래…… 신께서 다 보고 계셔. 그러니

까 여기 있는 모두도 다 살 거야. 분명 괜찮을 거야.

나가노, 흐느껴 울기 시작한다.

엘렌　　엇, 왜 그래?

나가노　　죄송해요…… 죄송해요……. 이분 가방에 고무장갑 넣은 거, 저예요…….

누노야·엘렌　　헉!

엘렌　　그거, 사실이야? 왜 그런 짓을 했어!

나가노　　죄송합니다아으엉.

엘렌　　죄송하다고 하면 다야?! 왜 그랬어!

나가노　　……화가 났으니까.

엘렌　　뭐어?

나가노　　그냥, 보는데 화가 났으니까…….

엘렌　　그게 다야? 그래서 엘렌을 도둑으로 몬 거야?

나가노　　죄송합니다……. 죄송해요.

엘렌　　엘렌은 당신한테 아무 짓도 안 했어! 그런데 어째서? 이유를 모르겠네. 다른 손님도 있는데. 왜 엘렌을 골랐어?

나가노　　그건…… 그야 당신이…….

나가노, 애원하는 듯한 눈빛으로 주변 사람들을 본다. 다들 어색한 듯 시선을 돌린다.

엘렌　　　엘렌이 뭐? …… 설마, 엘렌이 외국인이라서? 그런 거야?

엘렌, 나가노의 얼굴을 들여다보려 하지만 나가노는 필사적으로 눈을 피한다.

엘렌　　　그런 거…… 너무해. 너무하잖아…….

엘렌, 나가노에게서 떨어지고 누노야를 본다.

누노야　　왜, 왜. 나도 사과하라는 거야? 가방 안에 상품이 있었던 건 사실이잖아.
엘렌　　　하지만 엘렌, 훔치지 않았어. 그거, 아주 중요해. 엘렌은 도둑이 아니야.
누노야　　…….
엘렌　　　…….

엘렌과 누노야, 말없이 서로 노려본다.

이치카와	……구보타 씨, 괜찮으세요? 땀이 엄청나요.
리쓰	괜찮아, 멀쩡해. 이쪽 보지 마.
니시나	아무래도 좀비화가 시작된 것 같군요…….
리쓰	그만해! 헛소리하면 패버린다. 난 괴물 따위는 되지 않을 테니까!
이치카와	저, 니시나 씨. 만약에, 만약에 말인데요. 혹시…… 구보타 씨가 그, 좀비가 돼버리면, 어떻게 해야 하나요?
리쓰	잠깐만, 치프! 날 배신할 셈이야?!
이치카와	만약이라고 했잖아요!
니시나	그야 당연히, 구보타 씨도 격리시키거나 머리를 부술 수밖에 없죠. 그러지 않으면…… 여기 있는 사람 모두를 물어뜯어서 다 같이 좀비가 될 테니까요.

일동, 다시 리쓰를 본다.

리쓰	뭐 하는 거야! 보지 말라니까! 난 아직 괴물 아니라고. 빨리 병원에 데려가줘. 이런 거, 병원 가면 나을 수 있잖아!
이치카와	니시나 씨, 어때? 의사라면 고칠 수 있어?
니시나	그런 패턴은 별로 들은 적이 없어요……. 아, 그래도

좀비가 되더라도 인간성이 살짝 남는 패턴은 자주 있어요.

리쓰 좀비가 돼버리면 무슨 소용이야!

이치카와 맞아요. 게다가 구보타 씨의 인간성이 남는다 한들 딱히 좋은 일이 있을 것 같지도 않고.

리쓰 치프 당신, 정신없는 틈을 타서 엄청난 소리를 하네.

이치카와 죄송해요……. 지금이니까 하는 말이지만 옛날부터 구보타 씨 대하기 힘들었어요.

리쓰 그런 건 진작부터 알고 있었어. 나야말로 치프 같은 기회주의자에 궁상스럽고 재미없는 인간, 신물 나도록 싫어한다고.

이치카와와 리츠, 서로 노려보다가 이윽고 누가 먼저랄 것 없이 허탈하게 웃기 시작한다.

엘렌 있잖아, 어떻게 해야 다들 집에 갈 수 있어? 경찰은 의지가 안 되고, 구조하러 안 오고, 그럼 우리는 어떡해?

효도 구조대가 올 겁니다. 이런 비상사태를 방치할 리가 없어요. 지금쯤 분명 특별대책본부가 편성돼서 정부가 구조 작업에 나서고 있을 겁니다. 여러분, 희

망을 버리지 마세요! 이런 곳에서 금방 나갈 수 있
으니까요!

효도를 제외한 일동, 불안한 표정으로 서로를 쳐다본다.

효도   뭡니까. 제 말을 안 믿으시는 거예요?
이치카와   안 믿는 건 아닌데…… 전에도 이 동네에 재해가 있
             었을 때 구조대랑 구호 물품이 상당히 늦게 오기도
             했고…….

리쓰, 엘렌, 나가노가 함께 끄덕인다.

누노야   저는 믿어요! 반드시 구조대가 올 거예요. 이대로 버
             려지지는 않을 거예요. 우리 일본인은, 유대를 소중
             히 여기는 국민이잖아요?
효도   맞습니다. 지당하세요. 이제, 서로 언쟁을 벌이는 건
             그만합시다. 뭉치는 게 중요해요. 유대를 굳건히 믿
             는다면 다 같이 살 테니까요.
이치카와   유대…….
나가노   유대…….
엘렌   그래도, 혹시 아무도 안 오면? 벌써 밤이야. 어린애

346

도 있고. 여기에서 아침까지 기다려야 할지도 몰라. 바깥은 좀비투성이. 가게 안에도 있어. 무서워. 어떡하지?

일동, 불안한 듯 술렁인다.

리쓰　　맞아. 기다리기만 하고 손 놓고 있기는 싫어. 우리가 움직일 수는 없을까? 쓰유 짱, 뭔가 좋은 방법 없어?

니시나　　엇. ……글쎄요, 아마 아직, 이 동네 말고는 감염이 많이 확산되지는 않았을 거예요. 그러니 동네를 탈출해서 구조를 요청한다면…… 아니면…… 으음…….

리쓰　　애매모호하네. 쓰유 짱, 이런 거 잘 안다며. 탈출 방법 같은 것도 훤히 꿰뚫고 있는 거 아니었어?

니시나　　그…… 그게 말이죠. 좀비에 관해서는 잘 알아요. 확실히. 하지만…… 그래도 저, 계속 동경했어요.

리쓰　　동경?

니시나　　안에서 버티는 거요. 좀비 팬데믹이 한창일 때 슈퍼나 쇼핑몰 안에서 버티는 거…… 오랜 꿈이었어요! 좀비물의 묘미, 그것은 버티기! 윤택한 물자와 장비에 파묻혀 버티고 싶다! 세상이 끝날 때까지 야구방망이나 쇠몽둥이 같은 걸 들고 영역을 사수하고 싶

다! 틀어박혀서 문명사회의 종말을 맛보고 싶다! 비
바! 존버!

리쓰   얘 안 되겠다, 눈이 맛이 갔어…….

이치카와   니시나 씨의 그 희망 사항에는 동조할 수 없어요. 역
시 탈출을 생각하는 게 좋지 않겠어요?

효도   이 상황에서 어떻게? 밖은 막혔고, 부상자에 어린애
까지 있어. 이 인원을 한 번에 탈출시키자는 건 순
억지야.

이치카와   한 번에……. 한 번에 하는 게 어렵다면 몇 명만 하
는 건 어때요? 몇 명만 탈출해서 구조 요청을 하는
건요?

효도   그렇지만 지금 상황으로는 주차장까지 가기도 어렵
고……. 매장 주변을 다 포위했으니.

엘렌   자동차 있으면 괜찮아? 자동차라면 저기 있어. 저기,
아저씨 차 빌리는 건 어때?

효도   아저씨 차라면, 저, 처박힌 택시?

(SE: 덜컹덜컹 소리)

효도   안 돼, 무리야! 안에 있잖아!

(SE: 덜컹덜컹 소리)

이치카와   안에 있는…… 저 기사님을 빼내면 차 쓸 수 있는 거
아니에요?

엘렌   꺼낸 기사님은 어쩌지. 우리를 물려고 하지 않을까?

니시나   물어요. 분명 물 거예요. 그렇다면…… 역시 머리를 부술 수밖에 없어요. 좀비 아저씨를 차에서 끌어내서 머리에 일격을 가합시다.

일동, 효도를 본다.

효도   시…… 싫어. 절대 싫어. 무리야!

리쓰   마음 단단히 먹으란 말이야. 당신들이 총을 가진 이유가 뭔데? 쏘라고 있는 거잖아?

효도   가볍게 말하지 말아주시겠어요? 미국 같은 곳의 수사 드라마와는 달라……. 일반 경관이 일반 시민의 머리를 쏘면 자칫했다가는 징계야. 당신들은 경관한테 쉽게 쏴라 쏘지 마라 하지만, 나는 권총에 손을 댔다는 이유만으로도 시말서를 써야 하기도 한단 말이야. 경찰관은, 경찰관은…… 한번 퇴직하면 다시 경찰관이 되기도 어려워. 일을 그만둬도 다른 쪽으로 써먹을 수도 없다고요. 징계 면직이 된 경관이 일할 수 있는 곳은 끽해야 경비원이거나 자동차 교습소 정도. 애써 생활안전과에서 경력을 쌓을 수 있게 됐는데, 이런 황당한 상황 때문에 징계를 받기는 절대 싫어……. 절대 싫다고!

리쓰　　잠깐, 당신 공무원이면서 자기 걱정만 하다니, 어떻게 된 거야? 세금을 내는 건 우리잖아. 세금만큼은 일하란 말이야. 쏴, 좀비!

효도　　그런…….

이치카와　맞아요. 모두를 구하기 위해서는 어쩔 수 없어요. 유대를 소중하게 여기자고요!

효도　　유대…….

이치카와　그래요, 유대를 위해!

엘렌　　유대, 중요해!

이치카와　유대!

효도, 가슴에 손을 얹고 하늘을 올려다 본다.

효도　　유대라……. 그렇네요. 지금 여기에 있는 모두의 안전을 지킬 수 있는 건 경찰관인 나뿐…….

누노야　맞아요! 히가시가오카가 자랑스러워하는, 모두가 의지하는 훌륭한 순경님이세요!

효도　　시민의 안전을 지키기 위해, 모두의 미소를 지키기 위해 이 직업을 택했다는 게 떠올랐어요…….

누노야　멋져……. 우리도 다 같이 협조합시다! 이제 말다툼

이나 싸움은 그만하고, 서로 마음을 열고 대동단결
해서 이 역경을 극복하는 거예요!

누노야가 효도와 리쓰의 손을 잡는다.

효도   일치단결…….

리쓰   마음을, 열고…….

효도는 엘렌의 손을 잡고 엘렌은 나가노의 손을 잡는다. 리쓰는
이치카와의 손을 잡고 이치카와는 이쓰미의 손을 잡고 이쓰미는
니시나의 손을 잡는다.

리쓰   치프……. 너무 싫다고 말해서 미안해. 항상 열심이
　　　　　고 성실하고 정직하고 불평불만 없이 누구보다도
　　　　　착실하게 일하는 치프에게 자격지심을 느꼈어.

이치카와   아니에요……. 저야말로 심한 말 해버려서 죄송해요.
　　　　　구보타 씨는 저 같은 사람보다 파트타임이나 아르
　　　　　바이트 직원분들이 잘 따르고, 밝고, 분위기 메이커
　　　　　이신 데다 가정도 이루셨고……. 저야말로 구보타 씨
　　　　　를 질투했어요.

리쓰   그런 말을 해주다니……. (코를 훌쩍이며) 고백하는 김

에 말인데, 이쓰미, 미안해.

이쓰미   네……?

리쓰   점장한테서 널 구하기 위해 찔렀다고 했지만, 실
       은…… 아니야. 나, 점장이랑 불륜 관계였어…….

이치카와·이쓰미·니시나·누노야   헉!

리쓰   최악이지? 그래서 그때, 점장이 이쓰미한테 손대려
       하는 걸 보고 배신당했다는 생각에 화가 났어. 그래
       서 홧김에…… 그렇게 된 거야.

이쓰미   구보타 씨……. 그래도, 그래도 저, 솔직히 말하면 기
       뻤어요. 구보타 씨가 백 야드에 들어왔을 때 이제 살
       았다고 생각했어요. 점장님한테는 항상 성추행을 당
       해서, 죽여버리고 싶다는 생각을 남몰래 했으니까
       요. 구보타 씨가 점장님을 찌른 순간, 무서웠지만, 마
       음 한구석에서는 환호성을 질렀어요……. 저도 답 없
       는 여자예요.

리쓰   이쓰미, 괜찮아. 넌 잘못한 거 하나도 없어. 책임지라
       는 둥 심한 말 해서 미안해. 게다가 나 원래는 딸을
       원했어. 내심 이쓰미처럼 예쁘고 순수하고 착한 딸
       이 있으면 좋겠다는 생각을 했었어.

이쓰미   구보타 씨……. 절 그렇게 생각해주셨군요.

이치카와, 리쓰, 이쓰미, 눈물이 그렁그렁한 눈으로 서로를 바라보며 끄덕인다.

나가노   저어…… 아까는 정말로, 정말로 죄송했습니다.

엘렌   ……다시는 이런 짓 안 할 거지? 엘렌에게만 그런 게 아냐. 다른 사람에게도 그러지 않겠다고 맹세할 수 있어?

나가노   맹세합니다! 이제 절대로, 다른 사람을 모함하는 짓은 하지 않을 거예요! 제 자신이 한심해요……. 당신은 이런 제게, 생판 남에게 따뜻하게 대해주셨는데, 저는, 그런 어리석은 짓을 저질러버리다니……. (울기 시작한다)

엘렌   괜찮아! 울지 마. 사과했고, 이제 그러지 않겠다고 맹세했고, 그렇다면 엘렌, 더 이상 화나지 않아.

나가노, 흐느껴 울며 끄덕인다.

누노야   저기…… 저도, 죄송해요. 모진 말이나 하고…….

엘렌   사과해줬으니 이제 됐어. 그게 당신의 일이었잖아. 어쩔 수 없지. 엘렌, 당신에게도 화 안 나.

누노야   고마워요……. 고맙습니다.

엘렌	이제, 우리 다 친구야. 싸우고 화해했으니 친구. 엘렌 의 나라에서는 다들 그렇게 금방 친해져.
나가노	친구······. 저 같은 사람과도 친구가 되어주시는 건 가요?
엘렌	당연하지.
누노야	나랑도, 친구가 돼주는 거야······?
엘렌	물론이지! 여기 있는 사람 전부, 전부 다 친구야. 신 이 맺어주신 최고의 친구!
리쓰	친구······.
이치카와	친구, 라······.

일동, 서로 미소 지은 뒤 쾌활하게 웃기 시작한다.

효도	좋아. 그럼, 탈출 계획을 실행합시다.
누노야	저, 괜찮으세요? 무리하지 마세요.
효도	괜찮습니다. 여러분을 위해서라면 얼마든지 용기 낼 수 있습니다. 징계도 무섭지 않아요. 눈앞의 일을 처 리하는 게 저의 정의(正義)입니다.

일동, 감동하여 박수 친다.

효도　　　저 택시의 문을 열고 기사님을 밖으로 빼내면, 제
　　　　　가…… 총으로 제압. 그리고 택시를 타고 가게 밖으
　　　　　로 탈출해 구조를 요청한다. 계획에 동의하시죠?

일동, 끄덕인다.

효도　　　하지만 문을 여는 것과 기사님을 빼내는 건 혼자서
　　　　　는…….

니시나　　제가 할게요!

효도　　　당신이?

니시나　　좀비가 생기면 슈퍼에서 버티는 건 오랜 꿈이었어
　　　　　요. 하지만 그것보다 더 큰 꿈이 있어요. ……줄곧, 줄
　　　　　곧 영웅이 되고 싶었어요. 누군가를 돕는, 위험을 마
　　　　　다하지 않는, 용기 있는 영웅이 되고 싶었어요!

효도　　　……될 수 있어. 당신이라면.

니시나　　정말요……?

효도　　　그럼. 같이 영웅이 되자!

니시나, 눈매가 촉촉해지며 힘차게 고개를 끄덕인다.

니시나　　그럼, 문을 열고 기사님을 끌어낼 테니 뒷일을 부탁

드립니다!

효도　　　오케이. 그럼 위치로!

효도, 권총을 빼 들고 자세를 잡는다. 누노야, 리쓰, 이치카와, 나가노가 "멋져!" "힘내!" 하며 응원한다.

니시나, 택시 문의 손잡이에 손을 댄다.

니시나　　　갑니다……. 셋, 둘, 하나…… 오픈 더 도어!

(SE: 택시 문이 열리는 소리)

(SE: 인간의 격렬한 신음 소리)

니시나　　　히익!

효도　　　당신, 괜찮아?!

니시나　　　괜찮아요! 좀비는 흉악하지만 산 사람보다 움직임이
　　　　　　　훨씬 둔해애애애아아아아아아악!

니시나, 바닥에 넘어져서 이리저리 뒹군다. 목덜미에서 피가 솟구친다.

효도　　　큰일이야! 물렸어!

이쓰미　　　꺄아아아아아아!

리쓰　　　뭐 하는 거야, 쏴 쏴 쏴 쏴!

효도   그러다 저 사람까지 맞아버리면…….

니시나   나까지 쏴!

효도   뭐어?

니시나   앗싸! 말했다! 평생에 한 번이라도 좋으니 이런 말
          해보고 싶었어! 여기는 나한테 맡기고 먼저 가! 고향
          에 있는 그 애에게 전해줘, 사랑했다고! 좋은 소식과
          나쁜 소식이 있어! 좀비 그거 별거 아니던데! 알겠어
          요, 여보…… 이 녀석은, 결작, 이, 야…….

니시나, 힘없이 바닥에 쓰러진다.

효도   엇, 자, 잠깐……. 엇. ……죽었어? 죽어버린 거야?

일동 떠들썩해진다.

(SE: 문이 뜯기는 소리)

백 야드의 문이 부서지며 점장이 튀어나온다.

이치카와   순경님! 점장! 점장님이 나왔어!

이쓰미   싫어! 싫어싫어싫어싫어! 이제 싫다고! 갈 거야! 나
          갈래!

이쓰미, 착란된 상태로 택시에 달려가더니 효도를 밀치고 차에 타려 한다.

효도	잠깐! 뭐 하는 거야, 멈춰!
이쓰미	차에 태워줘! 집에 갈래! 가고 싶어! 이거 놔!
효도	마음대로 행동하지 마! 이 자식아! 그건 구조를 요청하기 위한 소중한 차라고!
이쓰미	알 게 뭐야! 날 집에 보내줘!
효도	나오라니까! 진정해! 이거 공무집행방해야!

효도와 이쓰미, 격렬하게 싸운다.

(SE: 총성)

이쓰미	엇…….

이쓰미, 배를 누르며 그 자리에 내려앉듯 바닥에 쓰러진다.

효도	앗.
리쓰	이쓰미! 이쓰미이! 당신! 무슨 짓을 한 거야! 죽였어! 이 인간이 이쓰미를 죽였어!
효도	아, 아니야! 이건 오발이야! 사고야!

쓰러진 이쓰미를 보며 어안이 벙벙해진 이치카와의 등 뒤로 점장이 다가와 그대로 목덜미를 물고 늘어진다.

이치카와   아. 아야. ……어라? (돌아본다. 점장의 얼굴을 인지한다) 꺄아아아아아!

리쓰   으아악! 치프! 치프도 물렸어!

효도   젠장!

효도, 총을 들고 이치카와를 물고 있는 점장을 쏘려 하지만 그때, 발치에 쓰러져 있던 니시나가 벌떡 일어나 효도의 다리를 문다.

효도   끄아! 아야! 아야아야아야!

니시나, 완전히 좀비가 된 상태로 정신없이 효도의 다리를 물어뜯는다.

효도   하지 마! 그만해! 그만해 이 괴물이!

효도, 니시나에게 총구를 겨누고 주저 없이 쏜다.

(SE: 총성)

하지만 니시나는 쓰러지지 않고 더욱더 효도의 다리를 물고 늘

어진다. 효도, 비명을 지르며 바닥에 쓰러지고, 니시나를 떼어 내기
위해 발로 차고 때리며 몸싸움을 한다.

    리쓰   치프, 기다려! 지금 내가 도와줄게! 지금…… 내,
                    가…….

리쓰, 일어나는 게 괴로운 듯 가슴을 움켜쥐고 몸부림친다.

    이치카와   구보타 씨! 구보타 씨 도와주…… 구보타 씨?

리쓰, 신음 소리를 내며 이치카와의 팔을 문다.

    이치카와   끼야악! 구보타 씨! 구보타 씨 그만해요! 아파!

좀비가 된 리쓰. 그리고 점장에게 물려 서서히 조용해지며 피투
성이가 된 채 축 늘어져 움직임이 없어진 이치카와.

    나가노   히…… 히익…… 힉…….

엘렌, 나가노, 누노야 세 사람은 그 광경을 보며 덜덜 떤다.

누노야   이치카와 치프…… 구보타 씨…… 점장님…… 모
          두…….

점장과 리쓰, 누노야의 목소리를 듣더니 이치카와의 몸을 내던
지고 세 사람을 향해 걷기 시작한다.

누노야   흐에엑! 오, 온다! 이쪽으로 온다!
엘렌   진정해! 다들 힘껏 도망치는 거야! 하나 둘 셋, 하고
          택시까지 달려가서 타버리면 괜찮아!

점점 세 사람에게 다가오는 점장과 리쓰.

엘렌   하나…… 두울…….

엘렌 뒤에 숨듯이 서 있던 나가노와 누노야, 얼굴을 마주 본다.

엘렌   셋!

목소리와 함께, 나가노와 누노야가 엘렌을 점장과 리쓰 쪽으로
밀친다.

엘렌　　　끼야야아앗?!

점장과 리쓰, 엘렌을 그대로 물어뜯기 시작한다.

엘렌　　　왜…… 대체 왜……. 친구가, 됐는데…….

엘렌도 좀비들에게 먹히며 목숨이 끊어져간다.

나가노　　어쩌지……. 어쩌지……. 어떡해…….
누노야　　지금 도망가야 돼! 차! 차에 타야 해!

누노야, 택시에 다가간다. 그러자 이미 좀비가 된 효도와 니시나
가 일어나 누노야와 나가노를 덮친다. 깔끔하게, 어찌할 도리도 없
이 죽는 두 사람.

시체와 그것을 탐하는 좀비 무리가 넘쳐나는 매장 안. 아직 희
미하게 숨이 붙은 누노야가 마지막 힘으로 버둥거리고, 그러다 바
닥에 떨어졌던 권총이 튕겨나간다.

권총은 매장 구석에서 서로 꼭 끌어안고 있던 미즈키 모녀의 발
치에 떨어진다.

하나에　　　…….

하나에, 웅크려 앉아 느릿느릿 권총을 주워든다. 한동안 그것을 바라보다가 벌떡 일어나 손으로 유노의 눈을 가린 뒤 가게 안의 좀비들 머리에 한 발 한 발 탄환을 박아 넣는다.

좀비를 다 쓰러뜨린 후, 매장에서 '산뜻하고 신선한 팔딱팔딱 해산물 카레 덮밥'을 집어 든 다음 유노를 안고 차에 올라탄다.

유노　　엄마아, 어디 가?

하나에　　……어디 갈까. 그래, 엄마랑 같이 놀이공원에 갈까?

유노　　신난다!

하나에　　그전에, 집에 들러서 아빠한테 밥을 줘야 해.

하나에, '산뜻하고 신선한 팔딱팔딱 해산물 카레 덮밥'을 내보이며 빙긋 웃는다.

하나에　　그러고 나서 놀이공원에 가자. 전국에 있는 놀이공원에 다 가보는 거야. 엄마, 왠지 힘이 마구 솟아. 지금이라면 뭐든지 할 수 있을 것 같아.

유노　　뭐든지? 진짜로?

하나에　　진짜로. 후후후.

하나에, 두들겨 맞은 듯 멍투성이인 얼굴로 미소 지으며 유노의 머리를 쓰다듬고, 자신의 블라우스를 감아올린 뒤 스커트 허리춤에 권총을 꽂아 넣고는 차를 타고 유노와 함께 떠난다.

(SE: 자동차의 발진음)

(SE: 수많은 좀비들의 신음 소리)

비밀요원 명단

恩定 ♥ hssu ♥ naran.4613 ♥ 겸다 ♥ 고미영
곽가영 ♥ 곽유진 ♥ 권설아 ♥ 권유진 ♥ 권혜연
김민애 ♥ 김상아 ♥ 김선경 ♥ 김세은 ♥ 김옥경
김윤정(A) ♥ 김윤정(B) ♥ 김인숙 ♥ 김재희
김정다운 ♥ 김정연 ♥ 김지수 ♥ 김지윤
김지희 ♥ 김현수 ♥ 김현우 ♥ 김현정 ♥ 김현지
다다 ♥ 디디 ♥ 레일라 ♥ 류연진 ♥ 먼지민
모윤지 ♥ 박범윤 ♥ 박연지 ♥ 박열음 ♥ 박재진
박정란 ♥ 보령 ♥ 서지원 ♥ 서펭귄 ♥ 서현
서혜민 ♥ 선쌀 ♥ 손현녕 ♥ 신재윤 ♥ 신주경
쑥쑥 ♥ 아리엘 ♥ 안정진 ♥ 양송이 ♥ 양유경
오서영 ♥ 원성희 ♥ 유민 ♥ 유성열 ♥ 윤량의
윤은영 ♥ 윤지씨 ♥ 이다은 ♥ 이민이 ♥ 이승민
이승은 ♥ 이에스라 ♥ 이연우 ♥ 이윤재 ♥ 이은서
이채윤 ♥ 이희영 ♥ 임민영 ♥ 임수민 ♥ 쟈니
정숙영 ♥ 정예영 ♥ 정유진 ♥ 정을경 ♥ 정지수
조아라 ♥ 조영아 ♥ 조혜진 ♥ 최상희 ♥ 최송화
최윤민 ♥ 최은정 ♥ 키티구구 ♥ 한상준 ♥ 함소영
호수 ♥ 황예원

비밀기지 목록

- **다시서점**
  서울특별시 강서구 방화대로33길 13 1층

- **북스피리언스**
  서울특별시 마포구 연남로11길 34 지하 1층

- **책방 꼴**
  서울특별시 마포구 월드컵북로5나길 18 112호

- **너의 작업실**
  경기도 고양시 일산동구 일산로380번길 43-11

- **이랑**
  경기도 고양시 일산서구 일현로122 상가 1층 122호

- **책방마실**
  강원도 춘천시 전원길 27-1

- **버찌책방**
  대전광역시 유성구 지족로349번길 48-7

- **책방토닥토닥**
  전라북도 전주시 완산구 풍남문2길 53 2층 청년몰

- **책방이층**
  대구광역시 중구 달구벌대로393길 48

- **나락서점**
  부산광역시 남구 전포대로110번길 8 지하 1층

- **새활용기지 큐클리프**
  서울특별시 성동구 자동차시장길49 새활용플라자 405호

* 이 책은 전국 10개 독립서점을 기반으로 100명의 독자가 참여한 위즈덤하우스 사전 독서 모임
'SSA 비밀요원 프로젝트'를 통해 제작되었습니다.

우리를 뭐라고 불러야 할까

초판 1쇄 인쇄 2021년 8월 9일 **초판 1쇄 발행** 2021년 8월 20일

지은이 오타니 아키라
옮긴이 김수지
펴낸이 이승현

편집2 본부장 박태근
스토리 독자 팀장 김소연
책임편집 곽선희
공동편집 김해지 이은정 최지인
디자인 함지현

펴낸곳 ㈜위즈덤하우스 **출판등록** 2000년 5월 23일 제13-1071호
주소 서울특별시 마포구 양화로 19 합정오피스빌딩 17층
전화 02) 2179-5600 **홈페이지** www.wisdomhouse.co.kr

ISBN 979-11-91766-33-2 03830